rororo

Rachel Cusk, geboren 1967 in Kanada, aufgewachsen in Los Angeles, lebt heute in Brighton. Für ihr inzwischen sieben Romane und zwei Sachbücher umfassendes Werk wurde sie vielfach ausgezeichnet, unter anderem mit dem Whitbread First Novel Award und dem Somerset Maugham Award. Ihr Roman «Arlington Park» (rororo 24458) gelangte 2007 auf die Shortlist des britischen Orange Prize for Fiction.

«Rachel Cusk ist eine erstklassige Autorin mit beißender Intelligenz und durchtrieben genauer Beobachtungsgabe.» (The New York Times)

«Rachel Cusk hat ein feinsinniges Gespür für die langsam aufkeimenden Vorbehalte gegen den eigenen Alltag und die Kollateralschäden des Familienlebens.» (taz)

«Ihre Innenansichten wispern und schauern, als ob Virginia Woolf da hindurchgehuscht wäre.»
(The Guardian)

«Mit luzider Aufmerksamkeit beobachtet Rachel Cusk die verzweigte Familie Bradshaw, ihre Verstrickungen miteinander und mit der familiären Vergangenheit. In einer betörend eigenwilligen Sprache, voller Musikalität und Humor, durchdringt diese Autorin ihre Figuren und erzählt auf ganz neue Weise von den Schwierigkeiten der Emanzipation und Selbstverwirklichung, aber auch von den unauslöschlichen Prägungen der Kindheit, die in unserem eigenen Familienleben immer mitschwingen.»
(NDR Kultur)

RACHEL CUSK

DIE BRADSHAW-VARIATIONEN

Roman

Aus dem Englischen
von Sabine Hedinger

ROWOHLT TASCHENBUCH VERLAG

Die englische Originalausgabe erschien 2009 unter dem Titel «The Bradshaw Variations» im Verlag Faber and Faber, London.

Die Arbeit der Übersetzerin am vorliegenden Werk wurde vom Deutschen Übersetzerfonds gefördert.

Veröffentlicht im Rowohlt Taschenbuch Verlag,
Reinbek bei Hamburg, Januar 2013

Der Auszug aus «Porträts und Perspektiven» von Jean-Paul Sartre
auf S. 5 folgt der Übersetzung von Abelle Christaller
Umschlaggestaltung any.way, Cathrin Günther,
nach einem Entwurf von Anzinger | Wüschner | Rasp, München
(Umschlagabbildung: Heike Czerner, cezet design)
Satz Janson Text PostScript, InDesign,
bei Pinkuin Satz und Datentechnik, Berlin
Druck und Bindung Druckerei C. H. Beck, Nördlingen
Printed in Germany
ISBN 978 3 499 24459 9

Am Clavierspiel ist nichts Bemerkenswertes.
Man darf nur die Tasten zur richtigen Zeit treffen,
so spielt das Instrument von selber.
J. S. Bach

[Bach] lehrt, in einer längst eingeführten Disziplin
die Originalität zu entdecken und endlich zu leben.
Jean-Paul Sartre

I

Was ist Kunst? Die Frage stellt sich Thomas Bradshaw oft. Noch kennt er nicht die Antwort. Früher hat er geglaubt, Kunst sei eine Art schöner Schein, aber davon ist er abgekommen. Heutzutage benutzt er das Wort *Authentizität*, um zu beschreiben, was er denkt. Manche Dinge sind künstlich, und manche sind authentisch. Was künstlich ist, lässt sich leicht benennen. Andersherum ist es schwieriger.

Morgens hört er Musik, Bach oder Schubert. Er steht im Bademantel in der Küche. Wartet darauf, dass seine Frau und seine Tochter herunterkommen. Er ist einundvierzig, in dem Alter, wo ein Leben sich aus seiner Vergangenheit löst wie ein Backwerk aus seiner Form; entweder es ist fest, aus einem Stück, oder es kann die gegebene Form nicht halten und zerfällt. Sich den Zerfall vorzustellen ist nicht schwer. Was ein Rätsel bleibt, ist das Gegenstück: das Feste, das Stabile. Beim Zerfall geht es nicht um Authentizität, aber eine feste Form wirft Fragen auf.

Meistens kommt allerdings Olga, die Untermieterin, als Erste herunter. Er hört ihren Schritt auf der Treppe und erkennt ihn erst einmal nicht: So nimmt er sie Tag für Tag wahr, indem er ihren leisen, etwas schwerfälligen Gang hört und sich fragt, wer das bloß sein mag. Sie zieht ihren wasserstoffblonden Kopf vor ihm ein, lässt ihr unsicheres, geschientes Lächeln aufblitzen. Seit nunmehr einem halben

Jahr macht Olga eine langwierige Zahnbehandlung durch. Unter den Metallspangen sind ihre Zähne grau und schief. Angeblich war ihre Mutter früher nie mit ihr beim Zahnarzt. Nicht weil es sie nicht gekümmert hätte, sondern weil Olga Angst hatte hinzugehen und ihre Mutter es nicht aushielt, wenn sie Angst oder Schmerzen erleiden musste. Thomas weiß von ihr, dass sie auf eine Brücke und mehrere Kronen spart. Sie hat drei verschiedene Jobs, aber alles Geld geht für ihre Zähne drauf. Sie beschwert sich über die Kosten: In Polen sind Zahnbehandlungen viel billiger. Dort hätte sie das alles – «alles!», wiederholt Olga und lässt die Hand dabei niedersausen – zu dem Preis machen lassen können, den sie hier für den einen Besuch pro Monat zahlt.

Auf diese Gespräche steigt Thomas nie so ganz ein. Wenn er mit Olga redet, ist er da, aber zugleich auch nicht da. Er wartet darauf, dass Tonie herunterkommt, wie ein Aufseher am Bahnsteig darauf wartet, dass der Zug nach London einläuft. Tonies Auftritte in der Küche sind kurz. Wie der Zug macht sie halt, versprüht Geschäftigkeit und ist schon wieder unterwegs. Es handelt sich nur um Minuten, aber er muss bereit sein. Er hört Olga – in gewisser Weise identifiziert er sich sogar mit ihr, sind sie doch beide auf dem Bahnsteig zu Hause –, aber wenn sie etwas von sich gibt, kann er das nicht erwidern. Er ist wie hinter Glas. Er fragt sich, ob ihr das klar ist, ob sie merkt, dass sie ihn sehen, aber nicht berühren kann. Sie trinkt ihren Tee aus einem riesigen Garfield-Becher und isst ihr Müsli, das sie sich immer wieder mit Milch aus der Plastikkanne auffüllt, die neben ihrem Schälchen steht. Er wirft einen Blick auf ihre bloßen, champignonbleichen Beine unter dem Tisch, ihre Füße, die in großen weichen Hausschuhen stecken. Er dreht die Musik ein wenig lauter: Sie ist sein Beitrag, eine Art Erklärung. Olga soll wissen, dass er sich seiner eigenen Beschränkungen bewusst ist, seines Unvermögens, aus diesen morgendlichen Unterhaltungen schlau zu werden. Manchmal erscheint ihm dieses Unvermögen als etwas unmittelbar Zeitspezifisches, als eine innere Gesetzmäßigkeit, wie der Verfall. Sie kommen und gehen und sind alsbald vergessen, diese Interludien in der Küche. Und sind doch immer dieselben: Er könnte hier hundert Jahre lang stehen und trotzdem so ziemlich dasselbe Gespräch mit Olga führen. Offenbar gibt es ein grenzenloses Repertoire davon, aber nie führt das Gespräch irgendwohin, nie entwickelt es sich weiter. Andererseits versiegt es aber auch nie. Es steht in keinem Verhältnis zur Zeit. Vielleicht, weil es nicht authentisch genug ist.

Um halb acht kommt Tonie herunter, und Olga geht hinauf. Olga hat eine Stelle als Putzfrau im Krankenhaus: Ihre Schicht beginnt um acht. Tonie nimmt den Zug um sieben Uhr fünfzig. Thomas findet es interessant zu beobachten, dass Olgas Priorität das Frühstück ist, während sich Tonie vordringlich mit ihrer Aufmachung beschäftigt. Sie bleibt bis zur letztmöglichen Minute oben, Olga dagegen hockt eine halbe Stunde oder noch länger in ihrem Bademantel unten am Tisch und macht sich über ihren Becher und ihr Schälchen her. Oben knallen Türen, laufen Wasserhähne, tappen Tonies Schritte leise auf und ab. Olga steht auf, trägt langsam und mit quietschenden Schlappen ihr Geschirr zum Spülbecken und zurrt den Gürtel ihres Bademantels zusammen, bevor sie den gemächlichen Aufstieg zu ihrem Zimmer antritt. Manchmal treffen sich die beiden auf der Treppe, und Tonie sagt mit einer Stimme, die halb Geflüster ist, «Hallo, Olga», sehr tief und sehr kehlig, sehr exotisch und *distrait*, als hätte sie sich soeben aus einer Situation befreit, die zu kompliziert, zu gefühlsbeladen ist, um sich erklären zu lassen. «Hallo!», erwidert Olga in fröhlichem Trompetenton.

Die Treppe verläuft mitten durch das hohe, schmale Haus; es gibt keinen Teppich auf den Stufen. Die Schritte hüpfen darüber wie Arpeggien über eine Klaviatur. Für Thomas haben die oberen Räume eine liebliche, hellklingende Atmosphäre, lichterfüllt und harmonisch. Die Küche, in der er im Bademantel steht, liegt im Souterrain. Sie ist tief und tönend: untermauert die Melodie des Hauses mit ihren konstanten, tragenden Echos. Tonie hält sich nicht gern in der Küche auf. Ständig trägt sie Dinge auf Tabletts nach oben, in die höheren Sphären. Sie hat die Vorhänge abgenommen, um mehr Licht hereinzulassen. Manchmal putzt sie die Küche, gründlich und wie zur Buße, aber das ändert nichts daran, wie sie sich dort fühlt. Thomas dagegen ist hier unten glücklich. Er mag die Bassschlüssel-Atmosphäre, die Fundamentalität, das Bestehen auf Notwendigkeiten. Hier im Souterrain hat er begonnen, über Zeit und ihr Verhältnis zur Authentizität nachzudenken. Hier hat er eine grundlegende Struktur entdeckt, einen Plan. Oft zieht er seinen Bademantel nicht vor elf oder zwölf Uhr aus. Aber bis dahin hat sich ihm der Bassschlüssel offenbart. Er stellt die Musik aus. Ist bereit zu lesen. Lesen, gesteht er sich ein, muss man auf einem Sofa, oben.

Tonie isst, trinkt Kaffee, am Küchentisch im Stehen. Sie trägt Armbänder, die klirren, wenn sie die Tasse zum Mund hebt und oder auf die Uhr schaut. Sie hat, findet er, etwas Strebsames an sich, etwas Ehrbares. Sie wird sich in die Schlange vor den siebenuhrfünfziger Zug einreihen wie der Soldat in sein aufbrechendes Regiment. Den ganzen Tag über wird sie nicht an ihn denken; sie wird nicht an Alexa denken, nicht an die Sonne, die in goldenen Streifen über die Dielen ihres Schlafzimmers wandert, nicht an die Uhr, die im Flur tickt, oder an die Geräusche von Autos und Stimmen, die von der Straße hereinwehen und dann verschwinden, nicht an den Tag, der durchs Haus zieht, unwiederbringlich durch dieses Gehäuse zieht, durch alle seine Fasern. Sie wird sich tapfer dagegen wappnen, an all das zu denken, doch auch sie wird, wie er weiß, ein elementares Vergnügen daraus ziehen. Es ist das Vergnügen der Selbstsucht: Thomas weiß das, weil er es genauso erlebt hat. Früher stand ja er da, schmuck, mit strahlenden Augen, gestiefelt zum Aufbruch, während Tonie zurückblieb, um den Fluss des Tages zu bezeugen. War sie damals auch im Bademantel? Er weiß es nicht mehr, kann sich nicht mehr entsinnen, wie sie aussah, wenn er ging. Sie war Teil eines Musters, wie eine Figur in einem Wandteppich, eingewoben in ihre Umgebung.

Sie steckt ein paar Dinge in ihre Tasche. Sie sagt etwas, doch die Musik ist so laut, dass sie es wiederholen muss, mit erhobener Stimme. Es laufen Schuberts *Fantasiestücke*. Sie sagt:

«Ich hab dann noch eine Sitzung. Bin nicht vor acht zurück.»

«Okay», sagt er laut. «Alles klar.»

Er geht die Musik leiser stellen, aber es ist zu spät. Sie hat sich schon die Tasche über die Schulter geschwungen und wendet sich Richtung Treppe.

Alexa schläft noch. Sie liegt in ihrem Bett wie ein Kind in einem Märchen. Im Schlaf ist sie ganz zart. Sie scheidet etwas aus, eine Art Dunst, als sonderte sie im Schlaf ab, was sie zusammenhält, und nähme die wechselhaften Eigenschaften von Licht, Flüssigkeit und Luft an. Thomas möchte sich nicht zu lange mit der Schönheit seiner Tochter befassen. Er sieht sie an, aber er kann seinen Blick nicht benennen, nicht das Motiv dafür. Er würde sie gerne von einem Künstler malen lassen. Es fiele ihm leichter, ein Bild von Alexa anzusehen als Alexa selbst.

Später sitzt sie unten am Tisch, adrett in ihrer Schuluniform. Sie trägt ihr Haar straff gescheitelt und zu einem Pferdeschwanz gebürstet. Sie ist so ordentlich: Jeden Tag ist es dasselbe.

«Gehst du heute einkaufen?»

Thomas überlegt, reibt sich das Kinn.

«Ich weiß nicht», sagt er. «Wieso, was willst du?»

«Ich brauch Batterien.»

Er steht am Fenster, schaut hinaus in den Garten. Es ist September. Schon immer wurde das Jahr genau hier festgemacht, am Zeithintergrund wie ein Schmetterling im Schaukasten fixiert: September ist das Zentrum, der Punkt, in den die Routinenadel gesteckt wird. Aber dieses Jahr ist es anders. Fast zum ersten Mal in seinem Leben ist er am Ende des Sommers nicht in den gewohnten Arbeitstrott zurückgekehrt. Er ist nicht wieder zur Arbeit gegangen: Die Nadel hält nichts fest. Er ist frei oder vertrieben, wie man's nehmen will. Alexa redet mit ihm.

«– Größe für den Wecker», sagt sie.

«Was? Wovon redest du?»

«Du musst die richtige Größe für den Wecker besorgen.»

«Was für einen Wecker?»

«Na meinen. Der ist stehengeblieben.»

Er seufzt. Ein feiner Kopfschmerz stichelt sich langsam

über seine Stirn. Wozu braucht eine Achtjährige ihren eigenen Wecker? Wieder ist es die Routinenadel, die den Fixpunkt sucht. Jetzt steht Alexa vor ihm.

«Ich werde versuchen, daran zu denken», sagt er.

Sie hat etwas in der Hand. Legt es vor ihm auf den Tisch.

«So groß muss die Batterie sein, die du brauchst», sagt sie.

«Woher hast du die?»

«Ich hab sie aus dem Wecker rausgenommen. Er geht nicht mehr. Ich brauch zwei davon. Bitte denk daran.»

«Kann sein, dass ich es vergesse. Wie gesagt, ich werde versuchen, daran zu denken.»

Sie ist gekränkt. Sie möchte ihm ihren Willen aufzwingen, ihm ein Versprechen abverlangen. Künstlich ist sie, diese Unterhaltung. Manche Unterhaltungen mit Tonie sind genauso, sind wie Demonstrationen entweder seiner oder ihrer Entschlossenheit.

«Bitte», sagt sie.

«Ich werde mir alle Mühe geben.»

Es klingelt an der Haustür. Ihre Freundin Georgina ist gekommen, ein großes Kind mit kräftigen Gliedern, verantwortungsvoll, beruhigend ernsthaft. Morgens gehen sie zusammen zur Schule, und Georgina packt Alexas Arm, wenn sie über die Kreuzung laufen, schaut sich aufgeregt nach Autos um, als könnten sie jeden Moment unter feindlichen Beschuss geraten. Er gibt Alexa einen Abschiedskuss. Später, als sie wieder nach Hause kommt, fragt sie nicht nach den Batterien. Er hat überhaupt nicht mehr an die Dinger gedacht. Erst als er Alexa ins Bett bringt, fallen sie ihm wieder ein.

«Ich kaufe sie morgen», sagt er.

Sie nickt unglücklich. Dann sagt sie:

«Kann ich mir für heute Nacht deinen Wecker leihen?»

Fast ist er wütend auf sie, aber stattdessen wird er traurig. Er bedauert sie für ihre unsinnige Hartnäckigkeit. Er ist von ihr enttäuscht.

«Na schön», sagt er.

«Ich will früh aufwachen», sagt sie.

«Ich kann dich doch wecken.»

Sie sieht ihn an. Sie traut ihm nicht.

«Ich hätte lieber den Wecker.»

«Na schön.»

«Stellst du ihn auf sieben?»

Er lacht. «Na schön.»

Sie lässt sich in ihre Kissen sinken, zufrieden.

«Von jetzt an werd ich früh aufstehen und mit Mummy frühstücken», sagt sie. «Das hab ich beschlossen.»

Ihm ballt sich das Herz zusammen, genau wie in dem Moment, wenn die Musik den höchsten Ton erreicht, wenn sie ausgeholt hat, um sich aus ihrer eigenen Spannung zu winden, bis sie am Scheitelpunkt anlangt und die emotionale Schraube sich dreht. Die Spannung, erkennt er, ist notwendig, denn erst aus ihr entsteht die Auflösung. Es war also notwendig, dass er Alexa missverstanden hat, um sie verstehen zu können. Diese Erkenntnis macht ihn ruhig. Er schlägt ein Buch auf und beginnt ihr vorzulesen. Das tut er jeden Abend, manchmal eine ganze Stunde lang. Anfangs hat er sich dabei gehemmt gefühlt, aber die Zeit ist lange vorbei. Wenn er vorliest, ist ihm, als flöge er durch die Dunkelheit, angestrahlt von der Glühbirne in Alexas Nachttischlampe; ein körperloses Wesen, ein aufsteigender Pfeil, nur von der Geschichte angetrieben. In ihren Büchern findet er Erklärungen für alles: Liebe und Überleben, Kampf und Freude, Glück und

Trauer, den Glauben, die Form und den Bogen des Lebens an sich. Das Einzige, was nie erklärt wird, ist die Wirklichkeit. Er lümmelt sich auf ihrem Bett, wohingegen sie ganz ordentlich unter der Decke sitzt. Ihre Augen sind braun, goldbraun: Im Halbdunkel scheinen sie gereift, wie Mahagoni. Sie haben eine Schönheit, die er für sich vereinnahmt und gleichzeitig auch nicht. Sie gehören ihm nicht, aber sie gehören zu ihm. Alexa schaut ihn nicht an, während er liest. Sie schaut ins Leere – macht sich ihre eigenen Bilder. Auch deshalb hat er keine Hemmungen mehr. Würde sie ihn ansehen, wäre er sofort wieder in seinem Persönlichkeitsmuster. Aber so darf er sich selbst vergessen. Irgendwann fängt er unweigerlich an zu weinen. Anders als die meisten seiner Bekannten hat sich Thomas nie die Fähigkeit zu weinen verkniffen. Es sind klare, dicke Tränen, die ihm beim Vorlesen lautlos über die Wangen laufen. Die Geschichten sind es, die sie laufen lassen. Befreit von der Wirklichkeit, weint er über das Abbild des Lebens.

Hinterher wischt er sich über die Wangen, gibt Alexa einen Gutenachtkuss und geht nach unten, um darauf zu warten, dass Tonie nach Hause kommt.

II

Im Zug denkt Tonie über Sex nach. Sex ist wie ein alter Freund, den sie jahrelang nicht mehr gesehen und dann zufällig auf dem Bahnsteig wiedergetroffen hat. Sie fährt mit ihm im selben Abteil, ihrem alten Freund Sex, zu dem sie, um die Zeit von Alexas Geburt herum, irgendwie den Kontakt verlor – als ihr die Liebe wie ein mathematisches Problem erschien, für das sie urplötzlich die Lösung gefunden hatte.

Andere Fahrgäste, denen das Tageslicht einen Gleichklang in die Gesichter legt, eine Übergangsstimmung, die Individuelles verwischt: Der Zug fliegt durch den Septembermorgen, und Tonie spürt es, das Etwas, das nur Oberfläche ist, nur Reklame. Sie ist ein bisschen argwöhnisch, beinahe ärgerlich. Es ist, als wäre sie uneingeladen in irgendeine Veranstaltung geraten, nur um festzustellen, dass alle da sind, die sie kennt. Aha! Darauf also sind die Leute aus, während Frauen sich in kindgerechten Räumen um Babys kümmern, während sie Sportkarren durch den trägen Nachmittag schieben, zufrieden, dass sie das Problem der Liebe gelöst haben. Die restliche Welt kümmert sich überhaupt nicht um Liebe. Die restliche Welt ist schieres Selbst, Präsens, weder schlecht noch gut, einfach frei durch den Morgen flottierend. Und jäh überkommt sie die Erinnerung daran, wie es sich angefühlt hat, lebendig zu sein.

Auf dem Heimweg trifft sie ihn wieder, den alten Freund.

Neue Stelle seit einem Monat, Heimfahrt im Abendzug, nachdenkliche Stimmung. Vor den Fenstern vorbeisausende Dunkelheit und auf den Scheiben gelbe Porträts, wie die beständigen Bilder, die ein Licht aus einer schwarzen Filmbahn macht. Was hat sie die ganze Zeit über getan? Das ist die Frage nach achtjähriger Abwesenheit. Hin und wieder hat sich ihr Mann im Ehebett ihr zugewandt und mit dem Körper Fragen gestellt: Liebst du mich noch? Ist alles in Ordnung? Und sie hat eingewilligt, sooft es ihr möglich war, hat ihn nicht mit ihrer seltsamen Taubheit, ihrer Gleichgültigkeit beunruhigen wollen. Was noch? Hat gegeben, sich gekümmert, an Dinge erinnert, zugeschaut, gefühlt, aber nicht – nicht im eigentlichen Sinne – teilgenommen. Es war, als hätte sie ein großartiges Buch gelesen, in dem das Leben aufs umfassendste und schönste dargestellt ist, aber das Wesentliche ausgespart bleibt. All ihr Einfühlungsvermögen war beteiligt, aber ihr Leib blieb reglos, inaktiv.

An der Haltestelle nimmt sie sich ein Taxi.

Thomas, in der Küche, scheint schon müde zu sein; die Krähenfüße um seine Augen bilden helle Strahlenkränze. Es ist Viertel nach neun. Er hat ihr Essen gekocht, ein gehäufter Teller steht im Ofen, zum Warmhalten. Er hat eine Schürze um. Sie lacht. Sie greift um seine Taille, versucht, die Bändel aufzumachen. Er wirkt schüchtern, ein bisschen albern. Er wirkt verschämt, verlegen, wie ein junges Mädchen, an dessen BH-Verschluss jemand herumfummelt.

«Ich mach das schon», sagt er.

Er ist ein bisschen ungeschickt, der Kuss, den sie sich geben, ein bisschen peinlich, und Tonie lacht wieder, lacht seine Zähne an. Sie scheinen durch eine alles dämmende Schicht getrennt zu sein. Sie bemüht sich, zu ihm durchzudringen. Er ist wie ein gutverpackter Gegenstand, an den sie heranzukommen versucht, indem sie die Hüllen wegreißt. Es kommt ihr so vor, als leistete er Widerstand, als wollte er nicht gefunden werden. Ihre Entschlossenheit schwindet. Es gibt zu viel Wirklichkeit, zu viel Licht in der Küche, zu viele visuelle Details des Gewohnten. Und plötzlich, als würde ihr ein Eimer kalten Wassers über den Kopf gegossen, empfindet sie ein geschwisterliches Gefühl für Thomas. Er ist zu vertraut. Sie haben zu oft zusammen in dieser Küche gestanden.

Der Kuss führt zu nichts. Sie umarmen sich kameradschaftlich.

«Was ist da drin?», fragt Tonie, noch immer in seinen Armen, den Blick aber schon von ihm weg gerichtet, hinab, auf den brummenden Ofen. Sonst ist es meistens Alexa, auf die sie hinabblicken, weg von einander, hin zu der Ablenkung, die ein Bedürfnis geworden ist. Aber der Ofen tut es jetzt auch.

«Fischpastete. Magst du was davon?»

Also isst Tonie den hellen Haufen Nahrung, die weiche Kartoffel, die ihr am Gaumen kleben bleibt, und es fällt schwer, diese Art, sich zu sättigen, mit dem Gefühl des Begehrens in Einklang zu bringen, das sie vorher verspürt hat. Die Kartoffel hält ihre Zunge im Zaum, liegt ihr wie ein Brocken im Magen. Es ist wie eine Art Fessel, sich so satt, so voll zu fühlen, wo sie doch auf etwas anderes aus war.

Aber am nächsten Abend ist es anders.

Sie kommt sogar noch später zurück, um zehn, und diesmal gibt es kein Essen, und Thomas ist wachsamer, geheimnisvoller. Sie sitzen sich im Wohnzimmer auf Stühlen gegenüber.

«So wie jetzt bleibt es nicht», sagt Tonie. «In Zukunft bin ich schneller. Noch muss ich alles viermal lesen. Und vor jedem katzbuckeln.»

«Wir kommen schon klar. Mach, was du machen musst.»

Er trägt ein dunkelblaues Hemd, in dem er lässiger wirkt, klarer, weniger verschwommen-vertraut. Objektiv betrachtet ist Thomas ein gutaussehender Mann, blass-gemaserte Haut, feines schwarzes Haar, das ihm ins Gesicht fällt, irgendwie leicht und jungenhaft, obwohl er groß und breitschultrig ist. Tonies Freundinnen machen neidisch Witze über Thomas. Sie sehen ihn objektiv, anders als Tonie. Sie nimmt ihn in Bruchstücken wahr, aus verschiedenen Blickwinkeln. Manchmal, wenn sie beide unterwegs sind, erstaunt es sie, ihn auf der Straße auf sich zukommen zu sehen, ganz und gar derselbe Mann.

Im Schlafzimmer dreht sie sich weg, während er sich auszieht. Sie wartet darauf, dass er das Licht ausmacht. Sie ist entschlossen, an dieser fragilen Anwandlung festzuhalten, dem Verlangen. Sollte ihr Blick auch nur auf den Wecker mit den großen ohrenartigen Klingeln fallen, auf die Spielsachen, die Alexa hier hat liegen lassen, ja sogar auf Thomas, wird es verfliegen. Thomas muss wieder ein Fremder für sie werden. Sie muss ihn neu erfinden. Ist das falsch? Er könnte es für falsch halten, wenn sie ihm das sagen würde. Aber es ihm nicht zu sagen heißt, dass sie sich selbst zur Fremden macht.

Und dann ist es genau so, wie sie gehofft hatte, ein bisschen, wie eine gelungene Aufführung es sein kann, das Erspüren einer Struktur, eines Ereignisses, das die Zeit unbeschädigt überdauert hat. Die Form ist gewahrt worden: Niemand hat einen Fehler gemacht oder einen Einsatz verpatzt. Schon seltsam, dass Transzendenz nicht durch den Verzicht auf

Struktur, sondern durch genaues Festhalten daran eintritt. Thomas dreht sich zu ihr um, streicht ihr übers Haar. Im Dunkeln ist er ein Umriss, autonom. Es ist lange her, dass sie ihn so getrennt von sich wahrgenommen hat. Aber aus diesem Getrenntsein ist die Nähe, die Harmonie, erwachsen.

Mitten in der Nacht wacht sie auf, und Thomas ist immer noch da, der Umriss, in Schatten gehüllt. Er ist so schön wie ein Musikinstrument, so vollendet, so stumm und für sich, wie er dort auf seiner Bettseite im Dunkeln liegt. Das Verlangen besteht darin: ihn zu finden, sich seiner zu bedienen, auf Resonanz zu stoßen. Nur so kann sie ihn besitzen, wie ein Musiker sein Instrument besitzt, und obwohl es sich anfühlt, als wäre sie wieder jung, ist es das nicht, überhaupt nicht. In ihrer Jugend hat sie nie die Körper von Männern besessen. Immer war es umgekehrt. Damals war sie das Instrument. Und die Zeit dazwischen ist eine Lücke gewesen, eine Stille, denn nach Alexas Geburt war sie weder Instrument noch Musikerin, sondern Schöpferin, mit einem Mal allein, ihr Körper ein bloßer Aderlass des Gebens und infolgedessen unberührbar. Ihr Körper wollte nichts von der Disziplin des Musizierens wissen. Er wollte nur in Ruhe gelassen werden.

Sie streckt die Hand aus und berührt die Haut von Thomas' Nacken, seinen Rücken, seine straffe gerundete Schulter. Er wacht auf. Sie spürt es, das Vibrieren von Leben unter ihrer Hand. Er dreht sich zu ihr, mit leicht geöffnetem Mund, die Augen geschlossen. Und folgt ihr.

Die Montague Street verläuft abschüssig Richtung Stadtzentrum. Sie ist so steil, dass ihr unteres Ende von oben aus weit entfernt scheint, ein nur schemenhaft geometrisch gegliedertes Häusergefälle, das dort unten mit seinen von Licht modellierten Ecken und Winkeln, einem Dunstkranz aus Abgasen, dem Verkehrsgedröhn und einem Lebensgefühl von Unveräußerlichkeit und Allgemeingültigkeit statt von Brüchigkeit und Besonderheit ausläuft, obwohl sich diese Illusion aus der Nähe, sobald die Wirklichkeit ihre Maßstäbe setzt, nach und nach als Illusion entlarvt: nichts weiter als eine malerische Stadt, praktischerweise nur eine Stunde von London entfernt. Doch von dort oben, wo die Bradshaws wohnen, hat sie eine Aura von Pracht und Niedergang.

Ihre Gegend ist geprägt von Parks und Kirchen – Erstere klein und überfüllt, Letztere groß und leer – und von zweistöckigen viktorianischen Häuserreihen aus rotem Backstein, die sich in Wellen über die hügelige Stadtlandschaft ziehen und damit wiederum eine Atmosphäre von Allgemeingültigkeit heraufbeschwören, das Bild einer zufriedenen und beruhigend zuverlässigen Bourgeoisie, das so gar nicht zu den genervt aussehenden, schlechtbezahlten Freiberuflern passt, die den Großteil der Bewohner ausmachen: Akademiker wie Tonie, Lehrer, Sozialarbeiter.

Nach Tonies Erfahrung sind es Leute, deren spezielle Fähigkeiten – im Verborgenen zu leiden und allzu Weltliches als belanglos abzutun, extreme Tugenden oder extremen Nihilismus an den Tag zu legen, Leidenschaften zu unterdrücken und angesichts der Wirklichkeit Standhaftigkeit zu beweisen – dermaßen ausgeprägt sind, dass sie damit eigentlich irgendwelche sichtbaren Zeichen in ihrer Umgebung setzen müssten; und doch ist das, was von ihrem Leben an die Oberfläche dringt, so dürftig, als käme darin ein Widerwillen zum Ausdruck, sich der Welt aufzudrängen, der noch tiefer geht. Wie oft war sie zu Besuch in den Häusern ihrer

Nachbarn und hat dort nicht nur den völligen Verzicht auf Luxus bemerkt, sondern auch einen Mangel an Notwendigem, hat leere, schmucklose Räume gesehen, fleckige Wände ohne Bilder, Umzugskisten, die nie ausgepackt worden sind, nackte Regale, und hat bei alldem eine unerschütterliche Vagheit wahrgenommen, eine Verträumtheit, die Tonie mit ihrer eigenen Aufmerksamkeit konfrontiert, ihrer profunden Entschlossenheit, und darauf hindeutet, dass diese Eigenschaften wohl doch nicht ganz normal sind. Ihre Freundin Elsa zum Beispiel: Als sie Elsas Haus zum ersten Mal betrat, dachte Tonie, sie und ihr Mann müssten eben erst eingezogen sein, so vorherrschend war die Atmosphäre von Leerstand, obwohl die beiden dort schon seit Jahren lebten. Im Flur hing ein Streifen Tapete herunter, und Elsa gestand, dass sie ihn eines Tages abgerissen hatte, um herauszufinden, was darunter war – blutrote Blumen und Kletterpflanzen, was sie eigentlich lieber nicht gewusst hätte; er hängt da immer noch. Tonie hätte die gesamte Tapete an einem Abend abgerissen, hätte nicht Ruhe gegeben, bis alles weg gewesen und durch etwas Neues, Schönes ersetzt worden wäre; und doch ist Elsa eine Frau mit vielen Werten, eine Frau, die behinderte Kinder unterrichtet, die alles stehen und liegen ließe, um zu helfen, wenn Tonie krank oder sonst wie in Schwierigkeiten wäre, eine Frau, die die Zeichen der Zeit anstandslos in ihrem Gesicht akzeptiert hat, obwohl die Zeit nicht gnädig mit ihr war. Wenn Tonie Elsa besucht und die halb abgerissene Papierzunge immer noch von der Wand hängen und das Wohnzimmer immer noch voller Kartons stehen sieht, fragt sie sich, welchen Sinn, welche moralische Berechtigung ihre eigene Kompetenz hat. Sie erkennt, dass sie bei weitem nicht so viele Werte hat, obwohl sie von etwas angetrieben wird, das sich wie Schuld oder Gewissensbisse anfühlt. Sie selber würde nicht Ruhe geben, bis alles Mangelhafte beseitigt und etwas Gutes erreicht wäre, und es käme ihr vor, als stachelte, feuerte sie ein Sinn für das Rechte an. Doch auf Elsas fleddrigem Flur gesteht sie sich ein, dass es nicht etwa ein Sinn für das Rechte ist: Es ist die Sehnsucht nach Erfolg.

Die Häuser in der Montague Street sind anders als die anderen, schmal, hoch und weiß, im georgianischen Stil, unpraktisch. Die Welt bietet eben immer wieder mal kleine Gelegenheiten, bei so viel Gleichmaß auf Unterschiede zu setzen, und Tonie gehört zu denen, die solche Gelegenheiten immer ergreifen, nur um sich im Nachhinein daran zu erinnern, dass sich zu unterscheiden nicht dasselbe bedeutet wie im Recht zu sein. Anfangs war sie so vernarrt in das Haus gewesen, dass Vernunft, ruhige Überlegung, gesunder Menschenverstand nichts bei ihr bewirken konnten. All das kam ihr rein feindselig vor, wie etwas seit eh und je Kränkendes, weshalb es nur recht schien – wieder der Sinn für das Rechte –, ihm zu trotzen und es sich ein für alle Mal vom Hals zu schaffen.

Es stimmt, das Haus ist ungewöhnlich. So schmal und so hoch, mit so weit vorstehenden Fenstern, so kipplig aussehend, wirkt es geradezu skurril, wie ein Ding der Unmöglichkeit. Es ist eher eine Zeichnung – eine Skizze – als ein Bauwerk. Mit wenigen Schritten gelangt man vom Eingang bis zum hinteren Ende: Kaum durch die Tür getreten, hat man schon den winzigen Garten vor der Nase. Bei allen Besuchern lässt sich ein Moment erschrockenen Zögerns beobachten, ein Gefühl räumlicher Fehleinschätzung, als wären sie drauf und dran, an einem Felsrand den Halt zu verlieren. Alle stoßen irgendeinen Laut aus, halb überrascht, aber auch halb bestürzt. Was Tonie wiederum höchst unangenehm findet. Seit nunmehr sieben Jahren wohnen sie und Thomas in diesem Haus, und die ständige Bloßstellung seiner Unzulänglichkeiten, seiner ganz besonderen Mängel, hat etwas Demoralisierendes. Die Räume im unteren Geschoss sind dunkel; die Fenster schließen schlecht, und der Garten ist zu klein; die schiefen Türrahmen und unebenen Dielen, vor allem dieses ewige Auf und Ab, Auf und Ab wie eine Melodie, die nach Auflösung strebt – das alles strapaziert Tonies Nerven und erschöpft sie. Jetzt muss sie mit ihrer Entscheidung leben und die bittere Lektion lernen, die da lautet, dass Sehnsucht gefährlich ist, weil es ihre Antithese, das Gesetz des Faktischen, auf den Plan ruft. Während die Fakten, ebenso zwangsläufig, sich an dem messen lassen müssen, was ersehnt wird. Wie sollte man mit diesem Impuls auch anders umgehen, als ihm zu folgen? In ihrem schmalen, verstiegenen Haus ist Tonie von neuen Sehnsüchten bedrängt worden – Sehnsüchten nach dem Anonymen, dem Geräumigen, nach waagerechten Flächen. Sie hat sich große Vorstadtrasen und Garagen vorgestellt, breite Alleen, ein niedriges, weitläufiges Haus. Jetzt scheint ihr, dass es einfacher wäre, sich durch so ein Haus zu definieren; dass die Zeit eher stillstünde; dass das Menschliche erkennbar würde, sich deutlich abhöbe vom Neutralen, sodass der Zauber des gelebten Lebens – so unausweichlich, so unabänderlich zum Land der Sehnsucht gehörend – sich endlich verwirklichen ließe.

Die Sache ist die, dass sie sich vor all den Jahren in das Haus verliebt hat: Sie hat sich in das Haus verliebt, und als sie allmählich mehr und mehr darüber erfuhr, wurde diese Liebe aufgeteilt, immer weiter unterteilt, bis jedes Stück Wissen größer war als der dafür vorgesehene Anteil an Zuneigung.

Dies ist die Lektion, der Denkzettel: dass Tatsachen Gefühle überdauern und Wissen somit mächtiger als Liebe ist. Es gibt unendlich viele Dinge zu wissen, die Liebesfähigkeit dagegen ist eine Fassungskraft, ein Raum, der nur so viel enthalten kann und nicht mehr.

Vor einem halben Jahr ist die Leiterin des Universitätsinstituts für Anglistik, an dem Tonie unterrichtet, emeritiert worden. Es war eine seltsame Zeit, nicht das leiseste Gerangel um ihren Posten, stattdessen überall Gleichgültigkeit, die an Lethargie grenzte, bis jemand Tonie fragte, ob sie sich nicht vorstellen könne, sich zu bewerben. Daran war überhaupt nicht zu denken – ein Posten mit jeder Menge Verwaltungsaufgaben, Welten entfernt von der Teilzeit-Dozentenstelle, an die sie gewöhnt war, ein Posten für jemanden wie Angela Deacon, die ihn jahrelang innegehabt hatte; eine ältere Frau mit einer Garderobe, die vor allem aus Kaschmir und Erdtönen bestand, eine Frau mit erwachsenen Kindern und einem Interesse für etruskische Kunst, eine immer-noch-verheiratete Frau, die trotzdem die kleine Flamme ihrer Frivolität am Brennen halten wollte und mit ihrem guterhaltenen Körper hinaus in die Welt strebte, geschützt durch die Rüstung des bürokratischen Prozederes. Tonie konnte so eine Arbeit nicht machen, dafür hätte sie Zeit einbringen müssen wie eine Mitgift. Und Tonie schien keine Verfügungsgewalt mehr über ihre Zeit zu besitzen. Ihre Arbeit war so lange rings um Alexas Dasein und Thomas' Fortsein herumgeplant worden, dass deren eigene Form und Wirkkraft, deren eigene Macht ganz in Vergessenheit geraten war.

Es gab ein Gespräch in der Küche, spät am Abend. Thomas tränten die Augen. Er sagte, er habe Heuschnupfen. Alle paar Minuten holte er ein Taschentuch heraus und schnäuzte sich, und auch Tonie konnte ihre Finger nicht stillhalten. Am Tisch riss sie Papierschnipsel auseinander, Orangenschalen, pulte Wachsstreifen von der Kerze auf dem Tisch ab, die Rinnsale, die seitlich an ihr heruntergelaufen waren. Sie sahen so weich aus, so flüssig, aber mit ihren harten Tropfen ließen sie sich so schwer abbrechen wie Zweige. Tonie und Thomas redeten über ihr Leben auf eine Art, wie sie über einen Film hätten reden können, den sie gerade gesehen, oder ein Buch, das sie beide gelesen hatten. Sie beleuchteten ihre aktuelle Situation; sie diskutierten darüber, und indem sie darüber diskutierten, schien die Situation sich von der Diskussion zu lösen und irgendwohin weiterzudriften, sodass sie beide im Schiff ihrer Partnerschaft über dunkles Wasser getrieben wurden. Es war, als hätten sie die ganze Zeit über nur gespielt, Rollen gespielt, und könnten nun endlich wieder sie selbst sein. In dieser Atmosphäre schienen Karrieren trivial, austauschbar, konnten nach Belieben aufgenommen und wieder hingeworfen werden. Tonie zerbrach die versteinerten Wachszweige in immer kleinere Brocken: Sie lagen auf dem Tisch wie ein Haufen Knöchelchen. Jedes Mal, wenn sie Thomas ansah, lief ihm Wasser aus den Augenwinkeln, wie einem Heiligen in einem religiösen Gemälde. Sie erinnert sich, bemerkt zu haben, dass er über seine Arbeit in der Vergangenheitsform sprach. Er holte eine Flasche Whisky aus dem Schrank und schenkte ihnen beiden mehr als ein doppeltes Maß ein. Er sagte:

«Das war jetzt die reinste Offenbarung.»

Aber in Wahrheit war Thomas von dem Plan nie wieder ganz so überzeugt, wurde immer unschlüssiger, je weiter sich Tonies Beförderung zu einer Gewissheit entwickelte, ja er scheint noch heute einen Prozess durchzumachen, eine Anpassung, als hätte sich das Leben in der neuen Form einfach wieder um ihn herum verhärtet, als wäre die Offenbarung, die diesen Vorgang ausgelöst hat, nirgendwo mehr auffindbar. Sie existiert nicht konkret, diese Offenbarung. Sie hat keine eigene Wirklichkeit. Sie hat nur einen Moment lang die Eigenschaften der Wirklichkeit verändert, wie die Flamme die Kerze veränderte und über ihren Rand laufen ließ, neue Wege laufen ließ, als suchte sie sich von dem zu befreien, was sie war und wozu sie wieder wurde, sobald das Wachs mit der Luft in Berührung kam und in seinen Bahnen erstarrte.

Im Zug schaut sie Männer an. Manche von ihnen sehen gesund aus, attraktiv, aber die meisten nicht. Ihr gegenüber sitzt ein großer Mann mit rötlichem Haar und dicken, weißen, von Sommersprossen übersäten Armen, die aus den Ärmeln seines T-Shirts quellen. Seine Haare sind an einigen Stellen platt gedrückt und schreckgesträubt an anderen, wie ein Stück Wiese, in deren hohes Gras sich ein Tier gelegt hat. Er ist fett, mit weißen Wurstfingern, die Schenkel zerfließen auf dem Stoffsitz, der Bauch liegt in Falten über seiner Hose. Es ist acht Uhr morgens. Er hat winzige Ohrhörer aufgesetzt. Sitzt ihr gegenüber und isst einen Riegel Aero. Stellt eine Dose Cola auf das Tischchen zwischen ihnen, quetscht seinen Finger durch die Blechlasche, knackt sie auf.

Verglichen mit ihm verfügt Tonie über Selbstdisziplin, eine fast professionelle Körperlichkeit. Sie ist in die Atemporalität eingetreten, die Phase zwischen Mutter-Werden und sichtbarem Verfall. Und doch fühlt sie sich bereits angespannt vor Erwartung, als würde nun, da er seine biologische Aufgabe abgeschlossen hat, für ihren Körper das Leben erst richtig beginnen. In drei Monaten wird sie vierzig, aber in jüngeren Jahren hatte sie mehr Angst vor dem Älterwerden – mit fünfunddreißig, als sie eigentlich nur Schale war und Alexa mit ihren drei, vier Jahren der ungeduldige, unreife Kern, der schon darauf drang, sie abzustreifen. Jetzt ist Alexa diejenige, die älter wird: Tonie bleibt, wie sie ist. Und sie erforscht diesen Ist-Zustand so erregt und nervös, als gäbe es darin etwas, das sie fürchtet, nicht zu finden.

Es regnet, als sie aus dem Zug steigt. Für den restlichen Weg nimmt sie den Bus, an andere Passagiere gedrängt, die Scheiben blind von Kondenswasser. Die Gerüche nach nasser Haut, nassen Haaren, nassen Kosmetika, nassem Schuhleder verbinden sich zu einem Muster in der Stille, besetzen das nichtsprachliche Terrain, als versuchten hier alle, sich auf eine Weise zu definieren, für die es noch nie Worte gegeben hat und auch nie geben wird. Der Bus schwankt. Ein graues Panorama aus nassen Bürgersteigen und Ladenfronten fließt, stockt und fließt weiter vorbei an den beschlagenen Fensterscheiben. Der Universitätskomplex – niedrige Betonbauten, die an Gemeindezentren erinnern – rückt langsam in den Mittelgrund. Erstaunlich, wie viele Leute jetzt nach Taschen, Jacken, Schirmen greifen, sich zum Aussteigen bereit machen. Es gleicht einem religiösen Akt: Menschen, die sich aus der Anonymität erheben, die schieben und drängeln, alles im Namen der höheren Bildung. Mitten in der Menge entdeckt sie Janine, die Richtung Tür strebt.

«Hey», sagt Tonie.

Janine macht ein Gesicht, als würde sie erdrosselt. «Allmählich entwickle ich eine Abneigung gegen gewisse soziale Gruppen», sagt sie, sobald sie nah genug ist. «Die Schwachen sind die Schlimmsten. Alte, Mütter, Kinder in Karren.»

Tonie lacht. Sie steigen aus, gehen zusammen über die Straße und durch die großen Glastüren.

«Einen Kaffee?» Janine zögert am Eingang der Personalkantine, dann treten sie ein, stellen sich am Ende der Schlange an. Aus den Winkeln ihrer wimpernumkränzten Augen wirft sie einen Blick durch den Raum. Warnend legt sie eine Hand auf Tonies Arm. «Martin Carson scharf rechts», sagt sie.

Tonie dreht sich um, sieht Martin vornübergebeugt an einem der hinteren Resopaltische sitzen – eine Figur wie aus *Der Wind in den Weiden* mit seiner Brille und Weste. Vor ihm liegt ein schmales Büchlein, auf das seine Augen geheftet sind. Er runzelt die Stirn. Sein Gesicht trägt den Ausdruck leiser Überraschung.

«Er *liest*», zischt Janine.

«Hey, Martin, aufgepasst, wir haben jetzt das einundzwanzigste Jahrhundert.»

Janine lacht schallend los, klappert mit den Wimpern dem Jungen hinter der Durchreiche zu, bestellt Kaffee schwarz ohne Zucker. «Mir ist klar geworden, dass ein Mann, der liest, in meinen Augen schon was Effeminiertes hat», sagt sie zu Tonie. «Wenn du verstehst, was ich meine.»

Janine wirkt atemlos, ein bisschen mitgenommen, als wäre sie bis in die frühen Morgenstunden feiern gewesen und dann direkt von der Party hierhergeeilt. Ihr Outfit erinnert an eine Filmdiva der Vergangenheit: malvenfarbenes Chiffonkleid, spitze, hochhackige Silbersandaletten. Ihr langes, braunes, fransiges Haar sieht aus wie vom Wind zerzaust. Sie ist grobknochig und vollbusig, zart um die Hand- und Fußgelenke; ihr Gesicht und ihr Dekolleté sind von freundlichen Furchen durchzogen. Sie hat etwas Mütterliches an sich: Tonie kann sich gut die Art von männlichem Begehren vorstellen, die in diese Richtung zielt. Obwohl Janine wie Tonie nur ein Kind hat, das sie allerdings allein aufzieht. Sie setzen sich mit ihren Tassen an einen Tisch.

«O Gott, was fühl ich mich beschissen», sagt sie und schließt dabei halb die Augen. Ihr Lidschatten ähnelt blauen Flecken. Dann macht sie die Augen wieder ganz auf. «Greg und ich haben uns gestern Nacht gestritten.»

«Weshalb?»

Sie lässt die Hand durch die Luft sausen, schüttelt den Kopf.

«Weiß ich auch nicht genau. Einfach – gestritten.»

Tonie fragt sich, wie es dazu kommt: Janines kleine Wohnung, darin ihre Tochter, zwei Erwachsene, die versuchen, inmitten der Asche dessen, was gewesen ist, neue Glut zu entfachen, und mit alldem vor Augen es entweder schaffen oder nicht. Sie hat Janines Leben aus verschiedenen Blickwinkeln betrachtet und sie darum beneidet, beneidet um die Offenheit, das Fehlen von Strukturen. Sie sieht Perspektiven für Janine, die sie sich für sich selbst nicht vorstellen kann: die Möglichkeit, sich zu verändern, weiterzuentwickeln, Unbekanntes zu erleben.

«Francesca war über Nacht bei meinem Scheiß-Ex», sagt Janine, die offenbar ihre Gedanken lesen kann. «Und dafür ist Greg gekommen.»

«Läuft das so? Sie geht, und er kommt?»

Janine nickt. «Genau», sagt sie. «Wie in einem französischen Theaterstück.»

«Ich habe es mir weniger – durchgeplant vorgestellt.»

«Ach Süße», sagt Janine erschöpft, «es ist ein gottverdammter Dienstplan. Da gibt es Gregs drei aus Ehe Nummer eins an den Wochenenden, eins aus Ehe Nummer zwei zweimal im Monat, dann ein Stiefkind, das irgendwo reingequetscht wird, ein Hund, mit dem man Gassi geht, eine Katze, die zum Tierarzt muss. Mich gibt's nur in den Nächten außerhalb der Stoßzeiten.»

«Und die habt ihr dann mit Streiten verbracht. Eure Nacht.»

Janine gähnt, streckt ihre gesprenkelten Arme, wobei eine riefige, fleckige Achselhöhle sichtbar wird. Tonie fühlt sich wieder an das Mutterbild erinnert, den strapazierten Körper, der ins Unvollkommene abrutscht.

«Ach, das brocken wir uns doch selber ein, oder?», sagt Janine. «Da kommst du nach Hause, bringst das Kind weg, putzt einmal durch, zündest die Kerzen an, rasierst dir die Beine, machst den Wein auf – du forderst es praktisch raus, dass dir deine bescheidenen Pläne durchkreuzt werden. Obwohl dieser erste Teil eigentlich gut gelaufen ist. Den Ärger gab's erst später.» Wieder gähnt sie. «Um drei Uhr morgens wach ich auf, und er steht neben dem Bett.»

«Und will rein?»

«Ist raus. Offenbar hab ich etwas im Schlaf gesagt.»

«Was denn?»

«Offenbar hab ich» – Janine lacht – «*Roger* gesagt.»

Tonie prustet los, schlägt mit der Hand auf den Tisch.

«Also zieht er sich wieder an und stürmt aus dem Schlafzimmer. Ich glaubte, er würde nach Hause fahren, und war so verpennt, dass ich dachte, na meinetwegen. Es war mir egal. Ich wollte nur wieder einschlafen. Ist dir so was je passiert?»

Tonie stimmt ihr halbherzig zu, stumm.

«Ich glaube, das ist die wahre Ernüchterung der späteren Jahre», sagt Janine und schiebt ihre Kaffeetasse weg. «Dass man sich deswegen einfach keine Gedanken mehr machen kann. Nachdem man sich so lange so viele Gedanken gemacht hat.»

Tonie schaudert es. «O nein.»

«Jedenfalls hör ich nach einer Weile Geräusche, und irgendwann wird mir klar, dass er immer noch da ist. Also schlepp ich mich aus dem Bett und geh in die Küche, und da sitzt er bei Festbeleuchtung am Tisch, mit aufgeklapptem Laptop. Beim Arbeiten.»

Jetzt prusten beide los: die offenkundige Lächerlichkeit männlichen Verhaltens.

«Und wie läuft's so bei dir?», fragt Janine. Sie steckt ihren Löffel in die Zuckerschale, nimmt ihn wieder heraus und leckt ihn sorgfältig ab.

«Ganz okay.»

Tonie will nichts erklären: Jedes Wort würde sie nur weiter vom Geheimnis ihrer Erwartungen abbringen. Sie erinnert sich, wie sie einmal mit Thomas irgendwohin gefahren ist, Meilen um Meilen durch leere Wildnis, die Karte ausgebreitet auf den Knien; erinnert sich an den Anblick des Papiers, die Straße, die sich durch diese Leere schlängelte, sich selbst erklärend, während alles ringsum unbekannt und unberührt blieb. Sie würden halten, aussteigen, zu Fuß gehen müssen. Um zu wissen, was da war, müssten sie es im wahrsten Sinne betreten.

«Ich bin einfach – hier», sagt sie: an diesem Ort, diesem Betonbau am Straßenrand.

«Ist es das, was du gewollt hast?», fragt Janine, heiter, sachlich, als sprächen sie über ein Geschenk, das Tonie bekommen hat, beide in dem Bewusstsein, dass es in ihrem Alter nichts bringen würde, die eigene Enttäuschung zu kaschieren.

«Ich kann auch nicht sagen, dass ich es *nicht* will. Es kommt darauf an. Es kommt darauf an, wie es funktioniert.»

Sie merkt, dass Janine sie nicht versteht: In Janines Augen hat Tonie etwas Irrationales getan, ist abgefallen von der speziell weiblichen Religion mit deren unablässigen Einschüben des Persönlichen und des Praktischen, der Ehrfurcht vor dem Gefühl, dem nur den Gläubigen möglichen Humor, bei dem die Pointe immer daraus besteht, dass man mit dem davonkommt, was man sich leisten kann. Janine könnte Tonies Sehnsucht nach dem Strengen, dem Nüchternen, dem Zwingenden nicht verstehen. Könnte ihre Entscheidung, den Packen Gefühle abzustellen, nicht nachvollziehen.

«Mir würde die Lehre fehlen», sagt sie nur, während sie über Tonies Schulter blickt.

Sie ist nicht die Erste, die das zu Tonie sagt: Hier ist Unterrichten gleichbedeutend mit Gefühl. Die Frauen, die Tonie zu Hause kennt, sagen in genau demselben Ton, ihnen würden die Kinder fehlen.

«Man kann nicht unterrichten, wenn einen die Bücher ankotzen», sagt Tonie leise.

Sie sieht in Janines Augen ein Aufblitzen von Furcht, einen Funken echter pädagogischer Missbilligung. Nach einem Moment des Zögerns fängt Janine an zu lachen. Sie hat entschieden, Tonie für eine Bilderstürmerin zu halten.

«Bücher können schon zum Kotzen sein», sagt sie nickend. «Ja ja, die Literatur. Ein übler Virus.» Sie verdreht die Augen, schaut Tonie durch ihre Wimpern an. «Obwohl Tabellenkalkulationen bestimmt auch nicht so interessant sind.»

Tonie zuckt die Achseln. Sie wird sich nicht rechtfertigen.

«Ich hoffe, es funktioniert», sagt Janine, urplötzlich etwas förmlich, als würde Tonie irgendwohin gehen und nie mehr zurückkehren. Tonie blickt auf. Martin Carson steht vor ihrem Tisch.

«Huch» – Janine guckt auf ihre Uhr –, «ich muss los, Hart Crane unters Volk bringen.»

«Ach so?», sagt er bedeutungsvoll, als wäre Hart Crane eine Meinung und nicht ein Dichter. Er wendet sich an Tonie, bohrt den Blick durch seine Backsteingläser in sie hinein. «Wie geht es *Ihnen*?», sagt er.

«Gut», sagt sie. Auch sie guckt jetzt auf die Uhr. «Ich muss los.»

«Hübsch, was Sie mit Ihren Haaren gemacht haben», sagt Martin. Er hat einen amerikanischen Akzent, schwer einzuordnen. Alles, was er sagt, klingt dadurch ironisch. Tonie hat erlebt, wie er gegen seine Studenten vom Leder gezogen hat, stämmige, sehnige Jungs mit Basecaps und stille, korpulente Mädchen mit runden, von Make-up und Akne verkrusteten Wangen hat sie vor ihm zusammenzucken sehen. Er attackiert sie mit diesem obskuren, ironisch klingenden Akzent: lässt sie dumm dastehen, sich elend fühlen.

«Danke.»

«Ich komme mit Ihnen», sagt er.

Janine verdreht die Augen, winkt, läuft auf ihren silbernen Stöckelschuhen davon.

«Mir scheint, ich habe Sie beide da bei etwas Wichtigem unterbrochen», sagt Martin mit professioneller Genugtuung. «Ich habe Sie beobachtet. Sie sahen – wehmütig aus. Irgendwie traurig, aber auch nachdenklich.»

Er imitiert ihren Ausdruck, mitten auf dem überfüllten Flur. Legt seine Finger unter das Kinn und blickt vor sich hin.

«Danke», sagt sie noch einmal.

Sie gehen nach links, dann nach rechts und wieder nach links entlang der grauwandigen Flure mit den vielen Anschlagbrettern und dem abblätternden Lack, und Martin hält sich dicht an ihrer Seite, während sie sich durch das Meer aus Leibern schieben, sagt hier «Hallo» und da «Wie geht's» zu den Studenten, die zu ihm aufblicken. Sofort wirken sie beunruhigt, ein bisschen schuldbewusst, als wäre ihre eigene Persönlichkeit etwas, das sie besser verbergen sollten. Sie kann keinen Funken Jugend in diesen Gesichtern, diesen Leibern entdecken: Sie haben picklige Haut, Piercings, steifes, künstlich aussehendes Haar. Sie wirken melancholisch, unschlüssig, wie Leute, die in der falschen Stadt aus dem Zug gestiegen sind. Wirken wie Leute, denen nie etwas erklärt worden ist.

«Hallo, *Jamie*», sagt Martin im Fahrstuhl zu einem kalkbleichen Jungen mit einem starren, kakaduartigen Haarschweif. «Freut mich, dass Sie die Zeit gefunden haben, heute *hierher*zukommen. Freut mich wirklich.»

Sie steigen aus, lassen Jamie mit offenem Mund in der stählernen Kabine stehen, gehen durch die Doppeltüren zu ihren jeweiligen Büros.

«Wir sollten demnächst mal einen Kaffee zusammen trinken», sagt Martin und lehnt sich an den Rahmen der Tür, vor der sich ihre Wege trennen.

Tonie möchte in ihrem Büro sein, allein, möchte sich in dem grauen Rechteck mit Blick auf den Parkplatz wieder einrichten, doch stattdessen sagt sie: «Glauben Sie, dass die sich wohlfühlen in ihrer Haut?»

Martin sieht verblüfft aus. «Wer?»

«Die Studenten. Glauben Sie, dass sie Spaß am Leben haben?»

Martin schaut zu Boden, schaut ganz genau hin, als wäre er aufgefordert worden, die Gefühle eines Haustiers zu erraten.

«Sie meinen im mythologischen Sinne, ja? Ob sie selbstbewusst im Mythos ihres eigenen Lebens daheim sind? Ob es ihnen das bedeutet, was es Ihnen bedeutet hat? Ja?» Er rückt sich die Brille zurecht, reibt sich das blasse Kinn. «Die Antwort lautet nein.»

Tonie hört in ihrem Büro das Telefon läuten. Sie legt die Hand auf die Türklinke.

«Schauen Sie mal», sagt Martin. «Ihr Grabstein ist schon aufgestellt.»

Sie schaut hin. An der Tür ist ein neues Schild angebracht: Dr. A. Swann, Institutsleiterin. Martin schüttelt den Kopf.

«Sie kommen mir viel zu jung für so etwas vor», sagt er.

Sie lacht. «Tja, bin ich aber nicht.»

Er guckt, schüttelt wieder den Kopf. «Ich komm einfach nicht klar damit», sagt er. «Das sind Sie doch gar nicht. Ich hatte Sie als die Fakultätsrebellin auf dem Zettel. Offenbar», er fixiert sie wie unter dem Mikroskop, «habe ich mich geirrt.»

Sie lächelt, schließt die Tür auf, macht sie sacht hinter sich zu. Das Telefon hat aufgehört zu läuten. Es herrscht Stille im Raum. Sie sieht den schwarzen Drehstuhl, den Terminkalender, die Aktenstapel. Sie sieht den Parkplatz mit seinem Gitternetz aus Autos, drei Stockwerke tiefer. Leute kommen und gehen, mit gesenkten Köpfen, auf den Asphalt starrend. Das Telefon beginnt wieder zu läuten.

Martin Carson hat keine gute Wahrnehmungsgabe. Dies ist das bei weitem Rebellischste, das sie je getan hat.

III

Die anderen Bradshaws – Thomas' Bruder Howard, seine Frau Claudia, ihre drei Kinder – wohnen ungefähr eine Meile entfernt am Laurier Drive, einer Straße im Vorort Laurier Park. Howard ist jemand, dessen scherzhafte Art in seiner Jugend auf eine Verachtung für alles Konventionelle hinzudeuten schien und heute seine deutlich ausgeprägte konservative Einstellung ironisch verbrämt. Manchmal fragt sich Thomas, ob seine Überzeugung, dass Howard anders als andere Menschen ist, sich nicht allein daraus speisen könnte, vor welchen Kulissen er ihn sieht; ob er, wäre der Rahmen ein anderer, nicht vielleicht erkennen würde, dass Howard eigentlich ganz gewöhnlich ist und nicht nur vorgibt, es zu sein. Die gewundenen Vorstadt-Alleen von Laurier Park mit ihren elektronischen Sicherheitstoren und flutlichterhellten Kiesauffahrten, ihren schicken Autos, kunstvoll beschnittenen Gewächsen und ihrer seltsamen Atmosphäre von überladener Öde sind der bildliche Ausdruck dessen, welchen Platz Howard sich in der Welt selbst zuweist. Howard und Claudia erfreuen ihre Gäste gern mit Geschichten über die neuesten Gipfel der Geschmacklosigkeit – die Freiluft-Whirlpools, die obszönen Skulpturen, die Cocktailbar mit Hawaii-Motiven, die kürzlich im Garten nebenan aufgebaut worden ist –, Gipfel, zu denen sich die Nachbarschaft jeden Monat aufschwingt, obwohl Howard seinen BMW genauso in der Einfahrt stehen hat wie jeder andere. Hier gibt es Kastanienbäume mit großen raschelnden Schößen, die ihre Fracht aus Blättern, Borkenschuppen und Früchten lästigerweise auf die sauberen Bürgersteige abwerfen. Ab und an kursiert eine Unterschriftenliste mit der Forderung, sie fällen zu lassen, und dann sind Howard und Claudia empört, echt empört, denn zum Wesen der Ironie gehört es nun einmal, etwas durch und durch Unironisches hochzuhalten.

«Ich *muss* sie malen», sagt Claudia, als würde dieser Akt, sollte sie je dazu kommen, die Unsterblichkeit dieser Bäume ein für alle Mal garantieren.

Thomas hat in Howard immer das erfolgreichste Mitglied der Familie gesehen. Mit fünfundzwanzig war Howard schon reich und litt unter Haarausfall, zwei Dinge, die zusammenzupassen schienen, obwohl er nie so reich geworden ist, wie Thomas es erwartet hat, und auch nicht so kahl. Howards Erfolge sind für Thomas eben wirklicher als seine Misserfolge; genau umgekehrt geht es ihm mit seinem jüngeren Bruder Leo, dessen ausgesprochen angenehmes Leben Thomas durch einen Schleier des Zweifels wahrnimmt, sodass er nichts, was Leo tut, je ganz und gar überzeugend findet. Er ist sich darüber im Klaren, dass dies Vorurteile sind, rational nicht zu begründen, aber manchmal scheinen sie mehr als das zu sein, scheinen woandersher als von ihm selbst zu stammen: tatsächliche Kräfte, die Verhalten bestimmen und es von Anfang an bestimmt haben, wie Tonart-Vorzeichen eine Melodie. Von Anfang an, so kommt es Thomas vor, war Howard in Dur gesetzt und Leo in Moll, und obwohl jeder sein eigenes Leben führt, scheinen beide in seinen Augen ihr jeweiliges Harmonie-Schicksal durchzuspielen, so wie er, vermutet er, dies auch in ihren Augen tut.

Howard hat im Lauf der Zeit Dinge getan, die Thomas mit seinem Verständnis von Howards Charakter nicht in Einklang bringen kann, hat angefangen, sich für Golf zu interessieren, für den christlichen Glauben, für Windsurfen, Männergruppen; hat Zweifel durchlebt, Depressionen, Fanatismus, Gleichgültigkeit, war ganze Jahre auf eine Meinung, eine Überzeugung fixiert; und doch hat er trotz all dieser Widersprüche eine grundsätzliche Beständigkeit an den Tag gelegt, ist durch Disharmonien zurück zur Harmonie gelangt, zu sich selbst. Indem er Howard beim Leben zugesehen hat, ist Thomas klargeworden, dass es unmöglich ist, einen anderen Menschen ganz und gar zu verstehen. Aber es gibt da durchaus etwas, das ihm erlaubt, Howard quasi vorauszusagen, eine tiefer gehende Ahnung davon, was seinen Bruder ausmacht. Howard öffnet sich diesen periodischen Anwandlungen wie ein Zug, der Fahrgäste aufnimmt, um sie irgendwann wieder zu entlassen. Sein Verhalten ist augenfällig: Wann immer er sich für etwas zu interessieren beginnt, wird Thomas bewusst, dass auch andere sich dafür interessieren. Es ist, als beschriebe Howard die Welt, in der er lebt. Er macht sie durch, die Moden und Marotten, die Glaubensrichtungen, die Psychotrends, und doch bleibt sein Äußeres, seine Form, unverändert. Diese Form ist es, auf der Thomas' profundes Wissen über Howard fußt. Dieses Wissen hat er nicht über andere Leute. Andere Leute muss er studieren. Sie sind reiner Inhalt, Information. In gewisser Weise ist es eine Gabe, die Fähigkeit, die er in Bezug auf Howard hat. Er kann Lebenslauf und -geschichte durch das Gefäß seines Bruders fließen sehen: Irgendein geheimnisvolles Talent befähigt ihn dazu.

Aber Howard hat manchmal auch Thomas etwas beizubringen – indem er eine Beziehung zur Wirklichkeit pflegt, die überraschender, weniger vorhersehbar ist als das Leben, das Thomas sich für ihn vorgestellt hätte. Sein Wohlstand zum Beispiel: Mit Anfang zwanzig, als Student, ist Howard nach Amerika gereist und mit einer Containerladung sonderbar aussehender Fahrräder zurückgekehrt, die er mit dem Stipendiengeld eines gesamten Semesters gekauft hatte und, so behauptete er, weiterverkaufen wollte. Thomas erinnert sich daran, dass er perplex war, bestürzt, und regelrecht Kopfweh bekam beim Gedanken an die schwere Last dieser nicht mehr aus der Welt zu schaffenden Fahrräder und die dadurch verursachte schockierende Verarmung seines Bruders, der nun gezwungen war, sich Geld vom Vater zu leihen – Geld, das er allerdings zurückzahlte, sogar mit Zinsen, noch bevor das Semester zu Ende war, als er auch das letzte Fahrrad verkauft und Bestellungen für die nächste Lieferung in der Tasche hatte. Heutzutage hat alle Welt Fahrräder wie die einst von Howard importierten, auch Thomas. Dasselbe trifft auf die Skateboards und Roller zu, für deren Vorfinanzierung Howard einige Jahre zuvor eine neue Hypothek auf das Haus am Laurier Drive aufgenommen hatte. Howard hat seine eigene Firma: Nach üblichen Maßstäben ist er ein recht erfolgreicher Mann. Das Muster seines frühen Erfolgs hat sich allerdings nie geändert. Er setzt alles aufs Spiel und steigt mit Gewinn aus, aber im Prinzip hat sich sein Einsatz nicht vergrößert. Darin besteht Howards Schutzfunktion: Seine Beständigkeit bietet das, was Thomas für Struktur hält. Die Geschichte mit den Fahrrädern brachte einen Phantasie-Howard hervor, eine Person, die außerhalb von Thomas' Vorstellung nicht existiert. Thomas sieht in ihm immer noch einen Unternehmer, den nichts aufhalten kann, der sich in

Reichtum und Überfluss wälzt, einen Mann mit Yachten und Aktienpaketen und einem Hang zu esoterischem Luxus, aber der wirkliche Howard ist überhaupt nicht so.

Sonntags treibt es Thomas und Tonie oft zum Laurier Drive, denn trotz der Formschnittgärtnerei und der Union Jacks, die an glänzenden Fahnenstangen hängen, stellt das Anwesen von Howard und Claudia für sie einen kulturellen Anziehungspunkt dar. Im Auto klagt Tonie normalerweise: Sie hätte es gern, wenn auch ihr eigenes Haus einen solchen Reiz auf die Umwelt ausüben würde, jedenfalls glaubt sie das. Doch sie ist oft unsicher, nicht gut beieinander, wenn sie Besuch haben. Das ist es, denkt Thomas, worüber sie eigentlich klagt. Sie wäre gern anders, ohne genau zu begreifen, was dieses Anderssein ausmacht.

Heute allerdings schweigt sie auf dem Beifahrersitz. Es ist Ende September, ein strahlender, aber schon herbstlich-harscher Tag. Immer wieder wirft Thomas ihr einen Blick zu: Es ist, als flirrte sie hinter den Wellen aus Licht, die durch die Windschutzscheibe auf sie fallen. Sie setzt die Sonnenbrille auf, starrt aus dem Fenster. Seit sie ihre neue Stelle angetreten hat, wirkt sie auf ihn selbstgenügsamer. Die Veränderung hat etwas von ihr enthüllt – wie ein Raum sich enthüllt, wenn darin gründlich aufgeräumt wird. Aber ihr neues Innenleben birgt neue Rätsel: Jetzt, wo er sie so sehen kann, fragt er sich, wer sie wirklich ist.

«Wie geht's dir?», sagt er.

«Berauschend», erwidert sie mit heiserer Stimme.

Als sie ankommen, springt Alexa aus dem Auto und verschwindet ums Haus herum in den Garten, von wo Kinderstimmen zu hören sind. Thomas und Tonie gehen in die andere Richtung, zur Haustür, und klingeln.

«Was sind die hübsch», sagt Tonie. Sie berührt die angeschlagene Steinurne mit den daraus rankenden Geranien, die auf der Eingangsstufe in der Herbstsonne steht. Sie befühlt die knallroten Köpfe. «Und so typisch.»

Das ist auf Claudia gemünzt, auf Claudias Händchen fürs ungezwungen Hausfrauliche, das Tonie so gefällt und gleichzeitig unerklärlicherweise umzutreiben scheint. Tonie setzt mehr auf die Kraft der Reinigung: Sie hat Anfälle von Putzwahn, bei denen die vertraute Oberfläche des häuslichen Lebens ganz verschwindet, als hoffte sie, via Vernichtung zur Schönheit zu gelangen. Bei Claudia zu Hause wird Schönheit – nicht weniger gewissenhaft, denkt Thomas – über den Pfad des Zufälligen erlangt. Wenn Tonie hierherkommt, wünscht sie sich, sie könnte eher wie Claudia sein, könnte von ihrem eigenen strengen Ordnungssinn befreit werden, könnte an gewisse Dinge denken und andere vergessen, so wie Claudia daran gedacht hat, die Geranien einzupflanzen, um sie dann so weit zu vergessen, dass sie wachsen konnten. Tonie befühlt die Geranien, als wären sie etwas, das sie in ihrem Wahn sicherlich entsorgt hätte. Howard macht die Tür auf. Er umschlingt Tonie mit seinen Armflegeln, wobei sein Gesicht über ihrer Schulter erscheint, rund und grinsend wie ein Halloween-Kürbis.

«Kommt gucken, was wir dahaben», sagt er.

Er winkt sie durch den dunklen Kern des Hauses, hin zu den großen offenen Glastüren und dem hellen Garten, der sich vor ihren Augen ausbreitet. Thomas entgeht nicht der Schweißfleck hinten auf dem Hemd seines Bruders, nicht die rote Verfärbung seines fast kahlen Schädels. In den mittleren Jahren ist Howard ganz und gar Oberfläche geworden. Was ihn bewegt, schießt über seinen breiten Körper wie eine Wetterfront über eine Steppe. Draußen laufen die Kinder durchs Gras. Ein andauerndes Brummen, wie von einem Rasenmäher, ist zu hören. Als Thomas ins Freie tritt, kommt Howards Sohn Lewis vom Gewächshaus am hinteren Ende des Gartens auf einem winzigen Motorrad angeschossen. Er jagt die anderen über den Rasen, und als er das vordere Ende erreicht, macht er kehrt und rast wie verrückt im Kreis um sie herum, bevor er seitlich ins Gras plumpst, während die Räder sich noch drehen und alle Kinder vor Lachen kreischen.

Claudia steht auf der Veranda, schirmt die Augen mit einer Hand vor der Sonne ab.

«Ist das nicht *ätzend*?», sagt sie. «Howard hat die Dinger frisch aus Japan importiert.»

«Ich hab fünftausend Stück davon in einem Lagerhaus an der M25 gebunkert», bestätigt Howard vergnügt.

Thomas schaut sich das Motorrad an. Er versucht, nicht allzu reserviert zu erscheinen, obwohl er ihn empört, enttäuscht, dieser neueste Beweis für Howards Wahllosigkeit. Bis Weihnachten wird dieses Mini-Motorrad unvermeidlich in die Gefilde kindlicher Sehnsüchte vorgedrungen sein. Urplötzlich kommt in ihm das Gefühl hoch, dass Howard daran schuld ist, dass er das, wenn er wollte, verhindern könnte.

«Läuft das mit Batterie?»

«Den Saft dafür holst du dir direkt aus jeder stinknormalen Steckdose», sagt Howard. «Auf flacher Strecke schafft es zwanzig Meilen pro Stunde.»

«Kann man sich etwas Widerlicheres vorstellen?», sagt Claudia. «Allein der Krach macht einen schon verrückt. Und ihr werdet's nicht glauben, was die kosten –»

«Fünfhundert, im Internet», sagt Howard und stupst Thomas zwischen die Rippen.

«Wer so was gut findet, muss echt *krank* sein», sagt Claudia. «Meint ihr nicht?»

Tonie stützt sich mit den Händen aufs Geländer, blickt hinab auf den Rasen. Sie hat die Sonnenbrille wieder aufgesetzt. Heute ist sie ganz in Schwarz gekleidet, schwarze Hose, schwarzes Shirt, schwarze Lederjacke.

«Ach komm», sagt sie lächelnd. «Sieht doch aus, als würde es Spaß machen.»

Claudia stellt sich neben sie, streicht über das Revers ihrer Jacke. Tonie will nicht, denkt Thomas, dass man meint, sie sei für keinen Spaß zu haben.

«Süße, du bist heute *très rock*», sagt Claudia bewundernd. «Ich hab dich immer für eine prinzipienfeste Linke gehalten, aber damit hab ich wohl falschgelegen.»

Sie selbst trägt alte Clogs, einen Poncho, Cordhosen mit Schlag. Als Howard Claudia kennenlernte, studierte sie noch an der Kunstakademie. Es gehört zum Mythos von Claudias und Howards Leben, dass er sie entführte, bevor sie ihr Studium beenden konnte. Dieser Mythos macht es schwer, sich genau zu erinnern, wie es in Wirklichkeit gewesen ist. Claudia hat ein Atelier am hinteren Ende des Gartens, eine Art Denkmal für ihre aufgegebene Karriere. Thomas hält auch ihre Kleidung für symbolisch, wie die Uniformen, die Veteranen am Remembrance Day tragen, um andere Leute an die Opfer zu erinnern, die sie erbracht haben.

«Seit neuestem bin ich für alles zu haben», sagt Tonie.

«Na, das klingt doch toll», sagt Claudia fröhlich. «Dafür werde ich immer bitterer. Ich verwandle mich in Essig, in korkigen Wein.»

«Ach *Schätzchen*», sagt Howard.

«Die Sache ist die», fährt sie fort. «Ich glaube einfach

nicht, dass die Leute so was kaufen wollen. Ich glaube einfach nicht, dass sie so blöd sind.»

Howard legt den Arm um sie, lächelt glückselig, mit rotem Gesicht. «Aber wir wollen verdammt noch mal das Gegenteil hoffen», sagt er.

«Seht ihr?», sagt Claudia triumphierend, obwohl nicht klar ist, was die anderen sehen sollen.

«Na ja», sagt Howard vorwurfsvoll, «von irgendwas müssen wir ja die Hypothek abbezahlen.»

«Wenn es nach mir gegangen wäre», erklärt Claudia, «dann *gäbe* es gar keine Hypothek.»

Howard macht eine verwirrte Miene, als hätte er anders als alle anderen Claudia so etwas noch nie sagen hören. «Claude, es geht doch nach *dir*.»

Claudia seufzt. «Wozu *brauchen* wir das alles? All dieses – Brimborium. Andere Leute brauchen nicht so viel. Ich persönlich könnte gut mit viel weniger auskommen.» Ihr Blick wandert über das massige backsteinfarbene Haus, die ausgedehnte Rasenfläche, die Bäume in ihrem Herbstlaub, die zahlreichen Kinder. Sie sieht aus, als wolle sie entscheiden, auf was sie davon verzichten könnte. «Alles, was *ich* wirklich brauche, ist mein Atelier. Bei dem ganzen Theater hier schaffe ich es kaum, einmal im Monat darin zu arbeiten. Ich habe einfach nicht die Zeit dazu.»

Howard leidet sichtlich. «Wir werden mehr Zeit für dich rausschlagen», sagt er. «Du sollst alle Zeit haben, die du brauchst. Wir kriegen das schon klar.»

«Das Problem ist», sagt Claudia zu den anderen, «dass man mit der Malerei kein Geld verdient. Gewisse andere Leute würden Opfer bringen müssen. Und das mögen sie halt nicht tun.»

Sie verschwindet ins Haus. Howards Blick folgt ihr flehentlich.

«Arme Claude», sagt er. «Sie ist zu selbstlos. Ihr Frauen seid alle zu selbstlos.» Er geht hinter ihr her zur Tür und steckt den Kopf hinein. «Schätzchen!», ruft er. «Haben wir einen Tropfen Wein, den wir unseren Gästen anbieten könnten? Und ist noch irgendwas von dem Avocadozeugs von gestern Abend übrig?»

Er setzt sich, zieht einen Stuhl für Tonie heran und reibt sich die Hände, wieder ganz zufrieden.

«Es sind doch gute Zeiten», sagt er, «gute Tage, an denen wir alle zusammen sind. Ein Glück, dass wir die haben.»

Tonie lächelt. Sie mag Howard in dieser Stimmung. «Genau», sagt sie.

«Und die Kinder – guckt euch die bloß an! Guckt euch die kleinen Glückspilze an. Stellt euch vor, wie ihr Leben aussehen könnte, wenn sie ganz woanders aufwachsen müssten. Letzte Woche war ich in unserer Fabrik in Bombay. Da hab ich kleine Kinder gesehen, nicht älter als zwei, die haben Essen aus der Gosse geklaubt. Kleine Mädchen, halb so groß wie Martha.»

Plötzlich verdüstert sich seine Miene. Er greift nach Tonies Hand und hält sie mit beiden Händen fest.

«Die arbeiten wahrscheinlich in deiner Fabrik», sagt Thomas trocken. «Du solltest ihnen mehr zahlen.»

«Ich habe Howard gesagt, ich verlasse ihn, wenn ich herausfinden sollte, dass er was mit Kinderarbeit zu tun hat», sagt Claudia, die jetzt mit einem Tablett erscheint. «Ich würde einfach eine Tasche packen und gehen.»

«Auch bei uns zu Hause ist Kinderarbeit verpönt», sagt Howard. «Unsere machen nicht mal ihr Bett selber.»

«Sie sind verzogen», sagt Claudia. «Selbstsüchtig und verzogen.»

Unten auf dem Rasen hat Lewis das Motorrad wieder aufgerichtet und hält es vorn fest, sodass Alexa aufsteigen kann. Er dreht sich um und sieht die Erwachsenen fragend an. Alexa setzt sich auf den Sattel, weiß im Gesicht und unsicher. Thomas wartet darauf, dass Tonie einschreitet, aber das tut sie nicht. Stattdessen nimmt sie eines von Claudias antiken Kelchgläsern vom Tablett und dreht es vorsichtig in den Händen.

«Wo habt ihr die her?», sagt sie.

Howard erhebt sich, marschiert die Treppe hinunter Richtung Rasen. Thomas hört ihn sagen:

«Übrigens geht das Teil erstaunlich schnell los für ein Spielzeug.»

Er hat den Satz noch nicht ganz ausgesprochen, als sich das Motorrad mit einem Satz aus Lewis' Griff losreißt. Alexa holpert übers Gras. Ihre Augen sind zusammengekniffen, sie macht keinerlei Anstalten zu steuern. Schon im nächsten Moment knallt das Motorrad frontal gegen den Stamm von Howards Apfelbaum. Alexa wird nach vorn geschleudert. Thomas sieht den Aufprall von hinten, dann ihr Gesicht voller Blut im Gras. Howard, schwerfällig rennend wie ein Bär, schafft es trotzdem als Erster zur Unfallstelle. Er hebt Alexa hoch. Als Thomas bei ihnen angelangt ist, übergibt er sie ihm stumm und dreht sich dann zu Lewis um, der die väterliche Standpauke mit gesenktem Blick über sich ergehen lässt und trübselig zu jeder Anschuldigung nickt.

«– verdammter Idiot! Total unverantwortlich, sie allein –»

Alexa weint nicht einmal. Ihre Augen sind schockgeweitet,

um die Ränder tröpfelt Blut. Claudia kommt mit einer Schale Wasser und einem Lappen angelaufen. Während Thomas sie hält, wischt sie behutsam das Blut ab. Die anderen Kinder stehen stumm ringsherum.

«Hol jemand Eis!», befiehlt Claudia und deutet aufs Haus.

Tonie ist diejenige, die dem Befehl folgt. Thomas sieht sie kurz neben dem Apfelbaum, ihr Ausdruck erschrocken, entgeistert, als würde Claudias ausgestreckter Finger sie anklagen. Dann rennt sie los. Das Blut dringt aus einem einzigen Schnitt; schon bald ist der Fluss gestillt. Während er sich fragt, wie Claudia so schnell hat Wasser holen können, grübelt er zugleich, unzusammenhängend, über Tonies Abwesenheit nach. Schließlich kommt sie wieder. Sie gibt Claudia das Eis. Dann stellt sie sich neben Howard. Er hört sie sagen:

«Ich dachte, sie wäre tot.»

Er sieht, wie Howard den Arm um sie legt. Er sieht, wie sie ihre Augen mit der Hand bedeckt.

In der Küche wendet Claudia ihren Lammbraten. Alexa liegt zugedeckt auf dem Sofa, ein Glas Limonade neben sich, ein Pflaster auf der Stirn. Zwischen diversen Papierstapeln auf dem Küchenboden liegen Legosteine verstreut. Lottie, die Älteste, sitzt am Tisch vor einem riesigen Haufen mit Schokoladensoße übergossenem Eis.

«Lottie, stell das jetzt mal weg», sagt Claudia. «Gleich gibt es Mittagessen.»

«Ich will kein Mittagessen.»

Lottie ist dreizehn, missmutig und gedrungen. Sie hat schmale hellblaue Augen, aus denen sie unruhig, unbehaglich blickt, als wären sie Ritzen im Gefängnis ihres bleichen, pummligen Körpers.

«– dich mit Eis vollstopfen und dann das gesunde Mittagessen verweigern, das ich gekocht habe», sagt Claudia und knallt die Ofentür zu. «Howard, redest du mal mit ihr?»

Howard ist nicht da: Er ist in der Diele, spricht laut in sein Telefon.

«Außerdem bin ich Vegetarierin. Das hab ich dir gesagt.»

«Vegetarier essen Gemüse», sagt Lewis. «Du bist keine Vegetarierin. Du isst bloß Schokolade und so ’n Zeug.»

«Sie ist eine Schoko-arierin», sagt Martha.

«Eine Fettarierin», sagt Lewis lachend. «Ein bisschen Fett zum Mittagessen, bitte, und als Beilage, ähm, Fett.»

Lottie kreischt. Sie nimmt ein Buch vom Tisch und schleudert es durch die Küche Richtung Lewis.

«Aufhören!», brüllt Claudia, eingehüllt in Dampfwolken vom Herd.

Tonie nimmt Messer und Gabeln aus einer Schublade, nimmt Teller aus der hölzernen Anrichte. Sie ist in sich gekehrt, beflissen, tüchtig, wie morgens, wenn sie zur Arbeit geht. Thomas merkt, dass sie in diesen Modus gewechselt ist, um mit dem aktuellen Durcheinander fertig zu werden.

«Ich hab das Gefühl, hier ist alles total außer Rand und Band», sagt Claudia zu Howard, als er hereinkommt. Sie unterbricht, was sie gerade tut, lässt das Lamm in seinem Fett sprutzeln, das Gemüse in den Töpfen kalt werden. Sie lehnt sich an den Herd und verschränkt die Arme.

Howard sieht besorgt aus. Er legt eine Hand auf ihre Schulter. «Wir kommen doch klar, was, Claude?»

«Wie kannst du nur sagen, wir kommen klar!», ruft Claudia in scharfem Ton. «Wir haben ein Kind mit einer Kopfverletzung, die anderen gehen aufeinander los wie wilde Tiere, und wir schaffen es noch nicht mal, dass das Mittagessen um halb vier nachmittags auf dem Tisch steht! Lauter verdammte Egoisten – die reinste Selbstsucht!»

Ihr kommen die Tränen. Sie reibt sich mit geballten Fäusten die Augen. Howard sieht elend aus.

«Kaum haben wir ein Kind zu Besuch», fährt Claudia fort, «kriegt es schon eine Gehirnerschütterung, und zwar in der ersten halben Stunde!»

«Tut mir so leid», sagt Howard zu Tonie. «Es war meine Schuld, ich hab ihnen das Scheißding gegeben. Ich hätte aufpassen müssen, dass sie sich da nicht draufsetzt.»

«Es war ein Unfall», sagt Tonie.

«Es hätte nie passieren dürfen. Bitte verzeih mir.»

Tonie, in Schwarz, ist plötzlich die Priesterin, die die Beichte abnimmt, und Howard und Claudia – mit roten Köpfen, angeschlagen – sind die reuigen Sünder. Claudia umarmt sie, wischt sich dabei die Augen. Howard, losgesprochen, streift in der Küche umher, brüllt den Kindern Befehle zu. Thomas spürt, dass Tonie erleichtert ist: Wie sie sich verhalten hat, ist in der allgemeinen Aufregung untergegangen. Aber im Auto auf dem Heimweg scheint es ihr wieder einzufallen. Ein ums andere Mal dreht sie den Kopf, um nach Alexa zu sehen, die stumm durchs Fenster starrt. Sie greift hinter sich nach Alexas Hand und hält sie fest.

«Es kam mir vor, als wäre es meine Schuld gewesen», sagt sie.

«Niemand war schuld», erwidert Thomas, obwohl er ihr insgeheim recht gibt.

«Es kam mir vor, als wäre der Unfall passiert, weil ich nicht auf sie aufgepasst habe.»

Thomas schweigt. Er findet, sie sollten solche Dinge nicht besprechen, wenn Alexa dabei ist. Früher hat Tonie das feinere Gespür für das Angemessene gehabt, und jetzt, urplötzlich, hat er es. Als wäre Alexa weniger real für Tonie geworden und realer für ihn.

«Claudia war anscheinend mit den Nerven am Ende», sagt sie.

Thomas schweigt kühl, gefühllos. «So ist sie doch immer. Das ganze Theater ums Mittagessen – in Wirklichkeit will sie gar nicht, dass es um eins auf dem Tisch steht», sagt er. «Sonst wüsste sie ja nicht, was sie als Nächstes tun soll.»

Er fragt sich, ob Claudia ein guter Mensch ist: hat sich das schon immer gefragt. Unter anderen Umständen hätte er vielleicht mit Tonie darüber gesprochen, aber jetzt lässt er es bleiben. Sie soll nicht denken, dass er immer gleich zu Wertungen neigt. Und er will trotz allem sein dunkles Gefühl von Überlegenheit ihr gegenüber bewahren.

Tonie lacht. «Sonst müsste sie vielleicht in ihr Atelier gehen», sagt sie.

Als er sie lachen hört, lacht auch er. Es ist der Sinn für das, was sich gehört, der beide zum Lachen bringt, das Gefühl, dass sie im Familienleben sowohl durch Regeln eingeengt als auch zeitlos sind; wie Musik, denkt Thomas, die alles Mögliche sein könnte und zugleich nichts anderes sein kann als das, was sie ist. Er legt ihr die Hand aufs Knie. Den Rest der Fahrt über sagt er nichts mehr.

IV

In Little Wickham sind die Leute beim Rasenmähen. Es ist ein heiterer Sonntagnachmittag, und das Dorf summt wie ein Hornissennest. Auch Mr. Bradshaw schiebt den Rasenmäher in seinem Garten herum. Der Rasen hinter dem Haus ist uneben: Wie der Körper einer Frau hat er zwei Hügel mit einem sanften Gefälle dazwischen. Der Rasenmäher rattert entschlossen über die Wölbungen, auf und nieder, gefolgt von Mr. Bradshaw, dessen Hände auf der Stange liegen. Seine Füße stapfen rhythmisch durch einen geschorenen Gang, der sich ständig neu vor ihm auftut. Er fühlt sich hier als Herr, während er die zarten Flanken und Falten bearbeitet. Hinterher ist das Gras kurz und glatt. Er reinigt den Mäher und stellt ihn zurück in die Schuppen.

Es ist vier Uhr, und seine Frau ist noch immer nicht vom Lunch des Hospiz-Komitees zurückgekommen. Der Himmel ist rosenrot überzogen; die Schwalben fliegen tief um die Telegraphenmasten. Die Saatkrähen schreien schon quer über die Felder, übertönen das Geräusch des letzten Mähers. Es ist der von Gus Robertson, der länger durchhält als alle anderen, wie um herauszuposaunen, welche Ausmaße sein Land hat. Mr. Bradshaw kann ihn durch den Schirm aus Bäumen auf seinem Aufsitzmäher hocken sehen. Ein prachtvolles Gefährt, so groß wie ein kleiner Traktor, aber er steuert es ohne jede Begeisterung, starrt nur vor sich hin. Mr. Bradshaw hat diesen Mäher noch nie zuvor gesehen: Er spürt einen Stich, als hätte er Gus bei einem Akt des Verrats ertappt. Manchmal kommt es ihm vor, als müsste er nur von irgendwelchem neuen Technikschnickschnack hören, und schon hätten die Robertsons sich ihn zugelegt. Es kann einen wirklich nervös machen, unter Menschen zu sein, die sich immer mit dem aufdrängen, was sie haben, die ihre Gleichgültigkeit anderen gegenüber beweisen, indem sie ausgerechnet das verändern, was an ihnen vertraut ist.

Kürzlich haben die Robertsons eine Pumpe mit Zufluss installiert, die ihren Gartenteich speist: Wenn man die Pumpe anstellt, wird aus dem Zufluss ein steter Strom. Die Bradshaws waren eingeladen, der Einweihung beizuwohnen, und standen auf dem Rasen, während Gus herumsauste, die Be- und Entwässerung kontrollierte und dabei seine weiße, sorgfältig gestylte Haarlasche auf und ab wippen ließ. Er ist ein für sein Alter gutaussehender Mann, groß und fit, braun gebrannt, sehr gepflegt; doch als Mr. Bradshaw das elektronische Bächlein in den mit Plastik ausgekleideten Seerosenteich tröpfeln sah, kam er mit der Einsicht nieder, dass Gus eine tragische Figur ist, nicht wegen seiner Eitelkeit oder seiner Großtuerei, sondern wegen seines schlechten Geschmacks. Vielleicht wird Gus sich dessen nie selbst bewusst werden, aber für Mr. Bradshaw war es eine wichtige und befreiende Erkenntnis. Der neue Mäher ist allerdings ein Schlag ins Kontor. Mag die Maschine auch noch so großkotzig und hässlich sein – ihm ist trotzdem zumute, als wäre Gus fremdgegangen.

Um Viertel vor fünf kommt sie, Flossie im Schlepp. Sie kommt auf dem Weg an der Hausseite, wo Mr. Bradshaw gerade Unkraut aus dem Kies rupft.

«Ach!», ruft sie. «Ich dachte, die lassen mich da nie weg! Die wollten einfach nicht aufhören zu reden – hast du schon Tee getrunken?»

«Nein», sagt er, ohne aufzusehen. «Du wolltest um drei zurück sein, also habe ich gewartet.»

«Aber nicht doch, Charles!»

«Tee gibt's um vier», sagt er. «Ich habe es nicht für unvernünftig gehalten, damit zu rechnen, dass du um die Zeit zurück bist.»

«Ach, mein Lieber – ach, wie mir das *leid*tut! Du bist bestimmt schon halb verdurstet!»

«Ich habe um drei mit Mähen angefangen, damit ich um vier fertig bin.»

«Und auch noch in der heißen Sonne!», klagt sie. «Ich verstehe nicht, warum du dir nicht einfach eine Tasse gemacht hast.»

«Du hast gesagt, du bist dann wieder da. Ich habe es für vernünftig gehalten zu warten.»

Er ist tatsächlich halb verdurstet, und als er sich aus der gebückten Haltung über dem Kiesweg aufrichtet, wird ihm ein bisschen schwindlig. Sie steht da mit geröteten Wangen, hängenden Mundwinkeln. Manchmal vergisst er, dass er und sie alt sind, aber dann erinnert ihn ihr Anblick daran.

«Ist schon gut», sagt sie. «Ich mache jetzt Tee.»

«Ich will jetzt keinen Tee. Ich will keinen Tee nach vier. Sonst verdirbt er mir den Appetit aufs Abendessen.»

«Aber du kannst doch nicht ohne deinen Tee weitermachen!»

«Lieber mache ich jetzt ohne weiter. Wie gesagt, sonst verdirbt er mir den Appetit aufs Abendessen.»

Er bückt sich wieder mit seinem Unkrautstecher. Neben

sich kann er ihre Füße auf dem Kiesweg sehen, die blauen Aderstränge, die schwieligen Zehen, die sich aus den Sandalen wölben. Er fragt sich, was sie tun wird. Die Luft zwischen ihnen scheint zu vibrieren, die Atmosphäre ist eine dicke dunkle Knospe kurz vor dem Platzen. Er will die Blüte aufbrechen sehen, will eine Opfergabe der Liebe oder Gewalt. Will im Labyrinth seiner eigenen Sturheit geortet werden und etwas dargebracht bekommen. Das ist die Probe, seit eh und je.

«Ich wüsste nicht, warum wir nicht mal später zu Abend essen können», sagt sie.

Er antwortet nicht. Es ist nicht das, was sie hätte sagen sollen. Damit belässt sie ihn im Labyrinth, verlangt von ihm, selbst den Weg hinauszufinden.

«Na schön», sagt sie schließlich, «dann werde ich meinen Tee wohl allein trinken müssen.»

Er hört ihre Schritte knirschen. Sie ist fort. Er spürt eine grässliche Leere, spürt sie näher rücken, ihn mit Kälte umhüllen. Es herrscht Stille: Gus hat seinen Mäher ausgestellt. Später hört er sie durch die Dämmerung zurückkommen, zu der Stelle, wo er immer noch vornübergebeugt Unkraut aus dem Kies rupft. Sie stellt ihm eine Tasse Tee mit zwei Bourbon Bisquits auf der Untertasse vor die Füße, und dann ist sie gleich wieder fort. Es sind seine Lieblingskekse. Er betrachtet sie aus dem Augenwinkel, während er weiterarbeitet; denkt finster über sie nach. Sie sind, befindet er schließlich, verdorben. Nie mehr wird er ihre köstliche Süße genießen können. Er lässt den Tee kalt werden. Als es dunkel wird, kehrt er ins Haus zurück, kippt den Tee in den Ausguss und legt die Kekse in ihre Dose.

V

Den Hund hat Howard mitgebracht. Er kam zurück von seiner Mutter, den Welpen unterm Arm, halb im Jackett.

«Einer aus Flossies Wurf», sagte er.

Howard hat sich auf solche Sachen spezialisiert. Nie tritt er sicherer auf, als wenn er etwas unternimmt, das leicht zu machen, aber schwer wieder rückgängig zu machen ist. Er hat sich auf Verbindlichkeiten spezialisiert. Der Hund ist ein Jack Russell. Er ist klein, robust, lebhaft, hat ein raues weißes Fell und glänzende große Augen. Sie nennen ihn Skittle.

Claudia gefällt es, neues Leben im Haus zu haben. Der Welpe muss abends wie ein Baby gefüttert werden und hinterlässt überall auf dem Fußboden kleine Pfützen aus goldenem Urin. Ihre Schwester Juliet rät ihr, in diesem frühen Stadium engen Kontakt mit Skittle zu halten. Claudia trägt ihn auf den Armen herum, während die Kinder in der Schule sind.

Eines Tages, als sie ihn beim Zeitunglesen auf dem Schoß hat und streichelt, schaut Claudia kurz auf Skittle hinunter. Er räkelt sich wollüstig, hat die haarige Schnauze nach hinten geworfen, und seine Lenden zucken. Urplötzlich fühlt sich Claudia abgestoßen. Es ist etwas Widerliches an der Erregung des Hundes, an seinem rosafarbenen zitternden Unterleib. Sie setzt ihn auf den Boden. Er reibt sich an ihren Beinen, harkt mit seinen scharfen kleinen Krallen über ihre Waden.

«Aus!», sagt sie und packt ihn am Bauch. «Nicht kratzen – aus!»

Sie trägt ihn ein Stück weiter. Er windet sich in ihren Händen. Als sie ihn loslässt, kommt er hektisch auf sie zugekrabbelt, stellt sich wieder auf die Hinterbeine und schlägt seine Krallen in ihr Fleisch. Sie gibt ihm ein paar Klapse mit dem Handrücken. Er duckt sich, verdreht den schmalen Leib, starrt sie mit seinen kreisrunden, fanatischen Augen an.

Es ist Oktober, und der Garten ist in gelbes Licht getaucht. Morgens ist das Gras schon nass. Claudia legt die Schutzhüllen über die Gartenmöbel. Sie sammelt die Äpfel ein, die rings um den Baum am Boden verrotten. Im Moment hängt alles in der Schwebe zwischen Reifsein und Fäulnis. Wenn die Kinder nach der Schule draußen spielen, in der Kühle des Nachmittags, sieht sie ihnen dabei zu. Ihre Körper haben das sommerlich Fließende verloren, obwohl das Wetter schön ist. Sie tummeln sich in ihren Uniformen auf dem Rechteck des Rasens, lachend und rempelnd, werfen Stöckchen für Skittle und schreien auf, wenn er nach ihnen hechtet, um sie blitzschnell mit den Zähnen abzufangen. Später, wenn sie hereingekommen sind und der Garten in sein blaugraues Abendtuch gehüllt ist, schaut Claudia aus dem Fenster und sieht Skittle allein in dem schwachen Licht herumtoben. Er springt hoch, schnappt mit den Zähnen nach unsichtbaren Stöckchen. Sie betrachtet den hellen Körper, der sich in die Luft zu schrauben scheint. Aus dem Zimmer nebenan dringt das Gemurmel des Fernsehers.

Howard kommt um halb acht nach Hause. Seine Miene zeugt von Erwartung, von Aufregung, obwohl für ihn der Tag schon ausklingt – normalerweise ist Howard um halb elf eingeschlafen. Manchmal fragt sich Claudia, was seine Aufregung bedeutet. Er ist wie jemand, der gierig auf den Nachtisch wartet, kaum dass er den letzten Bissen des Hauptgerichts gegessen hat. So süß sie auch sein mögen, es sind Rituale des Ausklangs. Er legt Mantel und Aktentasche in der Diele ab, geht zu den Kindern und schubst sie mit seinem großen Bärenkörper herum, trinkt im Stehen an der Küchenarbeitsplatte zwei Gläser Wein hintereinander, wonach sein Gesicht rot anläuft, einen seligen Ausdruck annimmt und er sich mit den heraushängenden Hemdschößen die Augen reibt.

«Es war so herrliches Wetter», sagt Claudia wehmütig. «Ich dachte, was für ein Jammer es ist, dass wir dieses Wochenende nicht wegkönnen.»

Howard blinzelt. «Was soll das heißen, Claude? Du willst mir doch was sagen, aber ich weiß nicht, was.»

«Nur dass wir nach Schottland hätten fahren können oder in dieses Dorf in Derbyshire, von dem uns dein Bruder erzählt hat. Wir hatten seit Jahren keinen so schönen Herbst.»

Howard blättert den Stapel Briefe auf dem Küchentisch durch, sieht jeden einzelnen über den Rand seiner Brille an. «Also *ich* fahre nach Schottland», sagt er abwesend. «Ich weiß nicht, was du vorhast. Ich komme erst Sonntagabend zurück.»

«Aber wir können nicht!»

«Warum nicht?»

«Wir können den Hund nicht mitnehmen.»

Claudia bemerkt ein leichtes Zögern, bevor Howard antwortet.

«Natürlich können wir den Hund mitnehmen. Wir tun ihn einfach hinten ins Auto und stellen ihm eine Schüssel Wasser hin.»

«Wir fahren doch nicht übers Wochenende *mit dem Auto* nach Schottland. Wir müssten fliegen oder den Zug nehmen.»

«Dann machen wir halt den anderen Trip. Derbyshire. Wo liegt Derbyshire? Das kann ja nicht so verdammt weit weg sein. Wie heißt dieses Kaff? Lass uns Tom anrufen und ihn fragen. Die können doch auch mitkommen – wir fahren alle zusammen.» Howard steht schon am Telefon mit dem Hörer in der Hand. «Was ist nochmal seine Nummer?»

Claudia findet die Nummer. Das ist Howards Spezialität – Verbindlichkeit. Sie hat sich daran gewöhnt, mit Howard in die Zukunft zu steuern wie ein Schiff, das gegen kabbelige See ankämpft, in der Erwartung, alsbald neuen Auftrieb zu erleben und alle Widerstände zu überwinden. Sie ist abhängig davon – war es von Anfang an. Vor Jahren standen sie am Strand von Mothecombe und sahen einer Familie zu, die dort am Ende des Sommertags im Sand Kricket spielte. Howard war verzaubert von dem Anblick, den rufenden, lachenden Kindern im rosafarbenen Licht.

«Lass uns loslegen, Claude», sagte er und rieb sich die Hände, die letzten Sonnenstrahlen auf dem Gesicht. «Ich will meine Zeit nicht verplempern. Ich will alles. Ich will unser eigenes Kricketteam.»

Damals kannten sie sich gerade mal seit drei Wochen.

Thomas und Tonie können nicht mit nach Derbyshire kommen. Howard versucht es bei Leo, der zusagt, sie dort zusammen mit Susie und den Kindern zu treffen.

«Was ist mit diesen Leuten in Bath – den Mattisons?»

«Morrisons», sagt Claudia.

«Ja, Scheiße, die haben wir seit Jahren nicht gesehen.»

Er ruft bei den Morrisons an. Auch sie sagen zu, nach

Derbyshire zu kommen. Es ist fast zehn. Howard, mit trübem Blick, isst beim Telefonieren zu Abend, schiebt sich das Essen mit der Gabel rein. Er ruft im Hotel an. Claudia fällt ein, dass sie Martha nicht ins Bett gebracht hat. Sie läuft nach oben. Lottie und Lewis sitzen vor dem Fernseher. Martha ist in ihrem Zimmer und liest. Sie sieht ganz klein aus, dort auf dem Fußboden, im Schneidersitz. Claudia fragt sich, ob ihr Wachstum gehemmt ist. Irgendwer hat ihr erzählt, das könne passieren, wenn ein Kind nicht genug Schlaf bekommt.

Unten ist Howard immer noch am Telefon. Als er Claudia sieht, legt er eine Hand über die Muschel.

«Da darf man keine Hunde mitbringen», sagt er.

Skittle schleicht sich ins Schlafzimmer und zerbeißt Claudias Schuhe, ihren seidenen Morgenmantel, die alte Gucci-Handtasche aus der Zeit, als sie in London Kunst studierte und Howard mit seinen Plänen noch nicht von ihr Besitz ergriffen hatte. Dass ausgerechnet diese Tasche seiner Zerstörungswut zum Opfer gefallen ist, zerreißt ihr schier das Herz. Es ist, als wäre nichts anderes übrig geblieben von jener Zeit, nichts, was sie vor der Auslöschung bewahren könnte, außer diesem altvertrauten Ding aus abgetragener rostroter Seide. Jetzt ist es bis zur Unkenntlichkeit zugerichtet. Sie hebt es hoch in die Luft, drauf und dran, damit nach ihm zu werfen. Er verkriecht sich unters Bett, einen langen Fetzen Seide zwischen den Zähnen. Seine verrückten Augen starren sie aus dem Dunkeln an. Er hat etwas verbrochen: Er kann, wie sie sieht, nicht in Strafe genommen werden. Sie wirft die Tasche in den Mülleimer.

Tagaus, tagein jault und kratzt Skittle an der Tür, bettelt darum, raus- oder reingelassen zu werden. Sie geht mit ihm

Gassi, zerrt ihn an der Leine den Laurier Drive entlang. Alles macht ihn verrückt, die herumwirbelnden Haufen von gelbem Laub, die hüpfenden Vögel, die Plastiktüten, die gelegentlich in der Brise wie Geister über die Bürgersteige segeln. Er zuckt zurück, wann immer sie spricht, verspritzt nervös ein paar Tropfen Urin. Wenn er rennt, ist sein Körper so gekrümmt und verdreht, dass er nur im Zickzack vorankommt, ruckartig, krebsgleich. Dann wieder steht er mitten im Zimmer, bellt etwas Nichtexistentes an. Juliet nennt Claudia den Namen eines Tierpsychiaters.

«Er hasst mich», sagt Claudia. «Außerdem glaube ich, dass mit ihm etwas nicht stimmt. Er ist nicht wie ein normaler Hund. Ich sehe andere Leute mit ihren Hunden. Er ist nicht wie die.»

«Ein Hund ist wie ein Kind», sagt Juliet. Juliet hat keine Kinder.

«Ich sagte dir doch gerade, dieser Hund ist nicht mal wie ein Hund.»

«Ich hab mich schon gefragt, ob es so klug war, dass du noch eine Aufgabe übernimmst, wo du doch eh so viel um die Ohren hast. Aber ich wollte nichts sagen.»

«Howard hat ihn ins Haus gebracht. Ich hatte damit nichts zu tun.»

«Warum sagst du das immer? Er würde so was nicht machen, wenn du ihn nicht lassen würdest. Es ist dasselbe mit deiner Malerei. Immer sind es andere, die dich davon abhalten. An dir liegt es nie.»

Claudia registriert durchaus, auf welche Art eine kinderlose Frau einen Mann in Schutz nimmt; dass sie Partei gegen eine Mutter ergreift, weil ihre eigenen Gefühle noch nicht verwandelt worden sind. Claudia erinnert sich, dass nach

Lotties Geburt eine mögliche Selbstaufopferung in ihr Blickfeld rückte wie eine Landschaft, die man aus einem fahrenden Zug sehen kann; erinnert sich daran, wie sich das Bild allmählich entfaltete, das Bild eines Ortes, den sie noch nie im Leben gesehen hatte und auf den sie nun unausweichlich zusteuerte; und wie sich dann, nach einer Weile, die aus zahlreichen Hinweisen zusammengestückelte Erkenntnis einstellte, dass es genau der Ort war, wo ihre Mutter die ganze Zeit über gelebt hatte.

Der Haustierpsychiater ruft Claudia mehrmals täglich an.

«Wo ist er jetzt?»

«Draußen. Im Garten.»

Man hört dumpfe Schläge an der Hintertür. Es ist Skittle, der sich dagegenwirft. Claudia hat ihn dabei beobachtet, hat ihn einen kleinen Anlauf nehmen sehen, bevor er gegen das Holz gesprungen ist. Es erschreckt sie, denn oft hat sie den Impuls, Skittle hochzunehmen und ihn zu werfen, ihn gegen eine unnachgiebige Oberfläche zu schleudern. Er sieht dabei genauso aus, wie sie es sich vorgestellt hat.

«Wie würden Sie sein Verhalten beschreiben, Claudia?»

«Wütend. Er will rein.»

«Warum lassen Sie ihn nicht rein? Was würde passieren?»

Claudia seufzt. «Er würde genauso dringend wieder rauswollen.»

Der Psychiater regt an, die Tür offen zu lassen. Das verbessert die Lage, führt aber dazu, dass das Haus auskühlt. Am Wochenende kauft Howard eine Katzenklappe und montiert sie an die Hintertür. Die Kinder sitzen den ganzen Nachmittag davor, versuchen Skittle beizubringen, dass er hindurchspringt. Er ist klein genug dafür, aber sein Gefühl, dass es rein physisch nicht gehen kann, lässt sich nur schwer überwinden. Er hat herausgefunden, dass die Tür massiv ist: Wie kann sie ihre Eigenschaften geändert haben? Lewis und Martha sitzen beidseits der Klappe, schieben Skittle hin und her durch das Loch.

«Ich würde doch meinen, dass das ganz schön therapeutisch ist», sagt Claudia zu Howard.

Später hört sie ein Kreischen von unten.

«Pass mal auf», sagt Lewis mit ruhiger Stimme, als Claudia erscheint.

«Er hat's geschafft! Er hat's geschafft!», schreit Martha.

Sie bringen Skittle raus in den Garten und schließen die Tür. Lewis kniet sich neben der Klappe hin und klatscht dann zweimal in die Hände. Nach einem kurzen Moment kommt Skittle wie ein Torpedo hindurchgeschossen.

«Ist ja toll», sagt Claudia lachend, während Skittle wie wild in der Küche herumrast, verrückte Arabesken in der Luft vollführt.

Das Gefühl loszulassen, zu kapitulieren: Es wärmt ihre Adern wie ein Beruhigungsmittel, verbreitet einen betäubenden Segen. Damit hat sie die scharfe Spitze des Lebens stumpf gemacht. Sie klinkt sich aus, lässt ihre Zweifel und Schmerzen und Ängste zurück wie Gehäuse, wie Muschelschalen am Strand. Sie ist es gewohnt, leere Hüllen hinter sich zurückzulassen. Sie liegen in ihrer Vergangenheit verstreut, Fragen, auf die nie Antworten gefunden wurden. Welche Art zu leben ist die richtige? Was ist Erfolg wert? Und die wichtigste, die am wenigsten beantwortbare: Wenn Liebe selbstsüchtig ist, kann sie dennoch als Liebe gelten?

VI

Leo ist auf der Überholspur der A23, als Susie ihm sagt, er solle an den Straßenrand fahren, sofort. Sie hält sich eine Hand vor den Mund. Auf dem Seitenstreifen beugt sie sich aus der Autotür und erbricht sich würgend auf den Asphalt. Schwerlaster donnern vorbei, einer nach dem anderen. Die Vibrationen bringen den Vauxhall zum Schaukeln. Justin und Madeleine hocken auf dem Rücksitz, sagen kein Wort.

«Das ist am schlimmsten», keucht Susie und wischt sich den Mund mit dem Handrücken ab. Ihre langen lackierten Fingernägel leuchten vor ihrer Wange auf: ein blutroter Strauß. «Wenn nichts rauskommt.»

Ein Schwall Druckluft knallt seitlich gegen das Auto und wird sofort wieder weggesaugt. Sie schaukeln hin und her: Ein paar Sekunden lang sind sie im Windschatten eines Ungetüms, bedrängt von den donnernden, wirbelnden Rädern, den aberwitzig flatternden Planen.

«Nichts wie weg hier», sagt Leo nervös. «Diese Dinger rasen so verdammt nah an uns vorbei.»

Susie klappt den Beifahrerspiegel auf, zieht sich die Lippen nach. Dann dreht sie sich auf dem Sitz um und beobachtet die Straße durchs Heckfenster.

«Ich sag dir, wann», sagt sie.

Unterwegs machen sie noch zweimal halt. Auf der gewundenen Landstraße ächzt Susie und umfasst ihren Bauch. Die

Kühe heben den Kopf, wenn sie an den Weiden vorbeifahren. Eine Meile vor Little Wickham hüpfen Krähen rings um einen zerfetzten Kadaver mitten auf der Straße. Leo hält an und hupt. Völlig ungerührt hacken sie Bissen aus dem blutigen Fleisch und Fell. Er hupt noch einmal, lässt den Motor aufheulen. Er erkennt, dass es ein Kaninchen war. Erkennt ein abgerissenes Ohr, ein zerquetschtes Stück Schädel.

«Um Himmels willen», sagt er. Er merkt, dass er zittert. «Lasst das verdammte Ding in Ruhe.»

Widerwillig erheben sie sich auf ihren schwarzen Schwingen und flattern, die Schnäbel prall gefüllt, zur Bankette hinüber. Susie legt ihm eine Hand aufs Knie. Es geht ihr wieder besser. Sie lässt ihre Hand liegen, bestätigend.

«Fast da», sagt sie.

Es ist ein grauer Tag, böig, die kahlen Bäume beben, schütteln sich, während das Hügelland faul unter seiner struppigen Pflanzendecke liegt. Ma ist auf dem Rasen vorm Haus, als sie in die Einfahrt biegen. Sie trägt einen seltsamen Hut, eine Männerjacke, dicke Socken, in die sie ihre Hosenbeine gestopft hat.

«Ach hallo!», sagt sie durch das Autofenster.

Sie klingt überrascht. Leo und Susie machen öfters Witze darüber, dass seine Eltern offenbar immer überrascht sind, ihn zu sehen, auch wenn ein Besuch vereinbart worden ist: weder eine angenehme Überraschung noch ein Schock, nur der Ausdruck einer gewissen Erwartungslosigkeit, so als hätte man etwas vergessen, das nun plötzlich wieder auftaucht. Susie kann das sehr gut imitieren: mit den leicht gehobenen Augenbrauen, den aufgerissenen Augen, dem fragenden Unterton in der Stimme. Ach *hallo*? Sie kriegt es genau hin.

Der Aufzug seiner Mutter sagt schon alles. Sie macht sich keine Umstände, um es mal vorsichtig auszudrücken.

«Leo», sagt sie, als er aus dem Wagen steigt. Sie umarmt ihn. Durch die Kleidung spürt er ihren knotigen, kräftigen Körper, ihre ewig währende, nicht zu bremsende Tüchtigkeit. «Und Susie.» Auch Susie wird in den Arm genommen. Ihre hohen Absätze sinken im Gras ein.

«Alles klar, meine Liebe», sagt Susie und befühlt die Männerjacke, den zerknautschten alten Hut. «Wieder mal dein androgyner Schick.»

Ma quietscht vor Lachen; sie ist entzückt. Susie weiß mit ihr umzugehen, hat es schon immer gewusst. Justin und Madeleine hämmern gegen die Autoscheiben.

«Oje, wollen wir sie nicht rauslassen?», sagt Ma.

«Lassen wir sie doch einfach drin», sagt Susie. «Ich hätte nichts gegen einen freien Tag. Zum Mittagessen können wir ihnen ja eine Tüte Chips reinwerfen.»

Wieder quietscht Ma los. Susie überzieht sie gehörig, ihre Rabenmutter-Rolle, aber Ma saugt jeden Tropfen davon auf. Sie will dazugehören, will Teil der Bande sein.

«Ach was!», sagt sie. «Ich hab meine *ständig* im Auto eingeschlossen – bin losmarschiert und hab sie einfach vergessen, stundenlang!»

Daheim macht Susie auch das nach. *Einmal habe ich Leo sieben Jahre lang nicht gesehen! Ich hatte ihn völlig vergessen!*

«Thomas schon da?», fragt Leo.

«Nein. Keine Ahnung, wo sie stecken – sie haben vor Stunden angerufen und gesagt, sie würden jetzt losfahren. Und die anderen kommen gar nicht, weil Howard sich nicht fühlt. Da hab ich nun einen riesengroßen Rindsbraten und im Moment keine anderen Abnehmer als uns hier.»

Es steht auf einem ganz anderen Blatt, warum sie nach fünfzehn Jahren noch immer nicht zu wissen scheint, dass er und Susie Vegetarier sind.

«Ach ja», sagt er, weil sie sich anhört, als würde es nicht genügen, ihn dazuhaben, als könnte der Tag ohne Howard und Thomas genauso gut gestrichen werden, da es doch so vieles gibt, mit dem sie weitermachen muss.

Nun kommt sein Vater aus dem Haus, blickt prüfend umher wie ein Polizist, der einer Beschwerde wegen Ruhestörung nachgeht. Als er Leo und Susie sieht, verändert sich sein Ausdruck in einen des Wiedererkennens. Leo fragt sich, wie lange er wohl gewartet hat, bis er herausgekommen ist. Er kann ihn sich genau vorstellen: an die Wand neben den Vorhängen gepresst, die Augen zusammengekniffen bei dem Versuch, durch den Spalt zu spähen.

Susie, jetzt ganz die fürsorgliche Mutter, holt die Kinder aus dem Auto, zupft ihnen die Kleidung zurecht. Er gibt seinem Vater die Hand.

«Schön, dich zu sehen», sagt sein Vater.

Drinnen im Haus die altvertraute Düsterkeit, die altvertrauten Gerüche. Flossie hockt in ihrem Korb. Die Uhr in der Diele tickt. Es ist kalt. Der narbige Holzfußboden, die Stiche von Jagdszenen mit ihrem unkomischen, antiquierten Humor, die verblichenen William-Morris-Tapeten voller seltsamer, sich verschlingender Formen: Es ist mehr als vertraut, ist im Unterbewussten voller Leben, wie ein Märchenwald. Ein Spukhaus ist es, Leo weiß das. Nur ein einziges Mal, mit siebzehn, hat er eine Nacht hier allein verbracht. Irgendetwas sagte seinen Namen, saß auf seinem Bett. Er hatte geschlafen und wurde wach, weil er ein Gewicht auf sich spürte. Dass er geschlafen hatte, machte das Ganze nur noch schlimmer. Es ist schlimmer, wenn man in etwas Unbewusstes hineingerät. Er schrie dieses Etwas an, es solle verschwinden, lief im ganzen Haus herum, machte überall Licht und schrie. Etwas anzuschreien, das nicht da ist, bedeutet, einen Vertrag mit sich selbst zu brechen, einen Vertrag mit der Wirklichkeit. Wenn er jetzt daran denkt, erkennt er, dass sein Leben von solchen Vorfällen überschattet worden ist. Auch die Wirklichkeit ist etwas Persönliches. Er hatte den Vertrag brechen müssen, um weiterzukommen, es zu etwas zu bringen. Nur so kann er dahin gelangen, wo er sich wohlfühlt.

«Geht's gut mit der Arbeit?», fragt sein Vater. «Irgendwelche neuen Orders?»

«Ganz gut», sagt Leo. «Es ist mehr oder weniger dasselbe wie immer.»

Er hat keine Ahnung, wie Dads auf diese Order-Idee gekommen ist. Leo ist Werbetexter. Er arbeitet für dieselbe Agentur, für die er schon immer gearbeitet hat. Und doch beginnt sein Vater jedes Mal, wenn sie sich sehen, von Orders zu sprechen. Es klingt militärisch: Leo würde dieses Wort nie in Bezug auf sich selbst gebrauchen. Wahrscheinlich, denkt er, rationalisiert sein Vater damit nur die ärgerliche Tatsache, dass Leo kein Angestellter ist. Er ist ein freier Mitarbeiter, ein Söldner. Eines Tages wird er seine Order erhalten und gen Sonnenuntergang entschwinden.

«Und du?», sagt er. «Wie läuft's bei dir?»

«Ganz gut.»

Ein Schweigen tritt ein. Leo schaut sich nach Susie um, aber sie ist nicht da. Er braucht sie. Hat keine Ahnung, was er sagen soll. Spürt, wie das Schweigen ihn verzehrt, verschlingt.

«Was macht der Garten?»

Sein Vater schenkt ihm einen milden Blick aus kalten Augen. Er trägt einen straffgebundenen Schlips. Sein schneeweißes Haar sitzt wie angeklebt.

«Zu dieser Jahreszeit tut sich nicht viel im Garten. Nur ein bisschen stutzen, für den Winter zurückschneiden. Wir werden wohl ein paar von den Bäumen drüben bei der Garage auslichten. Die Wurzeln fangen an, das Fundament zu untergraben.»

«Wirklich?», sagt Leo.

«Das Problem ist, dass deine Mutter nichts davon hören will, auch nur einen von ihnen zu fällen. Der Baumpfleger kam her, um es ihr zu erklären, aber anscheinend konnte er sie nicht zur Einsicht bringen. Ich fürchte, wir haben ihm bloß den Nachmittag gestohlen. Es würde mich nicht wundern, wenn er uns von seiner Liste streichen würde, was schade wäre.»

Justin und Madeleine streicheln Flossie in ihrem Körbchen. Sie schnappt ein bisschen nach ihnen, rollt sich auf die Seite. Sie kitzeln ihren rauen alten Bauch, und sie macht die Beine lang, versteift sich vor Wonne auf ihrer schmutzigen Decke. Leo betrachtet die seidigen Haare seiner Kinder, ihre junge, glatte Haut, empfindet seine Liebe zu ihnen als Anspannung, als wäre sie an diesem Ort verboten.

«Ach ja», sagt er.

Endlich wird es laut an der Tür; die anderen kommen herein, Susie, die nach Zigarettenrauch riecht, Thomas und Tonie dicht dahinter, beide mit einem Hauch von Weltläufigkeit, von löblicher Modernität. Sie wirken jung, makellos, schlank. Wirken auf ansehnliche, erleichternde Weise kompetent.

«Tut uns leid», sagt Thomas. Er legt den Arm um Leo,

tätschelt ihm den Rücken. «Es gab eine Umleitung. Wir sind so schnell gekommen, wie wir konnten.»

«Sonst hätte ich noch Kuhfleisch essen müssen», sagt Leo. Jetzt, wo sie da sind, kann er zugeben, wie elend er sich fühlt.

«Wir brauchen einen Drink», sagt Thomas. «Dads, wir könnten alle einen Drink vertragen, meinst du nicht?»

Madeleine blickt erschrocken hoch. «Gebt Mummy bloß nichts zu trinken», sagt sie. «Sie hatte gestern Abend zu viel davon. Im Auto musste sie spucken.»

Susie verdreht die Augen. Sie hat eine Menge Make-up aufgetragen, aber ihre Haut ist grau, wie von einer Leiche. An ihren Zähnen sind Spuren von Lippenstift. Ihr Kleid ist vorne ganz zerknittert. Leo fühlt sich schuldig. Er hätte sie zu Hause lassen, die Sache durch Schlaf auskurieren lassen sollen. Er fürchtet, dass er sich nicht genug um sie kümmert. Fürchtet, dass er sie noch überanstrengen wird.

«Mummy hatte einen Bazillus im Magen», sagt er streng zu Madeleine.

Madeleine runzelt verdutzt die Stirn. «Nein, stimmt gar nicht. *Und* sie hat gerade erst geraucht. Ich hab sie im Garten gesehen.»

«Ist sie nicht süß?», sagt Susie mit zusammengebissenen Zähnen. «Ist sie nicht so, wie man sich eine Tochter wünscht?» Sie schnappt sich Alexa, küsst sie auf ihren glänzenden Kopf. «*Das* ist mal ein nettes, taktvolles Kind. *Das* Kind ist stubenrein.»

Tonie steht in der Tür. Leo sieht sie, sieht, wie sie alles beobachtet. Sie wirkt, als wäre sie Zuschauerin eines Theaterstücks.

«Komm mal mit raus», sagt er leise zu Madeleine.

Sie macht den Mund auf, um zu protestieren, sagt dann aber nichts, erhebt sich einfach und geht verdrossen vor ihm her, hinaus in den Garten. Dort auf dem Rasen, an diesem windigen grauen Tag, hält er ihr eine Strafpredigt. Als sie zurückkehren, sitzen die anderen da, unterhalten sich, trinken wässrige Gin-Tonics. Madeleine wirft einen kurzen, bedeutungsvollen Blick auf Susie, die ein Glas in der Hand hält, aber Leo hat sie zum Schweigen gebracht. Sie setzt sich aufs Fenstersims und starrt nach draußen, bis Ma alle zum Essen bittet.

Susie trinkt einen zweiten Gin Tonic, dann Wein, und nachmittags um drei hat sie einen roten Kopf, sieht schlampig aus mit dem roten Haar, das ihr wirr über die Schultern wallt. Die Kinder haben den Tisch verlassen. Leo hört sie auf dem Rasen rufen und lachen.

«Wie geht's dir mit dem neuen Job?», fragt er Tonie.

Sie lächelt geheimnisvoll, reserviert. Sie nickt.

«Danke, so weit ganz gut.»

«Und das – wie heißt es noch gleich –, das Sabbatjahr, wie läuft das?», sagt Susie zu Thomas.

Es gibt, denkt Leo, eine Hierarchie, eine Rangordnung bei diesen Unterhaltungen, und er und Susie rangieren am unteren Ende. Immer sind sie es, die Fragen stellen, um etwas über die anderen herauszufinden, so wie sie vielleicht gern etwas über einen interessanten Ort herausfinden würden, den sie gerade besichtigen, zum Beispiel Paris. Er ist der Nachzügler, fünf Jahre jünger als Thomas, sieben Jahre jünger als Howard. Er ist auch der Kräftigste, der Größte, größer noch als Howard, obwohl er sich nicht so vorkommt, nicht in diesem Haus. Howard hat ihn früher gezwungen, beim Essen unter dem Tisch zu sitzen, wenn ihre Eltern nicht da waren. Er hat ihn getreten, sobald er versuchte, darunter hervorzukommen. Hat ihm seine Portion auf den Fußboden gestellt, wie einem Hund.

«Ich lerne Klavier spielen», sagt Thomas.

«Ach ja?», sagt Susie verblüfft. «Wie – professionell?»

Susie dürfte das mit dem Klavierspielen nicht verstehen. Von Mittelschichts-Hobbys versteht sie nichts. Sie hat schon immer gearbeitet, andere Leute versorgt, hat sogar schon als Kind gearbeitet, gekocht und sich um den Haushalt gekümmert. Ihre Mutter war Putzfrau. Sie konnte weder lesen noch schreiben. Susie konnte das auch nicht, bis sie vierzehn war und es jemandem in der Schule auffiel.

«Das nun nicht gerade», sagt Thomas lachend.

Leo will sie beschützen, sie verteidigen. Er will so lange drauflosschlagen, bis sie in Sicherheit ist. Er liebt Thomas, aber mit einer passiven Liebe, die im Hintergrund bleibt. Diese Liebe sieht er sich nie genauer an. Er ist es gewohnt, sie quasi aus dem Augenwinkel wahrzunehmen. Er hat sie sich nicht ausgesucht, und doch ist sie immer da gewesen. Was sie ausmacht, will er eigentlich nicht wissen.

«Du kannst doch nicht ein ganzes Jahr mit Klavierspielen verbringen», sagt er. Das klingt aggressiver als beabsichtigt. Es ist immer dasselbe, dasselbe Problem, sich selbst treu zu bleiben in dieser Gesellschaft, seiner Familie, das Problem, sich selbst zu orten, authentisch zu sein. Er sagt Dinge, die er nicht so empfindet, und was er am stärksten empfindet, behält er für sich.

Thomas wirkt überrascht. «Und warum nicht?»

«Weil – weil das eine Vergeudung wäre, oder?»

«Finde ich nicht», sagt Thomas. «Außerdem könnte es durchaus länger als ein Jahr sein.»

«Vorsicht», sagt Dads. «Wenn du zu lange draußen bleibst, nehmen sie dich vielleicht nicht wieder zurück. Der Zug fährt weiter, verstehst du. Deine Erfahrungen sind irgendwann überholt.»

«Ich will eigentlich gar nicht zurück», sagt Thomas. «Mir gefällt es zu Hause.»

Dads lacht leise, unfroh. «Schon möglich», sagt er, «aber egal wie gut es dir gefällt, muss doch die Frage lauten: Lässt sich der Status beibehalten?»

Leo hört ihn, diesen Ton, der alles überrollt und einebnet wie ein Panzer. Es ist ein wohlwollender Ton, gnadenlos und ewig gleich. Dass sein Vater einmal die Stimme erhoben hätte, hat Leo nie erlebt. Sie zu erheben ist auch nie nötig gewesen: Die eigentliche Gewalt wird durch diesen beharrlichen Akt des Einebnens erzeugt. Seine Stimme hat sich in Leos Kopf über die Welt im Allgemeinen und Besonderen ausgelassen – unentwegt, seit er sich erinnern kann.

Thomas lacht ebenfalls, ein bisschen provozierend, zuckt die Achseln. «Frag Tonie. Frag Tonie, ob er sich beibehalten lässt.»

«Ich habe immer zu der Ansicht geneigt», fährt Dads fort, «dass Arbeit der Lebensinhalt eines Mannes ist, so wie Kinder der Lebensinhalt einer Frau sind.»

Ein Grat aus Schweigen, über den sie alle zusammen gehen, stolpern.

«Aber für mich ist Arbeit nie der Lebensinhalt gewesen», sagt Thomas vorsichtig. «So wie auch für Tonie Kinder nicht der ganze Lebensinhalt sind.»

Plötzlich ist da etwas Neues, ein atmosphärischer Umschwung. Leo spürt die Verschiebung ganz unten am Grund der Dinge, wie das Rumpeln von Erdplatten am Meeresboden. Er spürt eine Umwälzung, Veränderung, tief dort unten.

«Hey», sagt Tonie mit ihrer leisen, rauchigen Stimme, die Leo immer die Nackenhaare hoch stehen lässt. «Hey, lasst uns das Thema wechseln.»

Sie legt ihre Hand mit dem silbernen Ring auf die von Thomas. Leo findet den Anblick von Tonies Ring nicht gerade beruhigend. Susie trägt an diesem Finger einen großen Smaragd in goldener Krappenfassung.

«Ja, um Himmels willen», ruft Ma. «Ihr sitzt alle rum und macht Gesichter wie drei Tage Regenwetter.»

Als wäre, hätte man sie nur machen lassen, das Leben anders gewesen, nichts als Frohsinn und Heiterkeit.

Später, als es Zeit zum Gehen ist und Leo sich auf die Suche nach seinen Kindern macht, findet er im Arbeitszimmer seines Vaters ein Buch mit Kreuzworträtseln auf dem Schreibtisch, allesamt in der adretten Füllfederhandschrift seines Vaters gelöst und mit Datum versehen. Dann muss er Susie über den Rasen helfen. Er hält sie am Ellbogen fest, und dennoch torkelt sie, als ihre Absätze in die Erde sinken, und verliert einen Schuh. Ma ist schon wieder dabei, die Blumenbeete zu jäten, mit einer Matte unter den Knien. Sie sieht zu ihnen hoch. Manchmal haben ihre blassblauen Augen etwas so Vages, dass Leo nach Weinen zumute ist. Sie lässt seine Existenz zufälliger erscheinen, als er es aushalten kann. In seinen Kindertagen hat sie anderen Leuten freimütig erzählt, Leo sei ein Versehen gewesen, bis er alt genug war, um ihr zu sagen, sie solle das bleiben lassen.

«Was, wollt ihr schon los?», sagt sie. «Ich habe das Gefühl, als hätte ich euch kaum gesehen.»

«Ach ja», sagt er. Das ist alles, was er sagen kann, alles, was er heute in der Lage war zu sagen.

Im Auto auf dem Heimweg erzählt er Susie von den Kreuzworträtseln.

«Na, irgendwie muss er seine Zeit doch ausfüllen, oder?», sagt sie schläfrig.

Sie hat natürlich recht, aber verstört hat es ihn trotzdem. Er kann es nicht genau erklären, muss das aber auch nicht, denn Susie, zusammengesackt auf dem Sitz neben ihm, schnarcht jetzt leise. Eigentlich gibt es nichts auszusetzen an einem Kreuzworträtsel. Nur dass es nirgendwohin führt. Es hat seine eigene strenge Ordnung, nicht aber die Macht, über sich hinaus zu weisen; es ist trivial. Die flache Autobahnlandschaft zieht sich strahlenförmig dahin, grenzenlos, immer weiter ins Nichts. Eine Art Hohlraum tut sich in Leos Brustkorb auf, ihm ist, als würde er immer gewichtsloser.

Ein gelber Lamborghini zieht auf der Überholspur an ihnen vorbei. Leo interessiert sich nicht für Sportwagen, aber plötzlich muntert ihn der Anblick dieses unsinnigen bananenfarbenen Vehikels auf, ja amüsiert ihn sogar. Er dreht sich zu Justin auf dem Rücksitz um.

«Guck dir den an», sagt er.

VII

Das Flugzeug taumelt durch die graue Luft. Die Reisenden, an ihre Sitze geschnallt, schweigen. Sie erklimmen die Klippen und Berge, fahren die Täler und unerwarteten, schwindelerregenden Löcher aus. Mit ihren fast uniformen Anzügen, ihren Büchern, Aktenmappen und Laptops ähneln sie einem Trupp, der im Namen der Zivilisation voranzieht. Sie halten sich an ihren Zeitungen, ihren Gin Tonics fest. Auf dem Kurs zu bleiben scheint vernünftig, selbst wenn der Sturm sie vom Weg abdrängt. Das Flugzeug wird mal hierhin, mal dorthin geschleudert. Der Motor brummt, eine zitternde Geräuschkurve. Tonie hat keine Angst. Sie ist froh, ein Vernunftmensch zu sein. Viel schlimmer findet sie es, wenn man wie der Sturm ist, getrieben und hysterisch, außer Kontrolle.

Der Flughafen von Amsterdam taucht auf, niedrige graue Gebäude hinter horizontal wehenden Regenschleiern. Auf dem Asphalt parken boxenartige Fahrzeuge zwischen scheinbar ineinander übergehenden, vom Wind gekräuselten Wasserlachen. Die Anonymität ist beinahe erregend; zugleich ist sie rational, unpersönlich. Sie scheint Tonie aus dem Tumult der Beziehungen herauszuheben. Scheint ihr alles abzunehmen, was privat und besonders ist, selbst die Gefühle. Bis sie ein Taxi ergattert, ist es dunkel geworden. Der Sturm fegt ungehindert über das flache Land, über den Hafen mit seinen schwarzen Silhouetten aus Kränen und Containern, über die kabbelige See und die betonierten Landzungen am Stadtrand. Müll wirbelt in Fetzen durch die Dunkelheit; der Wind wellt die zarte vertikale Linie des fremden Straßenbilds, biegt die skelettartigen Bäume, schaukelt die metallenen Masten in ihren Betonverankerungen. Er kommt aus der Unendlichkeit des niedrigen Horizonts, aus dem schwarzen Nichts. Jetzt, wo sie durch die vom Regen gemaserten Taxifenster blickt, hat Tonie zum ersten Mal Angst. Was sie ängstigt, ist die Macht des Horizontalen, das sich blindwütig über den Rand der schwarzen Erdkugel ergießt.

Der Taxifahrer weiß nicht, wo es hingehen soll. Auch er kommt von anderswoher. Er ist dunkelhäutig, ungeschützt in seinem kurzärmligen Hemd. Er grübelt über der Hoteladresse, die sie auf die Rückseite eines Briefumschlags geschrieben hat – mustert ihre Handschrift, die kryptischen, konsonantenschweren Wörter. Dann steigt er aus dem Wagen und zeigt den Umschlag einem Passanten. Beide stehen draußen im Regen, stecken die Köpfe zusammen, gestikulieren, besprechen sich. Tonie bleibt im Fond sitzen, die Hände auf dem Schoß gefaltet. Sie stehen in der Finsternis einer leeren Straße, offenbar einem Industriegebiet, voll von Lagerhäusern und modernen, anonymen Gebäuden mit heruntergelassenen Rollgittern. Der Wind, der vom Meer heranweht, macht klagende Geräusche. Regen prasselt gegen die Fensterscheiben. Hartes schwarzes Wasser schlägt schäumend an die Betonpromenade. Der Fahrer steigt wieder ein und lässt den Wagen langsam weiterrollen. Sie biegen um eine Ecke, kriechen vielleicht hundert Meter weiter durch die Dunkelheit, dann macht der Fahrer erneut am Straßenrand halt. Er zeigt auf etwas. Tonie sieht ein großes, düsteres Fabrikgebäude hinter einer Mauer. Plötzlich ist sie aufgebracht.

«Das ist kein Hotel», sagt sie. «Das sieht nicht nach einem Hotel aus.»

«Ja, Hotel!»

Der Fahrer zeigt noch einmal darauf. Er ist beharrlich. Jetzt ist er sich seiner Sache so sicher, wie er noch vor wenigen Momenten von Zweifeln geplagt war. Er wäre imstande, begreift Tonie, sie hier abzusetzen, ob das da nun ein Hotel ist oder nicht. Ein Gefühl von Ernüchterung überkommt sie, das Gefühl, dass sie im Stich gelassen wird – nicht von etwas Bekanntem, Vertrautem, sondern etwas Neuem, Fremdem. Sie bleibt, wo sie ist, auf dem Rücksitz. Schon oft hat sie sich schikanieren lassen: Sie fügt sich, willigt in eine ungerechte Behandlung ein. Dass der Fahrer ein Mann ist, lähmt sie. Sie ist außerstande, sich von dieser Macht loszumachen. Er muss sie freilassen, wie ein Angler einen Fisch mit einem Ruck vom Haken freilässt. Plötzlich sieht sie Menschen, drei, vier Gestalten, die im Düstern Koffer über die Stufen zum Eingang des Gebäudes hochziehen. Die große anonyme Tür geht auf und lässt einen Streifen orangefarbenen Lichts erkennen, bevor sie sich hinter den Gestalten schließt. Der Fahrer ruft etwas. Er freut sich. Er springt aus seinem Sitz und öffnet ihr die Wagentür. Noch einmal deutet er zum schwacherhellten Eingang hin, nur für den Fall, dass sie noch irgendwelche Zweifel hegen sollte. Sie gibt ihm sein Geld. Ihr wird klar, dass er sie nie im Stich gelassen hätte.

In ihrem Zimmer setzt sie sich aufs Bett und geht ihre Notizen durch. Das Zimmer ist groß und kahl und hell erleuchtet, ganz in Weiß gehalten wie eine Kunstgalerie. Der Wind ächzt an den Fenstern. Die hohen weißen Fensterläden schwingen klappernd hin und her. Sie späht durch die

Schlitze und sieht wieder die schwarzen, weiten, regenüberströmten Flächen, die Umrisse von Kränen und dahinter die Dunkelheit, ein verschwommenes Gebrodel am tiefliegenden Horizont. Es ist, als käme es über diese Ödnis auf sie zu und wollte sie mit sich fortreißen. Aber das Zimmer mit seiner enormen, blanken Kahlheit, seinen seltsamen herabhängenden Lichterbündeln, seinem futuristischen, unberührten Mobiliar hat eine eigene Macht. Auf dem Tisch steht ein riesiger Glasblock – eine Vase – mit einer Garbe aus Orchideen und blutroten Gladiolen. Die Blumen, fast einen Meter hoch mit ihren dicken, giftgrünen Stängeln, riechen nach nichts. Sie sehen künstlich aus, doch als Tonie sie berührt, stellt sie fest, dass sie echt sind.

Tonie ist zu einer Konferenz hergekommen, auf der sie eine Rede halten soll. Die Konferenz beginnt morgen um zehn Uhr; danach wird sie heimfliegen. Bei der Abreise heute früh hat sie ganz vergessen, dass sie so schnell wieder zurückkehren wird. Sie hat sich einzig und allein auf den Einschnitt konzentriert, das Weggehen, so wie sich der Läufer auf die Hürde konzentriert und nicht auf die Bahn, die sich dahinter erstreckt. Sie erinnert sich, dass Alexa ein rotes Kleid trug, als sie an der Tür stand, um sich zu verabschieden. Tonie hatte das Kleid noch nie gesehen: Gekauft hatte es Thomas. Es ließ Alexa unwirklich erscheinen, wie ein Kind in einem Traum. In diesem Kleid schien sie ihre Mutter nicht mehr zu brauchen, nur noch als Beispiel für Tonies Errungenschaften herzuhalten. Und zugleich war klar, dass sie zu Thomas gehörte: In dem roten Kleid war Alexa, wie eine Silberfigurine, punziert. So, schoss es Tonie durch den Kopf, sah also jemand aus, um den sich Thomas kümmerte. Wo doch eigentlich sie, Tonie, so aussehen müsste. Als sie Alexa betrachtete, hatte sie eine Spielart ihrer Beziehung zu Thomas vor Augen, eine der verschiedenen Möglichkeiten, in der sie selbst sein geliebtes kleines Ding war, herausgeputzt in einem von ihm ausgesuchten Kleid.

Unten gibt es ein Restaurant. Tonie richtet sich vor dem Spiegel her, probiert ein anderes Oberteil an. Wer ist sie? Was tut sie hier in diesem Zimmer mit den unheimlichen Blumen, mit den weißen Fensterläden, die Wind und Dunkelheit anscheinend aufbrechen wollen? Ihr Körper, diese eine, abgeschlossene Einheit: Mehr ist sie ja nicht, und doch lebt sie so wenig darin. Fort von zu Hause ist sie reduziert auf ihr Körper-Sein. Welche Erfahrung kann sie sich selbst bieten? Welches physische Erlebnis kann diese Form rechtfertigen und sie in Wissen verwandeln? Im Restaurant, allein, isst sie eine Fischplatte und trinkt ein Glas kalten gelben Wein. Der Kellner ist jung, aufmerksam, so förmlich, dass sie sich gehemmt und sonderbar fühlt, sobald er sich nähert. Sie hat ihre Notizen mit heruntergebracht und bemerkt jetzt, dass sie daraufstarrt, sich ansieht, was sie gestern Abend am Küchentisch in der Montague Street niedergeschrieben hat, als sie dasaß und an ihre Reise dachte, sich das große einladende Meer des Unbekannten vorstellte, in das sie leibhaftig eintauchen würde. Inzwischen weiß sie nicht mehr, was sie hier zu finden glaubte. Sie entdeckt einen Fleck auf einer der Seiten: Es ist ein Soßenfleck, von der Hühnerpastete, die es gestern Abend gegeben hat. Sie beobachtet andere Leute beim Reden, beim Essen in dem eleganten Saal.

Von ihrem Zimmer aus ruft sie Thomas an. Er klingt distanziert, ist eher kurz angebunden. Er weiß nichts von dem Aspekt ihrer Verfassung, der ihm nahegehen sollte. Und den kann sie ihm auch nicht erklären, denn als erzählte Geschichte ginge es darum, das Verlangen nach etwas zu bekennen, das keinen Namen hat und an sich namenlos ist, zu dem sie nur auf einem Weg von Verneinungen gelangen könnte, einem Weg, der an irgendeiner Stelle sogar mitten durch Thomas führen müsste. Aber er fragt nicht nach. Sie ist bloß auf Dienstreise: Früher war er das selber oft. Hat er je hinterher über Einsamkeit geklagt, über Ernüchterung? Vielleicht schon, denkt sie. Er hat darüber geklagt, wie der frischeingezogene Soldat darüber klagt, dass die an ihn ausgegebenen Stiefel drücken. Vielleicht hat er ihr genauso wenig alles erzählt.

Sie setzt sich aufs Bett. Sie will zurück nach Hause und will es doch auch wieder nicht. Sie erinnert sich daran, dass sie dieses Gefühl schon in der Kindheit hatte, wenn sie nach einem Familienstreit auf ihr Zimmer ging und, auf ihrem Bett liegend, dieselbe Aufspaltung ihrer Wünsche erlebte, dasselbe Hin- und Hergerissensein zwischen zwei Wahlmöglichkeiten, die, wie sie jetzt erkennt, gar keine waren – entweder wieder nach unten zu gehen oder da zu bleiben, wo sie sich befand. Unten ging die Geschichte all dessen, was sie kannte, in die nächste handlungsreiche Runde; aber in ihrem Zimmer gab es Stille, Tageslicht, Strukturlosigkeit. Indem sie sich aus der Geschichte ausgeklinkt hatte, war sie auf die Leere gestoßen, die sie umgab. Es war so klar und still in diesem Raum: Er schien zu verheißen, dass etwas Neues erschaffen würde, obwohl der Moment der Erfüllung nie eintrat. Es gab nur eine schöne, wenn auch sterile, unbestäubte Abgeschiedenheit. Sie fand dort nie etwas. Letzten Endes ging sie jedes Mal zurück.

Sie legt sich schlafen, wird jedoch die ganze Nacht über immer wieder von den klappernden Fensterläden geweckt, vom Ächzen des Windes über der Zuider Zee.

VIII

Was ist Kunst?

Kunst ist das Gegenteil von Verschwendung, von Überfluss. Thomas geht seine Schränke durch und findet Schachtel um Schachtel mit altem Zeug. Kabel, Computerteile, eine ganze Kiste voll grauer Plastikpatronen, noch originalverpackt in ihren luftdichten durchsichtigen Hüllen. Den Drucker, für den sie vorgesehen waren, gibt es nicht mehr, und kein anderer Drucker ist mit ihnen kompatibel. Dennoch werden sie ewig halten.

Mit einem Mal überkommt ihn eine geradezu sinnliche Erinnerung an sein Londoner Büro, das große Gebäude aus Stahl und Acrylglas mit all den Kabeln und flimmernden Bildschirmen und schrillenden Telefonen, dem herben Geruch nach Kunststoff und elektrischem Licht, den grauen Räumlichkeiten mit den schallschluckenden Teppichböden, den hermetisch verschlossenen, das Rauschen der Welt aussperrenden Fenstern, dem Schminke-Geruch seiner Sekretärin Samantha und ihrer synthetischen Kleidung, all den chemischen Gerüchen und Kostümierungen und der Art, wie die Leute redeten – selbst die Sprache war gekünstelt, sodass man unwillkürlich den Blick auf die Zähne, auf die Augen richtete, um nicht zu vergessen, dass das Gegenüber ein menschliches Wesen war. Vor allem aber die Erinnerung daran, wie es gewesen ist, an Bord zu sein und in einer sich nie verflüchtigenden Gegenwart zu leben, an das Gefühl, dass diese ganze Künstlichkeit nur aufrechterhalten werden kann, solange man ihr Abgleiten in die Vergangenheit nicht zulässt. Er erinnert sich daran, auf welche Weise selbst die Wirklichkeit unwirklich gemacht wurde. Thomas' letzte Aufgabe vor der Beurlaubung bestand darin, für einen Hersteller von Hundenahrung ein Umstrukturierungskonzept zu erarbeiten. Nach den ersten drei, vier Wochen brachte jemand zu einer Sitzung eine Dose Hundefutter mit. Bis zu diesem Moment war Hundefutter etwas Theoretisches gewesen. Jetzt war es da, jetzt war es wirklich. Nach all der Künstlichkeit war das Wirkliche zum Vorschein gebracht worden. Thomas wurde klar, dass es die ganze Zeit über da gewesen war. Hundefutter war die ganze Zeit über da gewesen. Hunde – freundliche, schmutzige, sterbliche Wesen – waren die ganze Zeit über da gewesen.

Er findet drei Paar winzige Kopfhörer, ungeöffnet, eingerollt in ihren Plastikbeutelchen wie Embryos. Sie gehörten zu einem Handy, das in der Zwischenzeit durch ein neueres Modell ersetzt worden ist. Die Kopfhörer passen nicht zu diesem neuen Handy. Dennoch werden sie ewig halten.

Im Zug hat Thomas oft Beschlüsse gefasst. Er hat beschlossen, seinem Einschlafbedürfnis nicht nachzugeben. Er hat beschlossen, keine Zeitung zu lesen. Er hat beschlossen, Tagebuch zu schreiben. Er hat beschlossen, ein Skizzenbuch zu führen und Porträts der anderen Fahrgäste zu zeichnen. Jede Strecke dauerte eine Dreiviertelstunde, manchmal mehr. Das ergab anderthalb Stunden, die er der täglich verschwendeten Zeit abgewinnen konnte. Er wollte einen Anker in den schmalen Kanal der Zeit hinablassen. Er wollte sich daran hindern abzudriften.

Im Schrank findet er das Tagebuch, drei Notizhefte, das Buch mit dem edlen Papier, das eigentlich für seine Zeichnungen gedacht war. Das Tagebuch ist ganz leer. Im anderen sind zwei Bleistiftskizzen, an deren Entstehung er sich nicht erinnern kann. Deshalb sind sie ein bisschen beängstigend. Eine davon zeigt eine Frau mit Brille und fransigem Hexenhaar.

Vor seinem inneren Auge erscheint ein schwarzes kuppelförmiges Ding aus Plastik, das auf dem Schreibtisch in seinem Büro gestanden hat. Er weiß bis heute nicht, was dieses Ding darstellen sollte. Jeden Tag hat er es angesehen. Es hatte eine Art Sprung im Gehäuse, einen etwa zehn Zentimeter langen Kratzer, der erst nach links und dann geradeaus verlief, mit einem Knick am Ende. Womöglich wird er dieses seltsame, sinnlose Objekt nie vergessen. Womöglich wird es für alle Zeiten in seinem Geist fortbestehen, ohne sich zu verändern. Wird ihn, in gewisser Weise, überdauern. Seine Erinnerung an den Kratzer ist so präzise, dass es sich genauso gut um eine Narbe an seinem Körper handeln könnte. Doch die Frau, deren Gesicht er gezeichnet hat, und auch der Akt des Zeichnens sind verloren.

Er findet einen ganzen Ordner voller Gebrauchsanweisungen für Dinge, die kaputtgegangen sind oder ihm nicht mehr gehören. Wenn ein Ding durch ein anderes ersetzt, ein Ding durch ein anderes bedeutungslos gemacht wird, nennt sich das Fortschritt. Diese bedeutungslosen Dinge leben nicht und sterben auch nicht. Die meisten Leute, die er kennt, halten Fortschritt für etwas Gutes.

Oft sah er, wenn er am Bahnhof ankam, seinen Zug vollgepackt und abfahrbereit, mit verschlossenen Türen, dastehen, sah, wie der Zug sich ohne ihn in Bewegung setzte. Nie hat er sich so sehr vereinzelt, abgesondert gefühlt wie in jenen Momenten. Dabei war er doch einfach nur stehen geblieben. Für die Dauer einer Sekunde wurde er zu Vergangenheit. Das Seltsame daran war, dass es an dieser Stelle mehr Möglichkeiten zu geben schien. Er weiß noch, dass er sich unwillkürlich vorstellte, nach Neuseeland oder Südamerika zu gehen. Nirgendwann anders ist ihm der Gedanke je gekommen. Nur dort, wenn er seinen Zug verpasst hatte, überkam ihn das Verlangen, in ferne Länder zu fliehen, als wäre es ein Stück von ihm, das er vor langer Zeit auf dem Bahnsteig der Waterloo Station fallen gelassen hatte und das ihn ab und an mal wieder stolpern ließ.

Kunst, denkt er, ist nicht Fortschritt.

IX

Howard, krank, bettlägerig, blickt aus dem Fenster auf den grauen Vorstadtmittag. Es ist eine Aussicht auf kahle Astgabeln vor einem leeren, lichterfüllten Himmel, auf die Dachgiebel von Nummer zweiunddreißig. So, in ihrer Wochentagsträgheit, sieht er die Welt sonst nie. Morgens verlässt er das Haus um acht und kehrt zwölf Stunden später zurück; immer ist er am Gehen oder Wiederkommen, hin und her, rein und raus, wie eine Nadel durch den Stoff. Er fragt nicht, wie der Stoff entsteht, der ist ja da, zusammengesponnen aus der Stille, aus dem Stillstand. Howard genießt es, dass er ihn umspinnt wie ein Kokon. In diesem Schlafzimmer ist die Zeit irgendwie verdichtet, undurchlässig: Im Lauf der Stunden scheint sie eine Haut zu bilden, wie ein Getränk beim Abkühlen. Draußen hört er Autos vorbeifahren, ab und an auch Stimmen. Da ist ein Vogel, der Laute von sich gibt wie ein quietschendes Fahrrad. *Rii-rii-rii-rii-rii.* Die Stimmen kommen in Form von Puzzleteilen, die er zusammenfügt, um kleine, schartige Ausschnitte des Lebens herzustellen. Mutter und Kind. Mann mit Hund beim Gassigehen. Briefträger, der nebenan ein übergroßes Paket abgibt.

Claudia sieht nach ihm, setzt sich an den anderen Bettrand. Auch sie scheint die Stumpfheit zu spüren, die drückende Atmosphäre. Er hätte gedacht, dass sie diese Stimmung gut kennt, aber offenbar ist dem nicht so: Sie scheint zu glauben, dass sie von ihm ausgeht.

«Na, wie fühlst du dich?», fragt sie, lebhaft und blankäugig, parfümiert, fertig angezogen. Auch ein bisschen ungeduldig, spürt Howard, als wäre er eine Maschine, die auf ihrem Grundstück kaputtgegangen ist und die sie nun unbedingt reparieren und wieder in Gang setzen will.

Er schlägt die zerknautschten Bettdecken zurück und klopft aufs Laken. «Magst du reinkommen?»

«Ins Bett?»

Er berührt sie am Handgelenk. Sie sieht beunruhigt aus. «Ist doch niemand da», sagt er.

Das, erkennt er jetzt, ist das Problem mit dem Tag: Er trägt nicht den Stempel des menschlichen Willens. Er ist formlos. Er ist ein Klumpen Lehm, der aus Inspiration und Verlangen geformt werden muss. Genau das, entsinnt er sich, macht Freiheit aus. Mit dreiundvierzig erlebt er Freiheit meist nur in veredelter Form und in kleinen Dosen: Entscheidungen, Weisungen, komplizierte Mittel und Wege zum Erfolg. Er hat vergessen, wie sich der Rohstoff anfühlt. Claudia zupft an dem silbernen Anhänger, der um ihren Hals hängt. Er hat ihn zwar schon an ihr gesehen, aber nie richtig wahrgenommen, hat nie seine kalte Kompaktheit bemerkt, nie bemerkt, dass er ihre Finger geradezu magnetisch anzieht.

«Ich kann nicht.»

«Ach komm, Claude. Nur für einen Moment.»

Er hat sie irritiert. Er hat sie verärgert. Schwarze Vogelsilhouetten ziehen still über den graubraungetönten Himmel. Claudia legt sich, etwas steif, neben ihn aufs Bett. Sie zieht ihre Schuhe nicht aus. Aber sie schmiegt den Kopf in seine Armbeuge, sodass er ihr übers Haar streichen kann, das heute fettig aussieht und von zahlreichen kleinen Silberspangen zurückgehalten wird. Genau das erstaunt ihn so – wie Menschen sich hingeben, wie sie, in die Leere des nächsten Moments hinein, ein weiteres Stück Leben keimen lassen. Er hört dieses Leben aus der öden Straße aufsteigen: die Frau, die so geduldig mit ihrem Kind ist, den Mann, der nach seinem Hund pfeift. Er denkt, wie anständig sie doch sind, wie gut. Die winterlichen Bäume bilden nackte Gitterformen hinter dem Fenster. Er glaubt nicht, dass Menschen je willentlich so gut sein können, wie sie es hier, auf einer leeren Straße an einem Novemberwochentag, rein instinktiv sind. Oder wie es jetzt seine Frau ist, diesen Tagesfetzen lang, neben ihm auf dem Bett.

«Möchtest du irgendwas?», sagt sie, als sie wieder an der Tür steht und ihre Kleidung glatt streicht.

«Nur ein bisschen Suppe», sagt er mit matter Stimme. «Sonst nichts.»

«Suppe», sagt sie. «Irgendeine besondere Suppe?»

«Was auch immer da ist. Deine Lauchsuppe wäre toll. Und vielleicht ein Brötchen, aber nur eins, mit Butter.»

«Schön», sagt sie.

Er sieht Resignation in ihrem Blick, eine momentane Bedrücktheit. Ob sie ihn, wenn er bei der Arbeit ist, womöglich ganz und gar vergisst? Woran mag sie denken? Wovon lenkt er sie ab, hier in den Laken schmorend, die nach ihm riechen, in ihrer beider Schlafzimmer, das von seiner Gegenwart durchdrungen ist? Sie sollte es lüften, die Decken glatt streichen und Blumen in eine Vase stellen. Stattdessen streicht sie ihre Kleidung glatt und verzieht den Mund, als er um Suppe bittet. Im Fenster des Hauses gegenüber sieht er eine Gestalt hinter der dunklen Glasscheibe. Er sieht einen bleichen Arm, der sich hebt und streckt, hebt und streckt. Er sieht, undeutlich, Haare über eine weiße Schulter schwingen. Es ist eine Frau beim Bügeln. Er sieht das Eisen funkeln, sieht, mit welchem Druck sie die immer gleichen Bewegungen ausführt. Ihr Gesicht ist im Dunkeln. Sie wirkt so unermüdlich, so fleißig. Er beobachtet sie, fühlt sich getröstet. Es ist wahr, dass das Leben die Liebe in Fesseln legt: Das, denkt er, könnte Claudias Geheimnis sein. Fleiß ist etwas Gutes, selbst wenn er der Liebe Schranken auferlegt, selbst wenn er die Gefühle haushälterisch knapp hält. Es ist gut, dass Claudia nicht alles stehen und liegen lässt, um den ganzen Tag lang neben ihm im Bett zu liegen. Ihm fällt ein, wie seine Mutter früher nach ihm gesehen hat, wenn er krank gewesen ist. Immer gab es Blumen in einem Glas auf dem Nachttisch, immer wurde ihm ein Tablett die Treppe hochgebracht. Er erinnert sich an das Gefühl lähmender Liebe, den Eindruck, sie wollte ihn dort festhalten und er sich halbherzig dort festhalten lassen – als hätte sie ihn zurückgestohlen von der Welt, um ihre Fürsorge für ihn zu perfektionieren.

Er schläft eine Weile, und als er aufwacht, kann er die Suppe unten riechen. Der Tag ist unverändert. Der Vogel ruft am Fenster. *Rii-rii-rii-rii-rii.* Das Telefon läutet, und er hört Claudia sprechen. Sie spricht eine lange Zeit. Mehrmals lacht sie. Später bringt sie ein Tablett hoch und stellt es neben ihm auf die Bettdecke. Es ist Viertel nach zwei: Er hat einen trockenen Mund und vor lauter Hunger einen bitteren Geschmack auf der Zunge. Die Suppe ist hellgrün, sämig, mit Kräutern besprenkelt, genau wie er sie sich vorgestellt hat.

«Wo ist deine?», fragt er. «Isst du nichts mit?»

Sie macht sich im Zimmer zu schaffen, räumt Dinge weg, bleibt außer Reichweite.

«Ich hab meine schon vorhin unten gegessen. Ich hatte gehofft, ich könnte heute Nachmittag ins Atelier. Hast du alles, was du brauchst?»

Auch daran erinnert er sich, an das Gefühl, dass seine Mutter ein geheimes Leben hatte und er der Eindringling war, der es belauschte; als wäre das Zuhause eine Illusion, ein Bluff, und seine Krankheit Ausdruck der Schuldgefühle seiner Mutter. Als Claudia gegangen ist, löffelt er die Suppe und stellt sich vor, wie sie unten allein am Tisch sitzt und die ihre isst.

X

Das Haus ist leer. Olga streift durch die Räume, lässt den Blick wandern. Heute ist sie früh zurückgekommen, mit einem Kopfweh, das ihr heftige Schauer durch den Körper jagt. Man hat sie heimgehen lassen. Die ganze Busfahrt über hat der Schmerz auf sie eingeschlagen wie ein Stock auf eine Trommel. Und dann schrie der Fahrer sie noch an, weil sie zu spät auf den Knopf gedrückt hatte, und stieg voll auf die Bremse, sodass sie gegen die Haltestange fiel. Was wehtat: Sie hat einen roten Striemen am Arm. Warum ließ er es dazu kommen? Sollte sie ihn je noch einmal sehen, wird sie ihn das fragen. Sie hat keine Freunde hier, keine Familie, keine Sprache, in der sie sich ausdrücken kann. Warum hat er ausgerechnet ihr wehgetan?

Sie steht in dem Zimmer mit dem Samtsofa, in das man sie nie hereinbittet, wo sie abends sitzen und reden. Es gibt Stühle, einen, der mit Leder bezogen ist, und einen mit einem altmodischen geblümten Stoffbezug. Es gibt einen Tisch, auf dem sich Zeitungen und Zeitschriften stapeln, obendrauf zwei schmutzige Gläser. Es gibt ein Klavier, ein altes braunes Klavier. Die Vorhänge in diesem Zimmer sind grün. Sie mag den Stoff, Rohseide, sie mag auch den goldenen Spiegel über dem Kamin und die Sachen, die auf dem Kaminsims stehen, die kleine goldene Uhr mit winzigen eingravierten Säulen wie bei einem Tempel, den Briefbeschwerer mit der im Glas eingeschlossenen blutroten Pfingstrose, die himmelblaue Porzellanvase mit dem schmalen Hals. Kleine weiße Figuren sind auf den Seiten eingraviert. Sie tragen tunikaartige Gewänder, wie Götter und Göttinnen. Sie tanzen und reden und feiern rings um die Vase herum. Olga betrachtet die Bücher, die ganz durcheinander in den Regalen stecken. Sie sind verstaubt, noch mehr als das Klavier. Aber die Stühle und das Sofa sehen freundlich aus, wie Leute, die sich unterhalten, und die Vorhänge erinnern sie an die Ballroben, die Schauspielerinnen in alten Filmen tragen. Es ist ein schönes Zimmer, ein warmes Zimmer, aber nie wird sie gebeten, hereinzukommen und sich dazuzusetzen.

Sie geht nach oben ins Schlafzimmer der beiden, staubig auch das, überall Kleidungsstücke, ein ungemachtes Bett. Eines Nachts hat sie sie hier drin schreien hören. Sie mag keine Leute, die sich anschreien. Aber am nächsten Morgen verhielten sie sich wieder normal, als wäre nichts passiert. Das Bett mit den ineinander verwurstelten Decken ähnelt einem Rattennest. Sie findet es seltsam, dass zwei Menschen sich anscheinend darüber einig sein können, es in so einem Zustand zu lassen. So etwas ist ihr schleierhaft. Sie würde sich weigern, in diesem Bett zu schlafen. Warum sie ihr Zimmer nicht hübsch herrichten, versteht sie nicht. Es ist ekelhaft, so zu leben. Sie zieht eine Schublade auf, wirft einen Blick hinein. Männerunterwäsche, sorgsam zusammengelegt. Sie ist überrascht. Er ist so unordentlich, so faul, aber in seiner Schublade, wo es niemand sehen kann, herrscht Ordnung. Wenn sie mal nachmittags um drei oder vier nach Hause kommt, sieht sie ihn auf dem Sofa liegen und ein Buch lesen, während die Küche unten einen ganz schrecklichen Anblick bietet und stinkt, Fliegen, die um die schmutzigen Teller schwirren, der nicht gekehrte Fußboden, der bei jedem Schritt knirscht, Pfannen mit angebranntem Essen, die dort tagelang stehen bleiben. Sie hätte nie gedacht, dass er seine Unterhosen zusammenlegt.

In ihrem eigenen Zimmer ist alles sauber und ordentlich. Die weiße Wintersonne scheint durchs Fenster. Eine Schmeißfliege surrt geräuschvoll an der Scheibe. Sie erschlägt sie mit einer zusammengerollten Zeitschrift. Das Kopfweh hat einen Hohlraum hinterlassen. Sie berührt den roten Fleck auf ihrem Arm mit den Fingerspitzen. Ein Gefühl von Einsamkeit macht sich in ihr breit. Sie setzt sich auf ihr Bett und wählt die Nummer ihrer Mutter.

XI

Der Klavierlehrer lebt zusammen mit seinem Freund in einer Souterrainwohnung am anderen Ende der Stadt. Auch Ignatius ist Pianist: Sein Flügel steht eingezwängt im engen Schlafzimmer, während Benjamins Klavier seinen Platz im Wohnzimmer hat, einem Raum, wo feuchte braune Flecken die niedrige, durchhängende Decke übersäen und das Fenster auf einen kleinen betonierten Hof mit einer Stiege hinausgeht, deren modrige Stufen zur Straße hochführen.

Schon bevor er eintrifft, spürt Thomas, dass die Atmosphäre des Viertels auf seine Haltung zu kulturellen Dingen einzuwirken beginnt wie ein Adstringens auf eine offene Wunde: Die heruntergekommenen Häuserreihen, die Bürgersteige, auf denen sich kaputte Möbelstücke und prallvolle Müllsäcke türmen, das verrostete Geländer und giftig-grelle Grün der Treppe vor Benjamins Haus, ja selbst die ramponierte Eingangstür, niedrig wie die Tür zu einem Verlies – alles ist so wohltuend, belebend, dass Thomas, als die Tür aufgeht und Benjamin darin erscheint, einem verwirrenden Ansturm von Gefühlen ausgesetzt ist, als wäre er ein Liebhaber. Benjamin ist kein ausgesprochen schöner Mann, doch auf dem schäbigen Flur hat seine frische menschliche Ausstrahlung etwas augenblicklich Überwältigendes. Thomas geniert sich ein bisschen für die Freude, die es ihm macht, Benjamin anzusehen: die milchfarbene Haut – allein das schon eine Augenweide –, sein schwarzes glänzendes Haar und den rosafarbenen Mund mit dem chorknabenhaften Ausdruck leisen Erstaunens. Sein Körper deutet sich unter der biederen Strickjacke und Cordhose an wie eine Statue unter einem Staubschutztuch. In letzter Zeit merkt Thomas, dass auch Benjamin sich freut, wenn sie sich an der Tür gegenüberstehen. Ein warmes Gefühl, fast schon aufregend, verbreitet sich in dem Raum zwischen ihren nicht miteinander zu vereinenden Körpern.

Thomas streckt die Hand aus – «Hallo mal wieder» –, und als Benjamin sie erst nach kurzem Zögern ergreift, fragt er sich, ob Benjamin den Händedruck unter Männern vielleicht ein bisschen peinlich findet, eine heterosexuelle Marotte darin sieht. Ihm kommt der Gedanke, dass sich schwule Männer womöglich gar nicht die Hand geben, dass sie sich stattdessen umarmen oder auf die Wangen küssen, wie Frauen. Er fragt sich, ob er beim nächsten Mal nicht Anstalten machen sollte, Benjamin zu umarmen.

«Schön, dich zu sehen», sagt Benjamin, drückt ihm die Hand und lässt sie wieder los.

Sie treten in den Flur, wo abgerissene Stücke des braunen PVC-Belags unter ihren Füßen wegrutschen und eine einsame Glühbirne an einem schmutzigen Kabel hängt. Benjamin muss den Kopf einziehen, um nicht dagegenzustoßen. Er biegt um die Ecke und zieht erneut den Kopf ein, diesmal unter dem Türrahmen zu dem vor Unordnung strotzenden Wohnzimmer. Thomas folgt ihm so dicht auf den Fersen, dass er den Flor von Benjamins beigefarbener Strickjacke direkt vor Augen hat – in dieser engen, mietskasernenartigen Wohnung gibt es keine Möglichkeit, Abstand zu halten, weshalb eine menschliche Gestalt bedeutsamer, strukturierter, assoziationsreicher scheint als anderswo. Das und der Eindruck von Verwahrlosung haben Thomas dazu bewogen, Benjamins Wohnung mit Jugend gleichzusetzen. Hier fühlt er sich an ein direkteres, sinnlicheres Körpererleben erinnert, dem er, wie ihm erst jetzt klarwird, entsagt hatte. Wenn er mit Benjamin am Klavier sitzt, wenn ihre Knie sich fast berühren, ihre Hände sich beim Erkunden der Tasten immer wieder überkreuzen, ist Thomas ihm körperlich näher, als er das seit Jahren jemand anderem war, abgesehen von seiner Frau und seinem Kind. Benjamins Stuhl ist ein hölzerner Klassenzimmerstuhl, der jedes Mal knarrt, wenn er sich vorbeugt, um ein Notenblatt umzuschlagen oder etwas auf den Tasten vorzuführen. Ständig geraten seine Beine und Arme, die sich wie Stäbe präzise an ihren großen Scharnieren bewegen, in Thomas' Blickfeld, die geschickten Hände mit der immensen Spannweite, die Finger mit den breiten sauberen Nägeln, die starken männlichen Handgelenke und die kräftigen braunen Haare auf seinem Unterarm, die entblößt werden, wenn er zum Metronom hochgreift: Das ist Intimität, diese Nähe, die sich in der Bewegung immer wieder selbst erneuert. Es fällt schwer, jemanden zu beeindrucken, der so dicht neben einem sitzt. Thomas hat eine ganze Weile gebraucht, um sich daran zu gewöhnen, dass dieser Eindruck nur mit den Händen hervorgerufen werden kann, nicht mit der Miene.

Benjamin beobachtet ihn unverwandt durch seine Brille.

«Wie ist es diese Woche gegangen?»

«Gut, glaube ich. Doch, ja.»

Beim ersten Mal verwirrte Thomas diese Frage, so als würde ein nicht bloßliegender Teil von ihm abgetastet – als wäre sie irgendwie klinisch, wie die medizinische Untersuchung einer sonst verborgenen Körperstelle. Er versuchte, sich bedeckt zu halten; er bemühte sich, mit Worten eine Distanz wiederherzustellen, die er rein physisch nicht zustande brachte. Aber inzwischen ist er an die Entblößung gewöhnt. Nun freut er sich schon darauf, diese von Scham befreite Stelle vorzuführen, an der er sich Woche für Woche weiterentwickelt.

«Du hast mit der zweistimmigen Invention weitergemacht.»

«Also», sagt Thomas lässig, «ich hab mir jetzt vor allem mal das *Adagio* vorgeknöpft.»

Benjamin hebt die schmalen Augenbrauen. «Beethoven?»

Thomas nickt. Er merkt, dass Benjamin überrascht ist, überrascht auf etwas skeptische Weise, und sogleich spürt Thomas sein Herz ans Brustbein klopfen. Er weiß, was als Nächstes kommt. Tatsache ist, dass es anders als bei den allermeisten Aspekten seines Erwachsenenlebens kein Herumlavieren um den Anspruch gibt, das *Adagio* spielen zu können. Er lässt sich weder erklären noch aufschieben oder wegdiskutieren. Thomas muss zeigen, dass er es kann.

«Hast du die Noten dabei?»

«Ja.»

«Na dann mal los.»

Benjamin erhebt sich, nimmt seinen Stuhl mit. Er watet zwischen den Bündeln aus Notenpapier hindurch, die überall auf dem schmutzigen Teppich herumliegen, und lässt sich drei, vier Schritte entfernt nieder, die Hände aufmerksam im Schoß gefaltet. Seine Skepsis ist verflogen, das Stirnrunzeln einem erwartungsvollen Ausdruck gewichen. Dies ist schließlich kein Ort für Skepsis. Was hätte die auch für einen Sinn? Wenn Thomas Alexa ihren Teller unsicher zur Spüle tragen oder Tonie das Auto rückwärts einparken sieht, empfindet er Skepsis, Zweifel; dann meint er, dass alles ins Wanken gerät, was knapp außerhalb seiner Reichweite liegt, einem kippelnden Gegenstand vergleichbar, den er packen und wieder richtig hinstellen will. Aber Benjamin hat offenbar kein unbehagliches Gefühl, wenn er Thomas zusieht. Heißt das, er hält es nicht für wichtig, wie Thomas das *Adagio* spielt? Hat er – da Thomas' Spiel für ihn ja keinen konkreten Vor- oder Nachteil darstellt – beschlossen, dass es ihm dann auch gleichgültig sein kann? Benjamin neigt den Kopf in Richtung Klavier. Es ist eine höfliche Geste: Thomas stellt sich vor, wie er den Kopf zu Alexa, zu Tonie hinneigt, während sie am Rand einer Katastrophe entlangtaumeln. Es bedeutet, dass Benjamin ihm das Feld überlassen hat, die Klaviatur, die manchmal zu grinsen scheint wie ein Gebiss und manchmal wie eine ferne eisige Landschaft schimmert, ein Ort, der so schön wie menschenfeindlich ist und dessen Stille gelegentlich durch etwas unterbrochen wird, was nach Anstrengung und Kampf klingt, bevor er wieder jeden Laut verschluckt.

Benjamin räuspert sich: «Fang einfach an, wenn du so weit bist.»

In Wahrheit hat Thomas die vergangene Woche über wie ein einsamer Gefangener, der sich unter den Festungsmauern durchgräbt, an dem *Adagio* gearbeitet. Er geniert sich ein bisschen für diese geheime Entschlossenheit, die Sturheit seines Vorgehens, die beharrliche, monotone Anstrengung, die er hineingesteckt hat, denn auf die gleiche Art hat er immer das bekommen, was er im Leben wollte, und aus dem, was er nicht wollte, das Beste gemacht. Es kam ihm so vor, als würde er schummeln, genau wie damals, als er die Nächte durchgearbeitet hatte, um eine Prüfung zu bestehen, oder erhobenen Hauptes aus langweiligen Sitzungen hervorgegangen war, weil er mehr wusste als alle anderen, oder bis ins letzte Detail die Strategie durchgeplant hatte, mit der er eine Frau, die ihm gefiel, für sich einnehmen wollte. Immer kam es ihm vor, als nähme die Arbeit den Platz ein, der etwas Natürlicherem hätte vorbehalten sein sollen, etwas Instinktivem und Ursprünglichem, etwas, das er mit Ehrlichkeit verbindet, obwohl er nicht so recht weiß, warum. In der Woche über am Klavier hat er mit einer Art Gewissheit gespürt, dass es einen ehrlicheren Weg geben muss, das *Adagio* einzuüben, als jeden Takt so lange zu spielen, bis ihm alle Plausibilität ausgetrieben war und er zu einem Wahnsinnsgeratter wurde, aber er konnte sich unmöglich vorstellen, wie der aussehen mochte. Er hat eine flüchtige, bittere Mutlosigkeit empfunden, noch während seine Finger nach der Musik getastet haben und ihrer dann langsam Herr geworden sind, denn sein Entschluss, ein Instrument zu lernen, birgt eine namenlose Hoffnung, die vor seinen Augen vereitelt zu werden scheint. Insgeheim hat er sich vorgestellt, im Zuge dieses Drills werde ihn irgendwann eine Art Selbstvergessenheit erwarten, eine Befreiung, die es ihm erlaube, uneingeschränkt die großen weißen Felder der Selbstentfaltung zu durchwandern. Aber alles, was sich vor ihm auftat, waren nur weitere Strecken aus methodischem Vorgehen und Kleinarbeit, auf denen die Schrauben seiner Persönlichkeit sogar noch fester angezogen wurden.

«Natürlich habe ich gerade mal an der Oberfläche gekratzt», sagt er zu Benjamin. «Es ist schwer, die Zeit dafür zu finden. Du weißt ja, wie das ist.»

Wieder neigt Benjamin den Kopf und lächelt.

«Also dann», sagt Thomas.

Einen Moment lang ist sein Geist erfüllt vom weißen Licht der Darbietung, der seltsamen, strukturlosen Klarheit, die aus dem Wissen erwächst, dass er nicht nachdenken darf, dass sein Hirn leer gemacht werden muss, dass er stattdessen funktionieren soll; als er sich das nächste Mal überprüft, merkt er, dass er bereits die Hälfte des ersten Notenblattes hinter sich hat, und dieser Gedanke bringt ihn ins Stocken, also macht er sein Hirn schnell wieder leer und konzentriert sich erneut auf seine Hände. Es folgt eine schwindelerregende Passage, als würde man sich langsam an einem schmalen Felsvorsprung entlanghangeln, und dann ein Abschnitt, der sich anfühlt wie meilenweit fester Boden, ebenes Gelände, und dann plötzlich ein Katarakt, ein rasender Lauf hin zum Rand, zur Katastrophe, doch schon ist er darüber weg, wird hinabgeschwemmt durch all die Vielschichtigkeit, hinaus auf die andere Seite, wo Ruhe ist, Tageslicht und das unordentliche Zimmer mit Benjamin auf seinem Stuhl.

«Bravo», sagt Benjamin, der sehr rot im Gesicht ist und eine erstaunte Miene macht.

Die Schlafzimmertür fliegt auf. Ignatius, der im Gegensatz zum schlanken, wie aus Marmor gemeißelten Benjamin rosig, gedrungen und ungeheuer behaart ist, steht auf der Schwelle, klatscht und verbreitet sich lautstark in seinem eleganten amerikanischen Akzent, der alles freundlicher und weniger ernsthaft klingen lässt. Dann tritt er ins Wohnzimmer, eine muntere, übermütige Erscheinung mit dem engen T-Shirt, aus dessen Halsausschnitt die Brusthaare quellen, der Hose, die sich um seine Hüften spannt, dem rotblonden, auf seinem Kinn sprießenden Bärtchen. Benjamins Mund hat plötzlich etwas leicht Verkniffenes.

«Dieses *Adagio* ist einfach göttlich – ich hatte ja *keine* Ahnung, dass du so gut geworden bist! Ich hab hinter der Tür gelauscht und gedacht, wer mag das bloß da drinnen sein?»

«Die anderen Sätze kann ich nicht spielen», sagt Thomas entschuldigend, obwohl er vor Freude einen roten Kopf bekommt. Ignatius ist ein richtiger Pianist, kein Klavierlehrer, sondern ein Künstler, dessen Name auf Handzetteln für Matinee-Konzerte in der Wigmore Hall steht. Thomas schämt sich seiner Illoyalität Benjamin gegenüber: Diese Scham, spürt er vage, muss etwas mit der Intimität zwischen den beiden zu tun haben. Sonst bringt es eigentlich nur Tonie fertig, ihn auf diese Art zu lähmen, ihn einzuwickeln mit dem, was er über sie weiß, sodass er sich tollpatschig fühlt, wenn er die hauchzarten Fesseln zerreißt.

«Na, kein Wunder», sagt Benjamin. Seine Stimme klingt ein bisschen schroff. «Du bist ja auch erst ein paar Monate dabei.»

Thomas blättert durch die Noten mit ihren scharfen schwarzen Zacken und Abgründen der Sechzehntelnoten, ihren aufeinanderprasselnden, akkordschweren Bassschlüsseln. Er versteht nicht recht, warum er sie nicht spielen kann. Er hat das *Adagio* eingeübt, doch das *Grave – Allegro di molto e con brio* und das *Rondo* bleiben in seinen Augen so kryptisch wie ein Text in altgriechischer Sprache. Ignatius blickt über seine Schulter auf das Blatt.

«Mein Gott, wer schafft das schon?», sagt er *sotto voce*, als könnte diese Ketzerei womöglich von der bengalischen Familie mit angehört werden, die über ihnen wohnt und sich andauernd beim Umwelthygieneamt über den unerträglichen Lärmpegel im Souterrain beschwert. «Ich rate dir, mach dich ran an die großen Melodien, die großen Gefühle, die Höhepunkte. Die sind mein A und O – dieses *Adagio* etwa! Ich habe richtig Gänsehaut.» Er hält ihnen einen kräftigen Unterarm hin. «Bin ich da rot?», fragt er Benjamin.

«Nicht der Rede wert», sagt Benjamin steif. «Nur ein bisschen am Hals.»

Ignatius zerrt an seinem Kragen, betastet seinen Hals. «Ich hab eine empfindliche Haut», sagt er. «Ich bin so was wie emotionales Lackmuspapier. Sobald es mich packt, geht der Zirkus los. Ausschläge, Flecken, Pickelchen – ich spüre regelrecht, wie sich das heimtückisch über all die schutzlosen Zellen und Blutkörperchen ausbreitet. Meine Mutter hat immer gesagt, auf diese Weise würde Gott dafür sorgen, dass ich nie lüge.»

«Wo es in Wirklichkeit ganz offensichtlich bloß Vitaminmangel war», platzt es aus Benjamin heraus.

Ignatius schnalzt mit der Zunge. «Ich gebe ja gern zu, dass ich ein echtes Unterschichtspflänzchen bin», sagt er, an Thomas gewandt. «Bei uns zu Hause galten Pop Tarts als Inbegriff von gesunder Ernährung. Diese köstliche Füllung aus künstlichem Fruchtgelee – ich krieg schon Zahnschmerzen, wenn ich nur daran *denke*.»

«So was müsste unter Kindesmisshandlung laufen», sagt Benjamin. Er steht auf und stellt seinen Stuhl wieder neben den von Thomas ans Klavier.

Ignatius sieht ihn mit liebevoller Sorge an. «Benjamin ist *gespickt* mit Vitaminen. Guck dir bloß diese Haare an!»

Benjamin wird rot, greift sich an den glänzenden dunklen Schopf. «Wir haben einfach normal gegessen, ausgewogen. Ganz normales englisches Essen.»

«Shepherd's Pie», sagt Ignatius versonnen. «Ich bin verrückt danach – frisch aus dem Ofen deiner Mutter. An deiner Stelle hätte ich mich den ganzen Tag lang wie ein

Hündchen an sie drangehängt und gehofft, dass sie mich einen Brocken davon aufschnappen lässt. Oder eins von diesen wunderbaren, in Gänseschmalz krossgebratenen Kartöffelchen.»

«Ach, so perfekt hatten wir's zu Hause nun auch wieder nicht», sagt Benjamin. «Neben dem Essen gibt es noch andere Dinge, die Kinder brauchen. Ich wollte damit nur sagen, dass die Ernährung normal war.»

Thomas spürt den Strom der Beziehung zwischen den beiden heimtückisch um sich herumfließen. Ihm ist nie in den Sinn gekommen, dass zwei Männer aus der Liebe etwas machen könnten, das so sehr ihrem heterosexuellen Pendant ähnelt. Er fragt sich, ob die Liebe wie die Musik eine Form ist, die das aufnimmt, was keinen Namen, keine Existenz an sich hat, und es zu etwas Eigenem zusammensetzt. «Ich bin bestens ernährt worden», sagt er. «Aber mittlerweile glaube ich, dass ich lieber Klavierunterricht gehabt hätte.»

Die beiden sehen ihn erwartungsvoll an: ein Neuling auf ihrem Terrain. Plötzlich fühlt er alles, was er sich musikalisch angeeignet hat, unaufhaltsam dahinschwinden, so wie Menschen ganze Sprachen vergessen, in denen sie früher einmal ihre Empfindungen ausdrücken konnten. Das *Adagio* ist wieder zu Altgriechisch geworden. Würden sie ihn jetzt auffordern, es zu spielen, wäre er nicht dazu imstande.

«Gab es bei dir zu Hause denn keine Musik?», fragt Benjamin, als würde er auch dies für eine Form von Misshandlung halten. «Das ist ziemlich ungewöhnlich, muss ich sagen.»

«Ach, mein Lieber!» Ignatius wirft nervös die Hände in die Luft. «Das ist doch reinstes Wunschdenken! Tut mir schrecklich leid, dass ich dich da aufklären muss, aber in der Welt jenseits des herrlichen Vorortes, in dem du aufgewachsen bist, ist klassische Musik ausschließlich was für Weicheier.»

«East Sheen», sagt Benjamin würdevoll. Er verschränkt die Arme, eine Gebärde, die fast trotzig wirkt. «Bedaure, aber da bin ich anderer Meinung», fügt er in gereiztem, fast schrillem Ton hinzu, als machte einen jeder Einwand gegen Ignatius automatisch zum Weichei und wäre deshalb etwas, das er sich aufzwingt, um eine perverse Art von Stolz daraus zu ziehen.

«Glaub mir», sagt Ignatius, «da, wo ich herkomme, hat sich ein Junge, der Klavierunterricht haben wollte, damit praktisch als Schwuchtel geoutet.»

Benjamin wird knallrot.

«Eine furchtbare Gegend. Das Viertel hätte man längst abreißen sollen.»

«Wie alt warst du, als du Klavierspielen gelernt hast?», fragt Thomas und fühlt eine leise, schwache Hoffnung in seinem Brustkorb flattern.

«Achtzehn, bevor ich den ersten Ton gespielt habe», sagt Ignatius. «Obwohl mir schon früher mal ein Klavier unter die Augen gekommen war, in der Garage eines Freundes. Es war so trist und schön, da zwischen Werkzeug und Mülltonnen. Wie eine schöne Frau, umlagert von diesen hässlichen, stinkprosaischen Sachen. Ich habe echt darauf gebrannt» – er wackelt mit seinen dicken, haarigen Fingern –, «darauf gebrannt, es mal in die Hände zu kriegen, aber dazu ist es nie gekommen. Diesem alten Klavier habe ich meine ganze trübselige Jugend hinterhergeschmachtet.» Er schüttelt sich. «Mich prickelt's noch überall, wenn ich bloß daran denke.»

Benjamin hört zu, obwohl er die Geschichte schon unzählige Male gehört haben muss. Seine Miene zeugt von Respekt, von bedingungsloser Aufmerksamkeit, und Thomas sieht es in ihm brodeln, das Ferment der Liebe, ihn an den Wurzeln seines Seins umspülen wie ein dunkler Fluss. Doch schon im nächsten Moment wirkt er gereizt, übereifrig, als er seine Manschette zurückstreift, um auf die Uhr zu sehen.

«Wir sind noch längst nicht durch mit unserem Pensum», sagt er. «Jetzt müssen wir wirklich weitermachen.»

Ignatius legt Thomas die Hand auf die Schulter, und Thomas wird klar, dass er ein freundlicher Mensch ist, freundlicher noch als Benjamin, weil die Liebe bei ihm, anders als bei seinem Partner, nicht die Grundfesten unterspült hat; und Thomas merkt plötzlich, dass er sich nach der Stabilität und Aufrichtigkeit dieses anderen Mannes sehnt, nach dessen so gar nicht vergeistigter Klarheit, die ganz anders ist als Benjamins propere Jungenhaftigkeit. Es ist, als wäre etwas von dieser Männerbeziehung in ihn eingedrungen, das jetzt durch seine eigenen Sinne Gestalt annimmt.

«Das *Adagio* war göttlich», sagt Ignatius und übt mit seinen Fingern leichten Druck aus. «Du hast es gut gespielt.»

Ein anderes Mal, an einem grauen, stürmischen Nachmittag – die Füße der Passanten oben auf der Straße, der Müll, der ihnen um die Knöchel weht, all das fällt als Schatten herab, die sich durch das Souterrainfenster von Benjamins Wohnzimmer wälzen. Ignatius ist fort, auf Tournee in Deutschland. Benjamin hat aufgeräumt. Er bietet Thomas Tee an, doch der, den er dann serviert, ist mit braunem Schaum überzogen. Benjamin trägt den Tee wieder raus und bringt frischen in einem sauberen Becher. Die Tür zum Schlafzimmer steht einen Spaltbreit offen. Thomas kann die mächtige Seitenwand von Ignatius' Flügel sehen; der Deckel ist geschlossen. Das Zimmer ist so klein, dass das Bett als Klavierhocker dient. Bestürzt fragt er sich, wie die beiden so leben können. Seit Ignatius fort ist, hat sich Benjamins Sphäre bereits ausgedehnt, hat den Raum gefüllt und geprägt. Er stellt sich vor, wie Benjamin putzt und Ordnung schafft. Er stellt sich vor, mit welcher Befriedigung er den Deckel des Flügels zugeklappt hat.

«Ich hab es tatsächlich geschafft, ein bisschen was von meiner eigenen Arbeit zu erledigen», sagt er, wie eine klassische, vom Erfolg ihres Mannes unterdrückte Hausfrau.

Aber in dieser Unterrichtsstunde geschieht es, dass Benjamin etwas in Thomas verändert. Sie sitzen vor dem *Adagio*.

«Es ist wie eine Uhr», sagt Benjamin. «Stell dir vor, du wärst in einer Uhr. Die Musik ist der Mechanismus.»

Er spielt ein paar Takte, lässt die Finger wie Hämmer fallen, schwingt den Kopf hin und her wie ein Pendel. Dazu macht er tickende Geräusche mit der Zunge. Thomas muss lachen. Benjamin dankt es ihm, indem er noch lauter tickt und so heftig mit dem Kopf wackelt, dass sein ganzer Körper auf dem Stuhl wippt.

«Tick tack tick tack –»

Er haut das *Adagio* mit seinen hammergleichen Fingern in die Tasten, und plötzlich begreift Thomas, dass Benjamin über Zeit gesprochen hat.

Als er nach Hause kommt, setzt er sich ans Klavier und spielt noch einmal das *Adagio*. Alexa ist da, steht in der Tür.

«Es ist wie eine Uhr», sagt er ihr und macht Tick-tack zur Musik wie Benjamin, aber sie scheint das nicht zu verstehen, und als er versucht, es ihr zu erklären, stellt er fest, dass es ihm nicht gelingt.

XII

Claudia ruft an. Sie ist zu einer Party eingeladen und würde gern hingehen, aber Howard ist krank. Ob Tonie nicht Lust hätte, sie zu begleiten?

Tonie sagt zu – sie mag alles Unerwartete. Und irgendwie ist es auch rührend, dass Claudia eine Anstandsdame dabeihaben will, dass sie nach zwanzig Ehejahren nicht einmal die Chance ergreift, etwas für sich allein zu erleben. Sie holt Tonie in ihrem nach Hund riechenden Kombi ab. Die Nacht ist von durchdringender Schwärze. Claudia trägt ein Ensemble mit Pelzkragen, ganz wie eine russische Aristokratin. Ihr Lidschatten wirkt kränklich, die getuschten Wimpern bilden wahre Mascara-Stacheln. Ihre Haare sind verwuschelt, die Fingernägel abgekaut, die Ohrringe teuer. Im Licht der gelben Straßenlaternen sieht sie hübsch dekadent aus.

«Es sind so interessante Leute», sagt sie über ihre Gastgeber.

«Was hat Howard eigentlich?»

Claudia hebt die Hände vom Steuer, gibt einen genervten Laut von sich.

«Frag mich das bloß nicht! Ich bin schon längst *außer* mir – er war seit drei Wochen nicht mehr bei der Arbeit! Und trotzdem geht's ihm anscheinend nicht besser. Er hockt den ganzen Tag mit Jammermiene daheim rum, im Bademantel.»

Tonie kennt Claudia seit Jahren, hat bei unzähligen Familienessen mit ihr Blicke gewechselt, hat sich bei Taufen und Beerdigungen gemeinsam mit ihr die Füße in schicken Schuhen wund gescheuert, hat ihre Babys in den Armen gehalten. Sie weiß, wie Claudia Freude oder Ärger zum Ausdruck bringt; sie kennt Claudias Stimme seit langen Erwachsenenjahren wie die Melodie einer anderen Instrumentengruppe des Orchesters. «Aber was hat er genau?», fragt sie.

Claudia blickt durch die Windschutzscheibe in die weite Dunkelheit. «Offenbar was mit der Lunge. Vor zwei Tagen ist er endlich ins Krankenhaus und hat sich röntgen lassen. Er dachte, es wäre die Grippe, aber bei so einer Grippe fühlt man sich doch nicht Tag für Tag gleich, oder? Ich hab ihm gesagt, geh um Himmels willen zum Arzt und lass dich durchchecken! Lass dich durchchecken! Lass dich *durchchecken*!» Sie trommelt aufs Steuer.

«Und das hat er gemacht», merkt Tonie dezent an.

«Aber erst, nachdem er mir meine ganzen Arbeitspläne durchkreuzt und praktisch den Zugang zu meinem Atelier versperrt hatte, weil er meinte, ich müsste mich um ihn kümmern, obwohl das meine erste echte Gelegenheit war, ein bisschen zu malen, seit die Kinder nach den Sommerferien wieder in die Schule gehen –»

Jetzt ist es Dezember: Die Weihnachtsferien beginnen nächste Woche, was Claudia, wie Tonie annehmen muss, auch weiß. Eine Weile fahren sie schweigend weiter.

«Jedenfalls hat sich herausgestellt, dass er einen Fleck hat», sagt Claudia dann.

«Was meinst du mit ‹Fleck›?»

«Na, eine Art dunklen – *Fleck*, auf der Lunge. Die wollen so eine Dingsda machen, eine Biopsie. Und dann werden wir ja wohl früher oder später erfahren, was es genau ist.»

Tonie presst sich die flachen Hände auf die Oberschenkel. Die Nacht ist pechschwarz. Alle Bäume und Zäune glitzern schon frostig. Sie fahren durch eine Vorortgegend, die Tonie unbekannt vorkommt, große, wuchtige Häuser, die im Dunkeln liegen, in den Einfahrten schicke silbrige Wagen mit weißem Raureif auf den Scheiben. Alles sieht perfekt aus, verlassen. Sie biegen in eine dieser Einfahrten, klingeln an einer von Kutscherlaternen beleuchteten Tür. Es ist ein großes, weitläufiges Gebäude. Die Klingel hallt in den Tiefen des Hauses. Tonie ist beklommen zumute.

Eine korpulente Frau, stattlich und prächtig gekleidet wie eine Opernsängerin, öffnet die Tür. Beim Anblick ihrer neuen Gäste breitet sie schwungvoll die Arme aus. «Ihr Lieben!», ruft sie.

Sie sind in einem Raum voller Menschen. Die Frau macht einen ziemlichen Wirbel. Tonie kann nicht verstehen, was sie sagt, nur einzelne Laute hören. Dana oder Lana heißt sie. Der Raum ist hell, unruhig, verwirrend. Die Wände sind rot gestrichen und dekoriert mit afrikanischen Skulpturen, primitiven Masken; ein Tigerfell hängt angenagelt über dem Kamin. Tonie sieht sich die anderen Leute an, Leute in den mittleren Jahren mit faltigen Gesichtern, ausgedünntem Haar und weichen, unförmigen Leibern. Sie wirken kraftlos, angeschlagen zwischen den riesigen schwarzgebeizten Phalli, den geschnitzten Figuren schwangerer Wilder. Claudia unterhält sich mit einem Dokumentarfilmer. Sie befragt ihn über sein Leben, während Tonie die stille Beobachterin ist. Er hat ein blasses Mondgesicht und Augen wie Splitter aus einem leeren blauen Himmel: Tonie denkt sich, dass er seine Aufmachung mit Bedacht gewählt haben muss, um diesen modisch-verschlissenen Look zu erzielen. Erst kürzlich ist er von Dreharbeiten auf den Galapagos-Inseln zurückgekehrt.

«Klingt ja *spannend*», sagt Claudia in einem schwärmerischen Ton, den Tonie für blanke Ironie hält.

Wie eine Mutter, die ihr Baby mit dem Löffelchen füttert, stellt sie ihm eine Frage nach der anderen: Kaum ist er mit der einen fertig, hat sie schon die nächste parat. Sie erfahren von den Leguanen, von den Schildkröten, die an den Strand kommen, um dort ihre Eier zu legen, seinem tapferen Einsatz für wehrlose Wildtiere. Claudia nickt, schmeichelt, lächelt, und jedes Mal, wenn jemand Tonie einen Drink anbietet, greift sie zu.

«Warum sieht in solchen Filmen die Welt immer so aus, als wäre sie perfekt?», fragt Tonie ihn.

Er überlegt, der kleine Junge auf seinem Babystühlchen, wie er sie einschätzen soll: Ist sie Freund oder Feind? «Ja», sagt er, «irgendwie verstehe ich, was Sie meinen. Wir werfen alles Unschöne raus, das stimmt schon. Die Zuschauer kriegen nicht mit, dass sich gleich außerhalb der Einstellung ein Parkplatz und eine lange Reihe von Hotels befinden – ganz zu schweigen von den anderen Filmteams, die alle auf dasselbe aus sind und sich gegenseitig in die Quere kommen. Manchmal kostet es eine aberwitzige Mühe, das einzufangen, was man einfangen will, und das rauszuhalten, was man nicht will.»

«*Schrecklich* schwierig», sagt Claudia zustimmend.

«Aber wozu eigentlich?», sagt Tonie. «Warum können Sie es nicht zeigen, wie es wirklich ist?»

Er runzelt die Stirn, schiebt die Hände in die Taschen. «Die Leute wollen nicht diese Art von Wirklichkeit. Und es ist nicht meine Aufgabe, sie ihnen zu liefern.»

«Dann sind Sie doch ein Lügner», sagt Tonie, aber es ist laut hier. Sie weiß nicht, ob er sie gehört hat.

«Hat Ihre Frau nicht kürzlich ein Baby bekommen?», fragt ihn Claudia. Sie spricht das Wort «Baby» aus, als wäre es eine ganz besondere Belohnung dafür, dass er sich so tapfer geschlagen hat. Tonie wundert sich: Sie wäre nicht auf die Idee gekommen, dass Claudia diesen Mann kennt. Sie ist sich sicher, dass ihm Claudias Name nicht geläufig ist. Er hat keiner von ihnen beiden auch nur eine Frage gestellt: Sie und Claudia existieren nicht für ihn, sie sind nur Fluchtpunkte, mittels deren er sich in seiner Umgebung verorten kann.

«– sechs Monate alt», hört sie ihn sagen. «Wegen der Drehs habe ich sie kaum gesehen. Ich glaube, ich habe» – er rechnet – «gerade mal zwei Wochen in den ganzen sechs Monaten zu Hause verbracht, verstehen Sie? Aber so ist es nun mal, wenn man sich in diesem Beruf engagiert. Es ist schwer, echt schwer. Aber so ist es nun mal. Man muss Opfer bringen.»

Claudias Miene zeugt von tiefstem Mitgefühl, als hätte sie rein gar nichts mit der Person gemein, die einmal im Beisein von Tonie aus einem der Fenster im oberen Stockwerk Howard anbrüllte, sie habe die Haustür verriegelt und werde ihn nicht reinlassen, weil er versprochen hatte, an diesem Abend zu einer bestimmten Zeit heimzukommen, um ihr mit den Kindern zu helfen, und dieses Versprechen entweder gebrochen oder vergessen haben musste. Tonie denkt an Howard, denkt über ihn nach. Vor ihrem inneren Auge ist er plötzlich ganz klein, wie eine Puppe. Er ist im Griff des Schicksals: ist symbolisch geworden. Alles, was er getan hat und gewesen ist, wurde in dieser winzigen Figur verdichtet, die ihren kläglichen Lebensschrei ausstößt. Es kommt ihr vor, als würde er von einer unsichtbaren Hand in einem Spielzeug-Königreich herumgeschoben. Als könnte er im Nu weggewischt werden.

Sie lässt Claudia stehen und bahnt sich einen Weg durch das Gedränge. Irgendwann, irgendwie, kommt sie ins Gespräch mit einem Mann, der Särge baut. Er sieht abgewetzt aus, wie ein Hippie, mit langen grauen Haaren. Er baut die Särge in Handarbeit, aus nachhaltig produziertem Holz. Den Wünschen der Angehörigen entsprechend, organisiert er ökologische Beerdigungen. Tonie erfährt etwas über die Vielfalt dieser Wünsche, deren Gründe und Folgen. Mittlerweile hat ihr Bedürfnis nach einer Frage, die in ihr Inneres vordringt, etwas fast Sexuelles, aber niemand stellt ihr eine. Stattdessen wird sie über die Waldungen in Sussex und Kent informiert, über die Dehnungseigenschaften von Kastanienholz. Es läuft afrikanische Musik, laut. Die Hälfte dessen, was der Mann sagt, wird davon verschluckt. Sie beobachtet seine Mundbewegungen. Immer wieder wirft er ihr einen schnellen Blick zu: Er merkt, dass sie unbeeindruckt ist, unbeteiligt.

Plötzlich steht Claudia neben ihr, ist ganz Ohr. Sie nickt, während der Mann spricht; sie fragt nach. Er wird auf sie aufmerksam, lenkt den Informationsstrom in ihre Richtung um. Sie ist eine angenehmere Zuhörerin als Tonie. Sie fragt nach dem Sarg aus englischer Eiche. Sie fragt nach dem ganz besonders nachhaltigen Weidenmodell. Ihr Interesse ist aufrichtig, und das merkt der Mann. Tonie kann es kaum fassen. Ist Claudia verrückt geworden? Plötzlich hat sie das Gefühl, dass sie mitgebracht worden ist, um Claudia bei einem Akt des Verrats zu beobachten. Was sich heute Abend offenbart, ist ihre tiefsitzende Abhängigkeit – von Howard, von Männern. Claudia legt dem Mann eine Hand auf den Arm. Sie ist geistreich, animierend, wegen des Pelzkragens von einem Hauch Tragik umweht.

«Haben Sie eine Karte dabei?», fragt sie ihn.

«Zufällig ja», sagt der Mann und zieht eine aus der Gesäßtasche. «Rechnen Sie demnächst mit einem – Trauerfall?»

Einen Moment lang sieht Claudia erschrocken und zugleich wie hypnotisiert aus, wie eine Schlange, die aus ihrem Korb gelockt wird: Ihr Gesicht leuchtet auf, keine Wimper zuckt. Sie nimmt die Karte des Mannes und steckt sie in ihre Handtasche.

Auf dem Heimweg herrscht ein Gefühl von Befangenheit zwischen ihnen. Beiden ist klar, dass Tonie sich auf der Party nicht wohlgefühlt hat. Und Tonie spürt plötzlich, dass sie Claudia eigentlich gar nicht kennt. Sie registriert Claudias Körper, ihre Hände mit den Ringen am Steuer, ihre Stimmung, die sie durch die Dunkelheit anweht. Aber alles, was sie über diese Person – Claudia – bisher gewusst hat, ist irrelevant geworden. Sie biegen nach rechts und nach links auf verlassene Straßen. In der Montague Street steigt Tonie aus, und Claudia fährt davon.

XIII

«Hast du mal wieder was von Clare gehört?», fragt Tonie Thomas.

«Von wem?»

«Clare. Clare Connelly.»

«Nein», sagt er. «Warum fragst du?»

«Nur so. Ich denke eben ab und zu an sie.»

«Ach ja?» Er scheint erstaunt zu sein. Scheint das erstaunlich zu finden – nicht etwa, dass er nicht an Clare denkt, sondern dass sie es tut. Und doch haben sie einmal andauernd über sie gesprochen.

Tonie lacht. «Denkst du denn nie an sie?»

Sie sind in der Küche. Es ist später Abend. Thomas räumt auf. Sie beobachtet ihn, beobachtet, wie er jeden einzelnen Gegenstand in der Hand hält – den Pfefferstreuer, die Butterdose, den Kochtopf mit dem angeschlagenen Emailledeckel –, während er festlegt, wo was hingehört. Der Vorgang hat nichts Automatisches. Es ist, als würde ihm sein männlicher Stolz verbieten, die gewohnte Ordnung hinzunehmen. Er muss sich mit dem Kochtopf befassen und dann entscheiden, wo der stehen soll.

«Ehrlich gesagt», erwidert Thomas, «hab ich seit unserer letzten Begegnung nicht mehr an sie gedacht.»

Er findet es gut, merkt sie, dass er nicht an Clare gedacht hat. Er findet es gut, an sich diese Seichtheit festzustellen, diese Naivität. Dabei kann sie eigentlich nicht von sich behaupten, sie dächte selber an Clare. Das würde zu kurz greifen: Clare ist vielmehr etwas, das von ihren wandernden Gedanken gestreift wird, manchmal mit Vorsatz, manchmal rein zufällig. Tonie empfindet eine Art Nostalgie für sie, wie für ein ganz bestimmtes Lied, das als Schlüssel ins Schloss der Zeit passt und die Vergangenheit herausdringen lässt. Auf genau diese Weise schließt ihr Clares komplizierte Clarehaftigkeit die Erinnerung an die eigenen ersten Wochen mit Thomas auf. Damals redete Thomas unentwegt von ihr. Er schlug sich mit dem moralischen Problem herum, das Clare verkörperte, während Tonie voller Staunen und Bewunderung zusah. Also ist es doch seltsam – oder nicht? –, dass er jetzt nicht mehr an sie denkt, ja sich kaum noch daran erinnern kann, wer sie ist.

«Das ist wirklich – verrückt», sagt Tonie.

In jenem Winter traf er sich mit Tonie heimlich am Fluss bei Putney, wo er damals wohnte, und sie machten lange Spaziergänge. Im Schutz der Dunkelheit wanderten sie an Richmond vorbei bis Key, immer am stillen, schnellfließenden Wasser entlang, erst hin und dann wieder zurück, vorbei an den Bars und Restaurants am Flussufer, ohne je hineinzugehen, obwohl sich Tonie das insgeheim wünschte. Sie wünschte sich, neben Thomas in der Wärme zu sein, bei Kerzenlicht mit ihm an einem Tisch zu sitzen. Sie wünschte sich seine volle Aufmerksamkeit, deren sie sich auf dem matschigen Treidelpfad im Dunkeln nicht sicher sein konnte. Aber sie schlug ihm das nie vor: Ihr war klar, dass er es unpassend finden würde. Stattdessen spazierten sie meilenweit durch die Kälte und redeten. Wenn sie redeten, hatte Tonie das Gefühl, ganz in der Nähe von etwas Großem und Großzügigem zu sein, so wie man das Meer schon spüren kann, bevor es in Sicht kommt. Manchmal, wenn die Gefühle sie überwältigten, wandte sie sich Thomas zu und versuchte, ihn zu küssen, und dann stießen ihre Lippen gegen sein Kinn oder sein Ohr, weil er das Gesicht abwandte. Er küsste sie nicht, denn da war ja Clare. Er wollte nicht untreu sein. Noch nie zuvor, glaubte Tonie, hatte sie jemanden mit wahrem Ehrgefühl kennengelernt. Dieses Ehrgefühl hatte etwas so Erregendes, dass es Tonie schier den Atem verschlug. Sie war hingerissen: Er brachte sie damit um den Verstand, wie andere Männer es durch Leidenschaft vermocht hatten. Mitzuerleben, wie Leidenschaft dem Ehrgefühl unterworfen wurde, war aber noch tausendmal quälender. Nach drei solchen Wochen sprach sich Thomas mit Clare aus und schaffte seine Siebensachen aus ihrer Wohnung. Eine Zeitlang rief sie noch an – mit exaltiert und wie aus weiter Ferne klingender Stimme, wenn Tonie den Hörer abnahm –, und manchmal traf sich Thomas mit ihr zum Lunch. Eines Tages dann sagte er, Clare habe beschlossen, die Gespräche und Begegnungen nicht fortzuführen. Sie wolle nicht mehr mit Thomas sprechen. Sie finde es zu schmerzhaft.

Tonie verfolgte dieses letzte Kapitel mit Clare nicht besonders aufmerksam. Sie nahm Clare nur am Rand ihres Blickfeldes wahr: registrierte ihr langsames Entschwinden, wie sie, ohne richtig hinzusehen, eine Stadt im Vorbeifahren durch ein Zugfenster registriert hätte, als etwas Auslaufendes, Verebbendes. Hätte der Zug gehalten, ja hätte die Stadt nicht Vororten und grünen Feldern Platz gemacht, dann hätte sie vielleicht hochgeschaut und achtgegeben, aber ein so allmählicher Prozess konnte Tonie weder alarmieren noch ihren Argwohn wecken. Es geschah also nichts weiter, als dass Clare nach und nach in den Hintergrund geriet, während sich Tonie und Thomas in eine Zukunft aufmachten, die so voller Leben und im Fluss schien, wie die Vergangenheit vertrocknet und starr war.

Einmal kam Clare bei ihnen zu Hause vorbei, mit einem Paket für Thomas, das an ihre Adresse geliefert worden war. Sie sei gerade in der Gegend, sagte sie; ihr Auto hatte sie mitten auf der Straße, mit laufendem Motor, die Tür weit offen, stehen lassen. Sie war groß und von klassischer Statur: Tonie staunte über ihren straffen Körper, dessen Grandezza, über ihr frisches, gesundes Aussehen, ihre Brüste, die im engen weißen Pullover hüpften, als sie die Stufen emporlief, und ihren ebenso hüpfenden Pferdeschwanz aus blondem, gepflegtem Haar. Thomas behauptete beharrlich, Clare sei von Natur aus blond. Tonie erinnert sich daran, was sie an Energie aufwandte, um ihm diese alberne Idee auszureden, aber nun fragt sie sich, ob sie sich nicht vielleicht geirrt hat, ob nicht all das, was damals an Clare so unecht schien, letzten Endes doch real war. Denn weil sie ja real war, hat Tonie sie nicht vergessen. Und genauso wenig hat sie vergessen können, wie Thomas, obwohl seither zehn Jahre vergangen sind, bei diesen abendlichen Spaziergängen am Fluss das Gesicht abwandte und ihre ersten Treffen mit etwas Bußfertigem belastete, etwas fast Bestrafendem. Immer stärker hat sie das Gefühl, dass ihr Leben keine erste Rolle für sie vorsieht. Dass der einzige Mensch, der sie je vorbehaltlos geliebt hat, Alexa ist. Vielleicht hat ihr gerade diese echte Zuneigung die Unvollkommenheit jeder anderen Liebe vor Augen geführt.

Jetzt geht ihr auf, dass das Leben nicht linear verläuft, dass es keine Reise ist, keine Wegstrecke, die man zurücklegt, sondern ein unumkehrbarer Ansammlungsprozess, der zum Stillstand führt. Was sich bewegt, ist allein die Perspektive: Sie zieht über alles hinweg wie die Sonne, die hier etwas erhellt, dort etwas in den Schatten rückt. Der Blickwinkel ändert sich, das Verhältnis von einem Element zum anderen, das Verhältnis von Dunkel zu Licht; die Erfahrung selbst jedoch ist wie ein Block, ist kumuliert und starr. Genau deshalb findet sie es überraschend, beunruhigend, dass Thomas nicht an Clare denkt. Denn Clare ist keineswegs verschwunden. Im Gegenteil, zehn Jahre später wirft sie einen längeren Schatten als damals. Und die Abende am Fluss, als Tonie die erleuchteten Lokale sah und sich so sehr wünschte, in einem davon zu sitzen, Thomas gegenüber, sodass ihr sein Blick, sein ganzes Augenmerk zuteilwürde: Auch diese Abende haben an Bedeutung gewonnen, nicht verloren. Je mehr sie daran denkt, desto symbolischer werden sie. Sie symbolisieren die Unmöglichkeit von Vollkommenheit, von wahrer, vollkommener Liebe. Sie hatte irgendwo einkehren wollen und doch Thomas zuliebe so getan, als wollte sie es nicht. Das Symbolische an diesen Abenden ist die Ausweitung von Bedürftigkeit und Verstellung in dem der Liebe vorbehaltenen Bereich. Während er seinen Schuldgefühlen, seinen Ängsten, seinem Ehrgefühl unbekümmert Ausdruck verlieh, unterdrückte sie das entrüstete Stimmchen, das ihr sagte, sie habe, wenn sie schon das Risiko der Liebe eingehe, doch das Recht auf Thomas' volle Aufmerksamkeit.

Jetzt denkt sie an Clares letzten Akt des Aufgebens: Dieser Schritt, den sie damals ebenfalls kaum zur Kenntnis genommen hat, erinnert Tonie daran, dass auch sie hätte Thomas aufgeben, dass auch sie hätte das andere Leben leben können, das Nicht-Thomas-Leben, wie Clare es heute vermutlich tut. Sie fragt sich, welches Leben sich als das bessere erwiesen hat. Sie fragt sich, warum sie das eine so viel mehr als das andere wollte, wo beide eigentlich, in gewisser Weise, gleich sind. Sie erkennt, dass von ihnen dreien sie, Tonie, die Einzige ist, die keine Entscheidung getroffen hat.

«Es ist wirklich verrückt, dass du nicht an sie denkst», sagt sie.

Er hält immer noch den Topf in der Hand. Er fragt sich, was sie damit meint. Sie begreift, dass nicht an Clare zu denken auch für ihn dasselbe geworden ist wie an sie zu denken. Dennoch bietet er es ihr, Tonie, als einen Tribut an, als ein Geschenk; als neuesten Ausdruck seines Ehrgefühls. Aber sie möchte ihn an all die Vorsicht und Sorge erinnern, die er damals am Fluss hat walten lassen. Sie möchte seine Aufmerksamkeit darauf richten, dass er damals, als es darauf ankam, bei Tonies Anteil geknausert hat. Er sollte wissen, dass Tonie seitdem immer hungrig gewesen ist, dass ihr dieser Hunger zu schaffen macht, dass sie sich fürchtet, sie könnte eines Tages dazu getrieben werden, ihn zu stillen.

«Mir wäre das nicht recht, wenn ich es wäre», sagt sie.

Es stimmt, es wäre ihr nicht recht.

«Aber das bist nicht du», sagt er.

«Es könnte genauso gut ich sein.»

Er sieht sie an, verblüfft. Seufzt, schüttelt den Kopf, stellt den Topf in den Schrank.

«Wäre es denn besser, wenn ich sagen würde, ich dächte dauernd an sie?»

XIV

Es ist schon ein seltsames kleines Haus, hoch und schmal und zerbrechlich wie ein Puppenhaus. Die Swanns witzeln ihren Freunden gegenüber, sie müssten, wenn sie bei Antonia zu Besuch sind, den Bauch einziehen.

Vor kurzem ist ihre ältere Tochter Elizabeth samt Familie in ein Herrenhaus aus dem 18. Jahrhundert gezogen, mit zwei Hektar Grund, einem Swimmingpool und, für James, einer vorzüglichen Verkehrsanbindung an London: Darüber lassen sich keine Witze machen. Mrs. Swann ist es unerwartet schwergefallen, ihren Freunden Elizabeths Haus zu beschreiben. Sie weiß nicht, welchen Ton sie anschlagen soll. Bislang hat sie Elizabeth immer gut zu nehmen gewusst, hat sie gelenkt wie ein erfahrener Jockey ein Rennpferd, aber in letzter Zeit kommt es ihr vor, als würde sie sich nur noch anklammern, während das Rennen immer schneller wird. Sie merkt, dass sie wenig zu dem Thema zu sagen hat: kann einfach nur versuchen, sich halbwegs im Sattel zu halten.

Also hat es sich zur Abwechslung und Erleichterung angeboten, das Augenmerk auf Antonia zu richten, deren Verhältnisse Mrs. Swann im Gespräch so mühelos umreißen kann wie ein Schriftsteller eine Nebenfigur. Dieser Effekt wird mittels Wiederholung erzielt: Wenn die Sprache auf Antonia kommt, geht es lediglich darum, ein widersprüchliches, überspanntes Naturell zu zeichnen – das sie in den Augen ihrer Zuhörerschaft längst hat. Als Charakter wird sie nie entwickelt, sondern nur bestätigt. Derzeit fällt es Mrs. Swann viel leichter, aus dem Bestand zu schöpfen, als sich zu überlegen, wie die Geschichte von Elizabeths unaufhaltsamem Aufstieg mit all den düsteren, wild-dramatischen Details von Eifersucht und Ängsten erzählt werden könnte, ohne dass sie als Erzählerin dabei öffentlich Schaden nähme.

Doch als ihr Mann den Wagen in die Montague Street lenkt, entsinnt sich Mrs. Swann, dass dem ja so nicht ist. Ihr Bild von Antonia als eine Aneinanderreihung von Spleens, die wie die Tasten einer Klaviatur nur darauf warten, dass man in der Interpretation den richtigen Ton anschlägt, entschwindet völlig. Stattdessen stößt sie auf eine mit Bitterkeit und Versagen geschwängerte Atmosphäre, die sie seit ihrem letzten Besuch nicht mehr umfangen hat, und das sagt ihr besser als jede Straßenkarte, dass sie sich dem Haus ihrer jüngeren Tochter nähern.

Auch ihr Mann spürt das. Er sieht sich auf der Straße um. Sie zögern, den sicheren Hafen ihres Sechs-Zylinder-Mercedes zu verlassen.

«Was meinst du, können wir den Wagen hier unbesorgt stehen lassen?», fragt er.

Thomas, nicht Antonia, macht ihnen die Tür auf. Aber sie steht gleich dahinter auf dem schmalen Flur. Mrs. Swann sieht ihre Augen, weit geöffnet und starr, sieht Erstaunen darin. Von der Straße aus wirkt der Flur dunkel, voller Schatten, zwischen denen Antonias Augen schweben, Mrs. Swann so fest im Blick, als könnten sie ihr in die Seele schauen.

«Achtung Kopf», sagt sie zu ihrem Mann, während er vor ihr unter der Tür durchtritt.

Er wartet gleich hinter der Schwelle auf sie. «Pass auf,

dass du nicht stolperst», sagt er. «Auf dem Fußboden ist eine Diele lose.»

Drinnen holt Mrs. Swann sofort die Tüte mit Weihnachtsgeschenken hervor, dem Anlass für ihren Besuch. Sie sind luxuriös verpackt, in neutralem Glanzpapier, das goldene Band perfekt geringelt. Ihr Mann hat das Einwickeln besorgt. Er geht großzügig mit dem Papier um, wie das nur ein Mann tun kann, schließlich weiß er gar nicht so recht, was er verpackt. Mrs. Swann hat die Geschenke ganz allein eingekauft. Ihr Mann durfte getrost großzügig mit dem Papier sein: Sie hat ihren Einsatz bei dem bewiesen, was drin ist.

Thomas möchte die Geschenke entgegennehmen, aber Mrs. Swann verspürt einen gewissen Unwillen, sich davon zu trennen. Ihre Hände lassen die Tüte einfach nicht los.

«Wo ist die Kleine?», sagt sie und sieht sich nach Alexa um.

«Auf einem Kindergeburtstag», sagt Thomas.

«O nein!», ruft Mrs. Swann. Sie ist verblüfft. Nicht ein einziges Mal hat sie sich vorgestellt, diese Szene könnte ohne die Anwesenheit eines Kindes stattfinden. Es ist wie eine Messe ohne einen Priester am Altar. Damit senkt sich ein hässlicher, unfeierlicher Schleier aus Grau auf das Ganze. «Hätte sie den nicht vielleicht ausfallen lassen können, ausnahmsweise?»

Ihr Mann legt ihr warnend eine Hand auf den Arm.

«Selina», sagt er, «misch dich da nicht ein. Das Kind muss sein eigenes Leben führen.»

Sie versteht ihn: Er spricht zu ihr in einer Sprache, die sogar ihrem eigenen Empfinden zugrunde liegt, ja die umso privater und profunder ist, als sie im Lauf der Jahre ihre Muttersprache, die Einsamkeit, ausgelöscht hat.

«Aber», sagt Thomas, «nur bis um vier.» Er schaut auf seine Uhr. «Sie sollte gleich zurück sein.»

«Na», sagt Mrs. Swann. Es interessiert sie nicht, wann Alexa zurückkommt. Sie wollte das Kind bei ihrer Ankunft vorfinden. «Hallo, Antonia», fügt sie hinzu, als fiele ihr das eben erst jetzt ein.

Antonia tritt vor, empfängt einen kühlen Kuss auf die Wange. «Hey, Mum», sagt sie.

Ihre Tochter hat eine schwarze Hose an, ein schwarzes T-Shirt, schwarze Schuhe – alles so negativ, wie diese Dinger im Weltraum, die einen vollständig verschlingen können, obwohl sie selbst überhaupt keinen Raum einnehmen. Sie trägt weder Make-up noch Schmuck. Ihr voller, fleischfarbener Mund ist provozierend in seiner Nacktheit. Schon als Teenager hat sich Antonia in Schwarz gewandet. Die Töchter von Mrs. Swanns Freundinnen trugen Kleider mit Laura-Ashley-Druck und Rüschen am Kragen, flotte kleine Pumps, Mohairpullover in Pastelltönen, während Antonia herumlief wie eine griechische Witwe in Schwarz. Irgendwer nannte sie so auch einmal, sagte das Mrs. Swann direkt ins Gesicht – «Ihre Tochter, die griechische Witwe» –, und dort im Supermarkt spürte Mrs. Swann das heiße Aufwallen von Wut, eingekesselt in Machtlosigkeit, sodass sie auf dem Heimweg schier platzte vor Zorn, einem brodelnden Zorn, der sich jeden Moment zu entladen und Mrs. Swann eine öffentliche Schmach der Art zu bescheren drohte, wie sie sie seit Kinderzeiten nicht mehr erlebt hatte. Jetzt erinnert sie sich daran, erinnert sich an das Gefühl, kurz davor zu sein, sich zu blamieren, ein so heftiges, so überwältigendes Gefühl, dass Mrs. Swann sich nur bemitleiden, zutiefst bemitleiden konnte. Und selbst später, als sie Antonia in deren Zimmer gestellt und dem Zorn über den schwarzgewandeten Körper ihrer Tochter freien Lauf gelassen hatte, als sie Dinge gesagt und getan hatte, die ihre Schmach zu spiegeln und zwischendurch sogar eins mit ihr zu werden schienen, konnte sie sich nicht anders fühlen denn als Opfer, das sich gegen seinen Angreifer zur Wehr setzt, indem es wild um sich schlägt.

Solche Szenen haben ihre Beziehung zu Antonia von Anfang an bestimmt: Mrs. Swann erinnert sich, schon am ersten Lebenstag dieser Tochter das deutliche Gefühl empfunden zu haben, dass sie etwas verloren hatte und dass Antonia diejenige war, die es ihr gestohlen haben musste. Sie erinnert sich an einen Ausdruck – *Umgangsregeln* –, der sie Antonias gesamte Säuglingszeit über verfolgte, denn da hatte sie selbige bereits definitiv verletzt. Das Problem ist, dass sich solche Grenzen, einmal niedergerissen, nur schwer wieder aufbauen lassen. Mrs. Swann hat es versucht, aber sie zerbröckeln unter dem leisesten Druck. Es wäre anders gewesen, wenn ihr Mann Antonias Partei ergriffen hätte. Doch das tat er nicht: Mrs. Swann hätte es niemals geduldet. Über die Jahre hin hat sie oft daran gedacht, sich dieser Kontrollmacht zu entledigen und sich in ihrem Zorn abzukapseln; instinktiv hat sie gespürt, dass ihr Zorn, einmal abgekapselt, beschwichtigt werden könnte. Aber es gibt noch etwas Tieferrührendes als diesen Zorn, etwas, das schon vorher da gewesen war, etwas Ursprüngliches und Echtes, das nur dann zum Vorschein kommt, wenn ihr Mann sich mit Antonia verbündet. Das fürchtet Mrs. Swanns mehr als alles andere. Ein Seitenblick genügt, und sie weiß, dass es für sie keine andere Wahl gibt – nie eine andere Wahl gegeben hat und nie eine andere geben wird –, als sich vereint mit ihrem Mann gegen Antonia zu stellen.

Jetzt umarmt Antonia ihren Vater dort im Flur, vor Mrs. Swanns Augen. Ihre Arme umfangen ihn einen Moment zu lange; ihre schmalen Hüften und ihr kecker kleiner Hintern starren Mrs. Swann unverschämt an.

«Wollen wir nicht nach hinten durchgehen?», sagt Mrs. Swann gebieterisch. «Ich hätte gern eine Tasse Tee, wenn das nicht zu viel verlangt ist, nach all den Stunden im Auto.»

In dem engen Wohnzimmer macht sich Thomas zu schaffen, nimmt alte Zeitungen von den Stühlen, sammelt schmutzige Tassen und Gläser ein. Dass Alexa nicht da ist und sie nicht aufgeräumt, sich nicht auf den Besuch der Swanns vorbereitet haben, passt zusammen: Beides lässt die Welt grau erscheinen, willkürlich, gewissenlos. Mrs. Swann sitzt mit ihrem Mann auf dem Samtsofa, das unter ihrem vereinten Gewicht knarrt und bebt.

«Hast du das hier neu beziehen lassen?», fragt sie und befingert die schäbige Armlehne.

Antonia schüttelt den Kopf. «Es ist genau so wie immer.»

«Ach ja? Aber die *Vorhänge* sind neu», sagt sie.

«Die hab ich nähen lassen.» Antonia ist offensichtlich stolz auf sich. «Toll, findest du nicht? Sie sind aus alter Seide.»

«Ach ja?» Mrs. Swann ist bekümmert über die Vorhänge. Sie haben etwas Dubioses an sich, etwas, das nach persönlicher Ablehnung riecht. «Warum hast du nicht gesagt, dass du Vorhänge willst? Ich habe *kistenweise* alte Vorhänge, die ich dir hätte geben können. Die hättest du dir für so gut wie nichts umändern lassen können.»

Sofort sieht sie, wie sich Antonias Gesicht verschließt, als würde eine Tür ins Schloss fallen.

«Ich wollte grüne Vorhänge», sagt sie. «Ich wollte genau diese Farbe.»

«Was für eine Verschwendung!», sagt Mrs. Swann. «Wenn ich an die vielen Vorhänge auf dem Speicher denke, alle fein säuberlich gesäumt, mit ordentlichen Schabracken, die da einfach rumliegen und Staub sammeln –»

Sie denkt an den Speicher, diesen zwielichtigen Ort mit seiner Fracht aus Vergeudung und Zweckerfüllung. Sie sieht ihn vor sich, sieht sich die Schachtel finden und hinuntertragen, den schweren, muffigen Stoff auseinanderfalten, als wäre er ein Abschnitt der Vergangenheit, der zurückgenommen, wiederbelebt werden könnte. Es wäre gut, etwas von dieser Vergeudung zurückzunehmen. Sie sieht die Vorhänge, ihre Vorhänge, an Antonias Fenster. Aber wenn sie es sich recht überlegt, würde ihr das vielleicht doch nicht gefallen.

An der Tür sind Geräusche zu hören; einen Augenblick später kommt Alexa herein. Beim Anblick der Swanns leuchtet ihr Gesicht auf, wenngleich mit einer gewissen Reserve.

«Hallo, Grandma», sagt sie im Näherkommen.

Mrs. Swann greift nach ihr, nimmt sie in Empfang, zieht den nicht widerstrebenden Körper zu sich auf den Schoß. Alexa ist wie eine Puppe oder ein Teddybär. Mrs. Swann hat das Gefühl, sie könnte ihr alles sagen. «Dumme Mummy», sagt sie. «Dumme Mummy, lässt sich Vorhänge machen, wo Grandma doch kistenweise davon zu Hause hat.»

Alexa lächelt nervös, wirft einen schnellen Blick auf ihre Mutter.

«Was für Vorhänge?», sagt sie.

«Die vielen Vorhänge, die ich bei mir auf dem Speicher habe. Du erinnerst dich doch bestimmt an meinen Speicher? Also, der ist randvoll mit Vorhängen, die alle verschießen.»

«Warum benutzt du sie dann nicht?», fragt Alexa.

«Grandma kann sie nicht benutzen, mein Schatz. Grandma hat ja schon Vorhänge in ihrem Haus.»

Alexa denkt darüber nach. «Warum gibst du sie dann nicht in die Altkleidersammlung?»

Mrs. Swann verspürt eine leise Verärgerung, ihr ist, als solle sie in etwas hineingezogen werden. Das kennt sie von ihren eigenen Kindern, dieses Gefühl, dass ein Kind, das rein und neu, ohne Prägung, auf die Welt gekommen ist, irgendwann anfängt, Schlingen zu bilden, mit lauter Haken und Stacheln. Was sie am liebsten mochte, war ein Baby, ein unbeschriebenes Blatt. «Grandma findet, dass die Familie an erster Stelle steht. Wenn alle Menschen sich um ihre Familie kümmern würden, dann bräuchte man auch keine Altkleidersammlungen, stimmt's?»

Thomas ist mit dem Tablett hereingekommen. Mrs. Swann würde es ihm am liebsten aus den Händen reißen, sich eine dampfende Tasse schnappen, eine Ladung frischer Energie. Dann aber fragt sie sich, wie sie, mit Alexa auf dem Schoß, ihren Tee trinken soll. Sie sieht, dass Thomas dasselbe überlegt, als er ihr die Tasse reicht. Seine Hand bleibt knapp außer Reichweite schweben.

«Alexa, lass Grandma ihren Tee trinken», sagt Antonia und bedeutet ihr aufzustehen.

Alexa versucht, sich loszumachen, aber Mrs. Swann hält sie umklammert.

«Lass sie doch, wo sie ist», sagt sie. «Ich werde ihr schon nichts zuleide tun. Ich glaube, man kann sich darauf verlassen, dass ich ein Kind, das mir anvertraut ist, nicht verbrühe.»

Antonia und Thomas wechseln Blicke. Thomas stellt

die Tasse auf den Tisch, wieder knapp außer Reichweite. Mrs. Swann wippt Alexa auf ihren Knien.

«Wir warten bloß, bis der Tee ein bisschen abgekühlt ist, ja?», sagt sie. «Mummy und Daddy machen sich immer gleich solche Sorgen. Sie glauben, Grandma könnte ihren Tee nicht trinken, ohne etwas davon zu verschütten. Aber in Wirklichkeit weiß es Grandma immer noch besser als sie. Das ist doch lustig, oder?»

«Wie ich höre, bist du auf Freiberufler umgestiegen», sagt Mr. Swann zu Thomas.

«Gewissermaßen», sagt Thomas.

«Bist du auch ordentlich gefragt? Ich habe ja selbst ein paar Jahre als Berater gearbeitet. Damals sah's so aus, als würde man auf diese Weise das große Geld machen, aber für mich war das nichts. Was mir vor allem missfallen hat, war die Strukturlosigkeit. Ich habe auch andere Leute aussteigen und auf eigene Rechnung arbeiten sehen, und manche haben ganz anständig verdient, aber früher oder später löst sich alles auf. Viele von denen sind gescheitert. Darunter auch gute Freunde von uns. Während ich inzwischen meine Pension habe und von der Aktienbeteiligung bei meiner Firma profitiere. Alle haben sie gesagt, ich wäre zu konservativ, ich sollte mehr Risiken eingehen, aber da siehst du, wer's wem gezeigt hat.»

Ein Schweigen macht sich breit. Die anderen trinken ihren Tee, nur Mrs. Swann kommt an ihren nicht heran.

«Das Hauptproblem war», sagt sie, «dass er es hasste, den lieben langen Tag zu Hause zu sein. Was hat ein Mann sich auch zu Hause rumzutreiben? Das war der Punkt. Etliche dieser Ehen», fügt sie mit Nachdruck hinzu, «sind letzten Endes geschieden worden. Die Frauen konnten es einfach nicht aushalten. Sie haben allen Respekt vor ihren Männern verloren. Ich glaube, jede Ehe braucht ein Fünkchen Geheimnis», fährt sie fort, schon halb mitgerissen vom Klang ihrer eigenen Stimme. «Ich habe es immer und immer wieder gesagt, aber sie wollten ja nicht hören. Sie dachten, es würde bedeuten, gemütlich zu Mittag zu essen und anschließend ins Bett zu hüpfen. Ich sagte ihnen, nein, lasst eure Männer nicht nach Hause kommen! Ein Mann ist kein Mann, wenn er den ganzen Tag zu Hause ist. In der Ehe braucht man einen *richtigen* Mann. Aber sie wollen ja nicht hören. Und dann sind sie überrascht, wenn ihr» – sie erinnert sich daran, dass Alexa auf ihrem Schoß sitzt –, «ihr Intimleben bei dem Tauschhandel den Bach runtergeht!»

Mrs. Swann lacht vergnügt. Sie ist ihnen durchaus zugetan, diesen irregeleiteten Seelen, die sie erschaffen hat. Sie hat sie erschaffen und dann in ihr Verhängnis geschickt, weil sie ihre weisen Worte, ihre Erfahrung nicht beherzigen wollten.

Auch Thomas lacht. «Oh, Tonie ist ziemlich geheimnisvoll», sagt er.

«Ach ja?» Mrs. Swann findet diese Bemerkung ein bisschen geschmacklos.

«Und neuerdings ist sie kaum noch zu Hause. Also beweist das vielleicht deine Theorie.»

Mrs. Swann blinzelt. «Warum ist sie denn nicht zu Hause?»

«Hab ich dir doch erzählt, Mum», sagt Antonia. «Ich bin auf Vollzeit gegangen. Man hat mich zur Institutsleiterin gemacht.»

Mrs. Swann richtet sich auf. Meinen die etwa, sie leide an Senilität? «Ich weiß, dass du befördert worden bist», sagt sie. «Aber ich dachte, es handelt sich um eine Art von – von Auszeichnung. Mir war nicht klar, dass das Mehrarbeit bedeutet. Das hast du mir nicht gesagt.»

«Die kriegen bei dir was für ihr Geld, nicht?», sagt Mr. Swann, wobei er auf die Weise auflacht, mit der er Missbilligung auszudrücken pflegt.

Mrs. Swann zieht Alexa enger an sich. «Und wer schaut nach der Kleinen?»

«Thomas.»

«Aber ich dachte, Thomas arbeitet zu Hause! Wie kann er arbeiten und sich gleichzeitig um ein Kind kümmern?»

Antonia seufzt. «Das hab ich dir doch alles schon erklärt, Mum.»

Mrs. Swann zittert, was an der Anstrengung liegt, diese Szene zu einem angemessenen Abschluss zu bringen, zu sagen, was gesagt werden muss – das erschöpft und belebt sie zugleich.

«Also haben sie dir unbezahlten Urlaub gegeben?», fragt Mr. Swann Thomas.

«Nein», sagt Thomas. «Ich habe gekündigt.»

«Im Ernst?» Mr. Swann lehnt sich zurück, offensichtlich verblüfft. «Du hast tatsächlich gekündigt?»

Thomas steht auf, räumt die Teetassen ab. Mrs. Swann hat schon immer viel für ihn übriggehabt, ihn als etwas Wertvolles angesehen, das allerdings ihrer Tochter gehört. Antonias frühere Freunde waren zumeist junge Männer, die man entweder bedauern oder verachten konnte, aber in Anwesenheit von Thomas hat sich Mrs. Swann immer auf sonderbare Weise lebendig und ihrer selbst bewusst gefühlt. Es kommt ihr vor, als wäre sie es, von der er angezogen ist, nicht Antonia. Er hat einen schlanken, muskulösen Körper, den sie gern berühren würde, mit etwas Zähem, Biegsamem darin, wie ein

Seil. Sie würde ihn gern erobern, hätte ihn gern für sich. Und doch ist sie sich auf undeutliche Art darüber im Klaren, dass dieses Begehren Antonia mit einschließt. Es ist irgendwie aus der mütterlichen Wurzel gezogen, abgeleitet. Oder anders: Thomas wirkt wie ein Prisma, indem er ihre Ambivalenz auf sich zieht und sie bricht, ihren Hass von ihrer Liebe trennt. Sie lässt diese Brechung durch Thomas zu und ist befreit von der Last düsterer Gefühle.

Doch als sie ihn jetzt ansieht, erkennt sie, dass er an Glanz verloren hat. Erkennt, dass die Oberfläche nicht mehr völlig glatt ist. Letzten Endes will sie ja, dass er der Zerstörung zum Opfer fällt. Die Natur dieser Wurzel, die tiefe, die primäre Verwirrung, verlangt das.

Als es Zeit zum Gehen ist, zieht Mrs. Swann ihre Tochter beiseite.

«Du bist arg dünn geworden», sagt sie. «Und erschöpft siehst du aus. Ich hoffe, du passt auf dich auf.»

Antonias schwarze Hose sitzt eng, unmöglich knapp. Mrs. Swann erinnert sich an einen Nachmittag vor etlichen Jahren, den sie im Zimmer ihrer Tochter verbrachte, als die nicht zu Hause war; erinnert sich, wie sie Kleidungsstücke aus dem Schrank ihrer Tochter nahm, Oberteile und Hosen und Kleider, und ihre fleckigen Arme und Beine hineinzwängte. Sie war so korpulent, wie sie es heute noch ist. Was hat sie damals gelacht über die Hosenbeine, die sie nur bis zu den Knien hochziehen konnte, über die Ärmel, durch die sich ihre Hände kaum hindurchwursteln ließen.

Antonia macht ein überraschtes Gesicht. «Mir geht's gut», sagt sie. «Alles bestens.»

Plötzlich steht Mr. Swann neben ihr. Hätte sie ihn herbeizaubern können, wäre der Zeitpunkt nicht besser gewesen.

«Lass dich auf keinen Fall von der Verantwortung auffressen», sagt Mrs. Swann. «Ich sagte gerade, Richard, dass Antonia sehr erschöpft aussieht, sehr mitgenommen.»

Mr. Swann wirkt betroffen, auf seine steife, kalte Art. Sie nimmt sich vor, ihn zu ermuntern, sich eine neue Brille zuzulegen. Der Stahlrahmen verleiht ihm einen leicht roboterhaften Zug. Sie stellt ihn sich mit Hornbrille vor, etwas Modernerem und Versöhnlicherem.

«Wir sollten uns mal unterhalten», sagt er zu Antonia. «Deine Mutter und ich sind – nun, nennen wir es einfach besorgt. Wir meinen, dass du und Thomas möglicherweise einen schwerwiegenden Fehler begeht. Wir sprechen uns in ein paar Tagen. Bitte hör uns einfach an.»

Mrs. Swann hätte es nicht besser ausdrücken können.

Antonia sieht beunruhigt aus. «In Ordnung», sagt sie. «Aber mir geht's gut, wirklich.»

Im Auto auf der Heimfahrt sprechen die Swanns alles durch. Sie zerpflücken jeden Aspekt des Nachmittags. Bei ihrer Ankunft haben sie die Situation so gründlich beleuchtet, dass keine weitere Notwendigkeit mehr besteht, sie mit Antonia zu diskutieren. Im Bett, im Dunkeln, liegt Mrs. Swann ein paar Minuten wach und legt sich die Geschichte ihres Besuchs in der Montague Street zurecht. Es gibt da ein Wort, auf das sie nicht kommt, obwohl es der Schlüssel zu allem ist, ein Wort, das sie in letzter Zeit öfter gehört und nicht ganz verstanden hat. Aber sie ist zuversichtlich, dass diese Geschichte das Wort erklären wird oder umgekehrt – sobald die Zeit gekommen ist, sie zu erzählen. Sie greift und greift danach und erwischt es schließlich. *Hausmann*. Jetzt ist sie zufrieden. Sie schließt die Augen und spürt, wie sie immer kleiner wird, bis sie verschwindet.

XV

Anfangs vermisst er Alexa nicht. Gerade ist sie noch da, steht in ihrer Schuluniform an der Tür, und gleich darauf ist sie fort, nicht existent, genau wie früher, wenn Thomas bei der Arbeit war. Er denkt kaum an sie, solange sie in der Schule ist. Es gibt zwei Wirklichkeiten, eine, in der sie existiert, und eine andere, damit unverbundene, die ihm allein gehört. Dann, um vier Uhr nachmittags, erscheint sie wieder an der Tür, ein bisschen angeschlagen, von Entfremdung gezeichnet, und ihr gemeinsames Leben geht weiter.

Irgendwann an einem Vormittag merkt Thomas plötzlich, dass er sich den Moment ihres Aufbruchs ins Gedächtnis zurückzurufen sucht. Beim Frühstück hatte sie über Bauchweh geklagt. Ein undeutliches Bild ihres blassen, müden Gesichts tritt ihm vor Augen, doch ansonsten kann er sich an nichts weiter erinnern als an seine Entschlossenheit, sie zur Schule zu schicken. Ihm kommt es vor, als wäre sein Wille ein lautes Geräusch gewesen, das alles andere übertönte. Warum wollte er unbedingt, dass sie ging? Er weiß es nicht genau. Jetzt fragt er sich, was ihn da umgetrieben hat. Er würde das, was war, gern rekonstruieren – Alexas Bauchweh, die Stunde, die sie zusammen verbracht haben, und wie Alexa sie erlebt haben mag, ihren Widerwillen, das Haus zu verlassen – und stößt doch nur auf sich selbst, über alles hinwegdonnernd, wie eine Sinfonie. Um halb vier mag er nicht mehr darauf warten, dass Georgina sie heimbringt. Er geht sie selbst abholen.

Manchmal, wenn er dort auf dem asphaltierten Schulhof steht, fühlt er sich eingehüllt in vage Empfindungen von Großmut und Anteilnahme, ja beinahe Traurigkeit. Im Allgemeinen ist er früh dran: Die Kinder sind noch nicht herausgekommen. Die glänzenden geometrischen Klettergerüste, der leere Sandkasten, die gepflegten, unverwüstlichen Sträucher in den Blumenbeeten scheinen ihm ganz und gar vertraut. Er meint, sich an all diese Dinge zu erinnern, dabei sind sie doch hier, vor seinen Augen. Es ist, als beobachte er sie von einem seltsamen künftigen Leben aus. Dies, macht er sich klar, ist der Ort, wo Alexa tagsüber den Großteil ihrer Zeit verbringt.

Nach und nach treffen andere Leute ein; er hört das Gemurmel von Unterhaltungen, Babygebrüll, das Rufen kleiner Kinder. Ihm ist aufgefallen, dass der Pegel an Umgebungsgeräuschen auf dem Schulhof in der halben Stunde, die er meistens hier ist, praktisch ungehindert von *piano* zu *fortissimo* anschwillt. Immer gibt es den einen Moment, in dem er die verschiedenen Arten von Lärm nicht mehr auseinanderhalten kann. Dieser Verlust des Unterscheidungsvermögens bereitet ihm ein Gefühl von Unwirklichkeit. Er wünscht sich sehnlich, Alexa möge herauskommen; er braucht jetzt etwas, das er identifizieren kann, um sich selbst wiederzufinden. Rings um die Anlage stehen kleine Bänke, und er setzt sich. Summt das *Adagio*. Klopft mit den Fingern auf seine Schenkel.

XVI

In einem Krug auf dem Küchentisch stehen gelbe Rosen. Thomas hat sie dorthin gestellt. Sie fallen ihm jedes Mal ins Auge, wenn er durch den Raum geht, ein gelber Sonnenblitz in den düsteren Tiefen des Souterrains.

Er versucht sich zu erinnern, welcher Monat es ist. Das Gelb der Rosen lässt ihn an Sommer denken, aber das Licht der Umgebung wirkt grau und resigniert, als wäre es jeden Moment bereit, sich der Dunkelheit zu beugen. Er lacht – schon komisch, dass er nicht weiß, welcher Monat es ist. Er zählt die Namen der Monate auf. Keiner sagt ihm mehr als ein anderer. Einen Augenblick lang ist er sich nicht einmal über die Tageszeit im Klaren, darüber, ob die einsetzende Dunkelheit sich verdichtet oder auflöst, ob es jetzt Tag wird oder Nacht. Er schaut auf seine Uhr; er erinnert sich daran, dass es Donnerstag ist und Januar. Schon geht es ihm besser. Er hat eine kleine, aber notwendige Aufgabe bewältigt, ein Unbehagen ausgeräumt. Das Jahr ist ein Ereignis, das er als Beobachter verfolgt, nicht als Teilnehmer bestreitet – wie ein Publikum, das sich ein Theaterstück anschaut. Er hat es sich im Publikum behaglich gemacht, behaglich mangels eigener Ambitionen, wird aber hin und wieder von einer Angst ergriffen, unerwartet aus sich herausgerissen: wie ein kleines unachtsames Geschöpf, das plötzlich in die Klauen eines Raubtiers gerät. Sie hat etwas Wehrloses, seine Position. Sie hat etwas Verletzbares, das mit mangelnder Teilhabe einhergeht. Diese Angst kann sich jederzeit auf ihn stürzen und ihn davontragen.

Er beschließt, laufen zu gehen. Er bringt Alexa zur Schule und läuft dann in den Morgen, läuft die Bürgersteige, die Wohnstraßen entlang zum Park. Das tut er jeden Tag. Am Ende einer Woche fühlt sich sein Körper stolzer an, bestimmter. Er ist von einer spannungsähnlichen Erwartung erfüllt, die sich aber nie bestätigt und auch nie auflöst, sondern in die Energie für den Lauf am Folgetag eingeht. Er spürt die Spannung, und er spürt die Erleichterung, wenn die Energie zum Einsatz kommt. Die Rosen werden um ihre gelben Herzen herum braun.

Eines Tages kommt Tonie schon mitten am Nachmittag zurück. Ein Feuer ist in den Computerräumen ausgebrochen, und die Universitätsgebäude sind evakuiert worden. Sie steht da mit ihrer Tasche voller Akten, ist geladen mit gefährlicher, unverbrauchter Energie.

Thomas sitzt am Klavier. Er übt gerade die Fuge in C-Dur aus dem *Wohltemperierten Klavier*. Das Präludium ist einfach, aber die Fuge schafft ihn. Er kann den Part der linken Hand spielen, und er kann den Part der rechten Hand spielen, aber wenn er versucht, beide zusammen zu spielen, stößt er auf eine absolute innere Schwäche. Das Problem ist, dass die beiden Parts ebenbürtig sind. In jedem anderen Stück, das Thomas gespielt hat, war der Part der rechten Hand dominant: Er hat es sich angewöhnt, sich auf die Führung der rechten Hand zu verlassen, sich mit ihr zu identifizieren, so wie er sich mit dem Helden eines Romans identifizieren könnte. Üblicherweise ist der Part der linken Hand rein unterstützend, da er für sich genommen keine besondere Bedeutung hat. Aber in der Fuge ist der linke Part autonom.

«Was für ein Anblick!», sagt Tonie an der Tür zum Wohnzimmer. Sie lacht. Ihr Lachen ist voll harter, verborgener Konturen, wie die Akten in ihrer Tasche.

Thomas blickt hoch. «Ich weiß nicht», sagt er. «Ich krieg's einfach nicht hin.»

Sie verzieht das Gesicht, zweifelnd. «Du *musst* dir das doch nicht antun.»

«Aber ich will. Andere Leute kriegen es auch hin.»

Ohne ihre Jacke auszuziehen, beginnt sie, im Zimmer Ordnung zu machen. Es stimmt, dass Thomas mehr und mehr mit dem Geheimnis der Begabungen anderer Menschen beschäftigt ist. Er bringt es kaum noch über sich, seine Glenn-Gould-Aufnahmen, die Clifford-Curzon-Sammlung im Schuber, die dunklen, historischen Bach-Interpretationen des Feinstein Ensembles anzuhören, so sehr wird er überschwemmt von dem Wissen, dass diese Menschen unendlich viel begabter sind als er. Und es betrifft nicht nur Musik: Dasselbe Gefühl bestürmt ihn, wenn er an Literatur oder Malerei denkt, wenn er die Fotografien in seiner *Encyclopedia of World Art* durchblättert, ein Gefühl, das weit über Eifersucht hinausgeht, ja einer Art Beleidigtsein gleichkommt. All diese anderen Menschen, auf dieselbe Weise wie er in dieselbe Welt hineingeboren: Sie alle sind besser, begabter, außergewöhnlicher als er. Kürzlich ist er mit Alexa im Zirkus gewesen, und selbst der Akrobat in seinem schäbigen Paillettenkostüm, selbst das Hula-Hoop-Mädchen mit ihrer theatralischen Schminke waren außergewöhnlicher. Der Akrobat wirbelte auf einem Seil im halbleeren Zelt herum, ein Ausbund an Geschmeidigkeit. Alles Männlich-Starre war restlos überwunden: Er konnte seinen Körper tun lassen, was er ihn tun hieß. Während Thomas seine Hände nicht einmal dazu bewegen kann, die Fuge zu spielen. Das kreiselnde Hula-Hoop-Mädchen hat zwanzig Silberreifen um ihren lässig ausgestreckten Fuß mitkreiseln lassen, hat dazu mit ihrem geschminkten Mund gegrinst. Sie war auf ihre Art eine Künstlerin. Sie hatte etwas, das Thomas nicht hat, eine Begabung.

Wie konnte sie ihm so fernbleiben, die Kunst, wo all die anderen ihrer doch habhaft wurden? Was hat er falsch gemacht? Er erinnert sich an seine Kindheit, die Nachmittage mit seiner Mutter, seine feste Absicht, sich ihrer Anerkennung und Liebe zu versichern, seinen Brüdern voraus zu sein. Womit er auch Erfolg hatte. Er sondierte die Lage und nutzte sie zu seinem Vorteil. Das war nicht einmal besonders schwer. Seine Brüder wirkten immer so durcheinander, so chaotisch, ihre Freuden und Genugtuungen so zufällig, wahllos, ungeplant. Obwohl es sie trotzdem gab. Wenn seine Mutter Howard oder Leo lobte, dann aus keinem Grund, den Thomas erkennen konnte. Denkt Thomas über sein Leben nach, sieht er sich immer mit einer unveränderlichen Schöpfung kämpfen, mit ihr ringen, um seinen eigenen Vorteil daraus zu ziehen. Hat er seine Mutter je angesehen, richtig angesehen? Hat er seine Brüder wahrgenommen, Menschen, die genauso wirklich sind wie er? Als sie Kinder waren, hat er Leo oft gegen Howard verteidigt: Er erinnert sich, dass er fand, genau das sei das Verhalten einer erfolgreichen Persönlichkeit, die Verteidigung des Schwachen gegen den Starken, eine Art Qualifikation, wie ein Diplom. Er erinnert sich, dass er sein Diplom einer unsichtbaren Autorität vor die Füße gelegt hat. Es brachte ihn nicht dazu, Howard weniger oder

Leo mehr zu mögen. Es betraf ihn nicht persönlich. Und seine Mutter: Die Form von ihr ist alles, woran er sich erinnert, die Kontur dessen, was er für sich allein wollte. Er wäre nicht imstande, zu beschreiben, wie sie war.

Und so hat es sich ergeben, dass die Kunst ihm, der sich so bemühte, im Leben Erfolg zu haben, ferngeblieben ist. Ein Künstler, vermutet er, stirbt am Leben, stirbt am Bemühen um Erfolg, stirbt und wird wiedergeboren. Tonie räumt im Zimmer herum, bückt sich, richtet sich auf. Auch sie, erkennt er, weiß, was es heißt, etwas zu schaffen. Sie hat Alexa geschaffen: Er erinnert sich daran, wie ihr altes Leben starb, über den Abhang steuerte und auf den Felsen zerschmetterte, unvollendet; Alexas Geburt also der Tod der alten Tonie. Und dann etwas Neues, das sich aus den Trümmern hervormühte, die neue Tonie, die Frau, die jetzt hier steht in ihrer Berufskleidung, lebendiger denn je und voll gefährlicher Energie.

«Lass das doch», sagt er, behält sie dabei im Auge.

«Irgendwer muss es ja machen», sagt sie. «Das ist doch der reinste Saustall hier.»

Es ist ihm durch den Kopf geschossen, dass sie miteinander ins Bett gehen könnten, jetzt, am Nachmittag. Aber ganz offensichtlich kommt das nicht in Frage. Er merkt, dass sie frustriert ist. Sie will nicht schon wieder ans häusliche Ufer angeschwemmt sein, bevor ihr Tag vollendet ist. Ihre Existenz ist angewiesen auf die Trennung des einen vom anderen. Sie kann nie wieder ganz sein, nachdem sie sich auf den Felsen der Schöpfungskraft zerschmettert hat. Es würde sie wahnsinnig machen, mit ihrem Mann im Bett zu landen, wo sie doch sonst jetzt bei der Arbeit wäre. Nein, sie findet nicht, dass diese Dinge getrennt sein *müssten*. Nur dass sie getrennt *sind*, wie die zwei Hälften eines zerbrochenen Tellers getrennt sind, wie seine rechte Hand getrennt ist von der linken. Aber keine der beiden Hälften kann eigenständig etwas sein.

«Ich hätte es schon noch gemacht», sagt Thomas. «Ich hätte es nachher gemacht.»

Er betrachtet das Zimmer und sieht die Unordnung darin. Ihm wird klar, dass Tonie sich fragt, wie er so leben kann. Sie hält ihn für etwas komplett von ihr Getrenntes. Es ist möglich, dass Tonie ihn verraten, ohne schlechtes Gewissen verraten könnte. Und aus reiner Nachlässigkeit würden die zerbrochenen Teile ihrer Hälfte dann einfach nicht mehr passen. Sie könnten wortlos getrennte Wege gehen.

«Ich weiß», sagt Tonie. Sie legt sich die Hand an die Stirn. «Es kommt mir nur plötzlich wichtig vor. Ich weiß auch nicht, warum.»

Er erhebt sich vom Klavierhocker. Liest die Musikbücher auf, die ringsherum auf dem Fußboden liegen, und stellt sie zurück ins Regal. Sammelt die Tassen und Teller ein – neuerdings isst er hier oben zu Mittag, am Klavier – und trägt sie in die Küche hinunter. Dort findet er noch mehr Tassen und Teller, stapelt sie und schafft sie zur Spüle, deren Wasserhähne er gleich aufdreht. Dann erscheint Tonie: Sie hat ihre Jacke abgelegt und die Ärmel hochgekrempelt. Ihre Arme sind vollgehäuft mit Dingen, die sie nacheinander in den Mülleimer wirft. Thomas entdeckt schmutzige Kochtöpfe, Bräter, Backbleche und taucht alles ins scheppernde, schäumende Spülbeckeninferno. Tonie macht den Schrank auf und holt einen Scheuerlappen heraus. Später sieht er sie die Regale und Türen abwischen. Als er mit den Töpfen fertig ist, putzt er den Herd, dringt immer tiefer in die Bestandteile der Platten und Brenner ein, verliert sich in der schwarzen Höhle des Ofens. Nun ist auch Olga zurückgekehrt. Sie kommt in die Küche heruntergestiegen. Steht da und starrt.

«Was ist denn hier los?», fragt sie.

Als Thomas das nächste Mal hinsieht, hat Olga den Staubsauger aus den Tiefen des Einbauschranks unter der Treppe gezogen und nimmt ihn mit Hilfe eines Schraubenziehers auseinander. Sie reinigt die Teile, montiert ihn wieder zusammen, wirft den Motor an. Thomas hat sich an die Fenster gemacht; Tonie schrubbt die Simse. Die Geschirrspülmaschine rumpelt; der Hahn tropft rhythmisch in das gescheuerte Spülbecken. Das Wummern und Wimmern des Staubsaugers entfernt sich, nähert sich wieder, entfernt sich, nähert sich wieder. Tonie taucht einen Schwamm in den Eimer neben ihr und wringt ihn aus, die Wasseroberfläche öffnet und schließt sich mit einem fast obszönen Schmatzen. Seine Ohren sind gespitzt, um die Geräusche zu sortieren. Er hört das Quietschen seines Fensterlappens an der Scheibe und synkopiert es, passt es an den Offbeat des Staubsaugers an. Er spürt Chaos nahen. Er spürt sie an der Schwelle zur Auflösung schweben, seine Schöpfung; bald wird sie in einzelne Atome zerfallen. Er hört Schritte, das scharrende Geräusch eines Besens. Die Wasseroberfläche macht dicht; der Staubsauger tut den letzten Mucks und verstummt. Das Ende ist nah – ach, diese Spannung, diese unechte Spannung der Kontrolle! Er begreift, dass man, um etwas zu erschaffen, die Kontrolle aufgeben, zum reinen Gefäß werden muss. Aber wie kann er retten, worüber er keine Kontrolle mehr hat? Seine Finger nesteln an dem Lappen, der dann zu Boden fällt. Er bückt sich, um ihn aufzuheben; und da, in der Hocke, hört er Tonie den Eimer leeren, hört Seifenlauge und Schmutzwasser in den Abfluss strudeln, ein langer, tiefer Ton, perfekt bemessen. Er ergießt sich ins Ohr, dieser Strom; die Spannung ist aufgelöst. Und dann, aufsteigend von den Dielen, als letztes Vibrato, die Schritte der sich nähernden Olga. Sie hält die verdorrten gelben Rosen in Händen. Ihre Schritte werden lauter, eine letzte Belagerung der vordringenden Stille. Sie bleibt stehen, wartet. Dann stopft sie den Strauß triumphierend in den Mülleimer und knallt den Deckel zu.

Er kocht Alexa Gerichte, die sie mag. Er wäscht ihr die Haare. Er putzt ihr die Schuhe für die Schule und stellt sie auf Zeitungspapier neben die Tür. Er weiß, an welchen Tagen sie ihr Sportzeug mitnehmen muss. Er setzt sich zu ihr, während sie ihre Hausaufgaben macht, und sorgt dafür, dass sie nicht vergisst, sie rechtzeitig abzugeben. Abends, wenn sie ihren Pyjama anzieht, beobachtet er mit der Genugtuung eines Künstlers das geglückte Zusammenspiel von weißer Smokarbeit und ihrer Haut, die exakten Bogen ihrer tintenschwarzen Augenbrauen und Wimpern, die wie gemeißelte Akkuratesse ihrer Gliedmaßen. Und ihr gesundes Wachstum, vom Haar bis zum Zahnfleisch und den Fingernägeln, der Scharfsinn ihrer Antworten, ja selbst der Schlaf, den sie beansprucht, dessen sie stärkende Pausenqualität: All das bestätigt ihn, spiegelt ihn, obwohl sie ihr eigenes Dasein führt. Gerade weil sie ihr eigenes Dasein führt, fühlt er sich bestätigt. Er formt sie aus der Substanz dessen, was sie bereits ist. Er geleitet sie zu ihrer eigenen Vervollkommnung. Es wäre möglich, Alexa zu verderben, sie zu vernachlässigen oder zu zerstören. Es gibt keinen anderen Menschen, über den er solche Macht hat.

Das Haus ist ordentlich und sauber.

XVII

Eines Tages Anfang Februar blickt Tonies Chef kurz von seinem Schreibtisch auf und sagt: «Die Zeit der Flitterwochen ist vorbei.»

Es ist ein grauer, lichtloser Nachmittag, und das noch dunkler graue Interieur des Gebäudes bildet ein Gitter aus einfarbigen Quadraten und Rechtecken mit seltsamen blockartigen Blickschneisen, die nirgendwohin führen – ein wahres Labyrinth aus Fluren und Treppen und anonymen Räumen, in denen sich Schreibtische, Stahlregale und die immer gleichen schwarzgepolsterten Stühle wie Puzzleteile aneinanderfügen. Die von Geraden zerteilte, zugebaute Düsternis steht für Denken, Intellekt, überindividuelles Streben. Tonie ist schon lange aufgefallen, dass diese Geometrie die menschliche Gestalt elidiert: Hier scheint man Menschen immer nur stückweise zu sehen, ein Paar Beine in einem Treppenhaus, ein Rücken, der durch eine Tür verschwindet, ein über den Schreibtisch gebeugtes Profil, mit schnellem Blick durch eine Scheibe aus bruchfestem Glas erhascht.

«Die Zeit der Flitterwochen ist vorbei», sagt Christopher, eine Silhouette im grauen Licht des Einheitsfensters. «Ab jetzt erwarten wir von dir, dass du eigenständig funktionierst.»

«Alles klar», sagt Tonie nach einer langen Pause.

Christophers Büro wirkt vergleichsweise gemütlich. Als

Direktor hat er eine etwas größere Version der Kuben bezogen, in denen alle anderen untergebracht sind. Bei ihm gibt es Lampen auf niedrigen Tischen, Kissen, einen Teppich auf dem Boden. Seit September ist sie in dem Glauben, das Territorium eines Verbündeten und Freundes zu betreten, mehrere Male pro Woche hierhergekommen. Es tut ihr wohl, auf Christophers taubengrauem Sofa zu sitzen und den Blick auf seinen ordentlichen Bücherregalen, seinen gerahmten niederländischen Stichen ruhen zu lassen. Jetzt fragt sie sich, ob dafür Christophers Zuhause gesichtslos, unpersönlich ist, ob es überhaupt eines gibt; oder ob dieses Büro vielmehr alles darstellt, was ihn ausmacht, einen Mann in einem Raum, der trotz der Atmosphäre von Behaglichkeit in der Breite doch nur drei Meter misst.

«Alles klar», sagt sie.

«Ich stehe immer zur Verfügung, wenn ich Fragen beantworten kann», sagt er, «aber meine Zeit ist weitgehend darauf beschränkt, die untere Ebene des Ganzen zu fördern. Ich muss an die jüngeren, weniger erfahrenen Kollegen denken, die echte Gründe haben, meine Hilfe einzufordern.»

Tonie ist gewöhnt an Christopher, gewöhnt an seine Stimme und sein Auftreten, sein Näseln, seinen ausgesuchten Junggesellen-Geschmack, den Anblick seiner langen, schmalen Gestalt zwischen den anderen Gestalten, die sie kennt. Jahrelang hat sie ihn zu den mittäglichen Orgelkonzerten in St. John's gehen sehen, zu Abenden mit mittelalterlicher Blockflötenmusik, seinen Vernissagen. Und doch hat sie das alles bis jetzt nie miteinander verknüpft. Sie hat sich nie einen Reim auf ihn gemacht.

«In Ordnung», sagt sie.

«Wir haben hier einfach nicht die Infrastruktur, um Mitgliedern des Instituts unter die Arme zu greifen. Dafür fehlen uns die Mittel.»

«Schon verstanden», sagt sie.

Tonie ist seit acht Jahren am Institut für Anglistik tätig. In dieser Zeit hat sie Leute streiten, aus Sitzungen stürmen, offen auf irgendeinem Flur weinen sehen. Sie weiß, dass Emotionales hier im Bereich des Möglichen liegt wie nirgendwo sonst in der Universität oder gar auf der Welt. Infolgedessen stützt sich der akademische Diskurs in diesem Fachbereich ganz besonders auf seine bürokratischen Ursprünge. Die grauen Wände vibrieren von all den Empfindungen und Empfindlichkeiten: Nur die Regeln stehen einem landläufigen Ausbruch ungezügelter Gefühle im Weg. Da nun Christopher mit diesem Gespräch angefangen hat, wäre es völlig akzeptabel, wenn Tonie ihn anschreien, in Tränen ausbrechen, aus dem Raum stürzen und in ihr eigenes freudloses Büro mit Blick auf den Parkplatz zurückkehren würde; vielleicht ist es ja das, was Christopher von ihr erwartet oder sogar verlangt.

Sie blickt auf die Lampenschirme aus plissierter Seide, die Kissenhüllen aus Mohair. «Danke», sagt sie. «Danke für die Flitterwochen. Ich hab sie genossen.» Sie lacht leise, wendet sich zum Gehen.

Er versteift sich auf seinem Stuhl, gekränkt. «Wie gesagt, ich stehe im angemessenen Rahmen immer zur Verfügung. Und wenn es dringende Fragen gibt, dann beantworte ich die natürlich gern.»

Sie lacht wieder. Vor vielen Jahren ist sie Christophers Vorgesetzte im Fachbereich gewesen; damals war er Forschungsstipendiat und hatte einen so dünnen Hals, dass ihm der Kragen darum weit abstand. Seinerzeit scharwenzelte er um Tonie herum, hungrig nach jedem Fitzelchen Anerkennung. Und genau dieses Bild von ihm, erkennt sie, verfolgt ihn noch heute. Er will es exorzieren, aus Tonies Erinnerung austreiben. Und begreift nicht, wie viel ihr in den Jahren dazwischen passiert ist, wie wenig sie an ihn gedacht hat. Er weiß nicht, wie schade sie es plötzlich findet, dass er seine jungen Jahre auf den Kampf verwandt hat, in den Rängen einer zweitklassigen Universität aufzusteigen, gehindert einzig und allein von besorgten Müttern.

«Ich werde das beherzigen», sagt sie.

Draußen, auf dem Flur, merkt sie erst, dass ihre Arme voller Akten sind. Sie wirft einen Blick darauf. Die Akten sind hart, unbeschriftet, haben Metallrücken. Sie hält sie an die Brust gedrückt. Einen Moment lang hat sie nicht die leiseste Ahnung, was sie da in den Armen hält.

XVIII

Thomas wacht auf. Er hat geträumt. In dem Traum waren er, Tonie und Alexa in einer Art Shopping-Center in einer fremden Stadt. Dort gab es lange, graue, unheimliche Fußgängerwege aus Beton, so breit wie Autobahnen. Sie lagen wie Schichten übereinander und führten abwärts unter die Erde.

Thomas und Tonie wollten Alexa etwas zum Anziehen kaufen. Sie ließen sie irgendwo zurück und entdeckten einen kleinen Laden. Der Laden war lichterfüllt: Seine Wände und Decke bestanden ganz aus Glas. Thomas begann, sich die Kleider anzusehen. Sie waren sehr schön. Er fand eines, das wie eine Blumenwiese war, und ein anderes aus Stücken weißer Wolke. Es gab auch ein fließendes Gewand, eine Art Chiton, aus Milch. Tonie hatte eigene Vorstellungen, aber jedes Mal, wenn Thomas auf etwas stieß, vergaß sie die. Sie schien zu wissen, dass er urplötzlich eine besondere Entdeckergabe besaß. Sie wartete ab, was er ihr als Nächstes präsentieren würde. Vom Ständer zog er ein langärmeliges Kleid, das aus der Original-Leinwand von Botticellis *Geburt der Venus* gearbeitet war. An den Manschetten und am Saum waren Flammen, die im Tageslicht fahl flackerten. Beide meinten, dies sei der bedeutendste Fund. Das Kleid war für Alexa bestimmt: Es schien etwas von ihrem Temperament zu enthalten, irgendeine Essenz ihrer selbst, die sie wiedererkannten, nachdem sie in Vergessenheit geraten war – als wäre sie zwar bei Alexas Geburt vorhanden gewesen, aber mit der Zeit von Thomas und Tonie getrübt oder verwässert worden. Nun, da sie ihre Wahl getroffen hatten, bot Tonie an, Alexa holen zu gehen. Sie ließ Thomas allein in dem Laden zurück. Verschwand in die riesige graue Unterwelt des Shopping-Centers. Jetzt fragte er sich, warum sie Alexa an diesem seltsamen Ort im Stich gelassen hatten. Er hatte keine Ahnung, wo sie sich aufhielt oder was aus ihr geworden war. Was hatten er und Tonie sich nur dabei gedacht? Die Irrationalität des Ganzen wurde ihm durch den Traum vor Augen geführt. Er mühte und mühte sich zu verstehen, warum sie etwas dermaßen Unverantwortliches getan hatten. Schließlich erkannte er, dass es deshalb so war, weil es sich um einen Traum handelte. Diese Erkenntnis weckte ihn sofort auf. Anscheinend braucht man Glauben, um zu träumen. Sobald man den verloren hat, zerbröselt einem der Traum in den Händen.

Er liegt wach in der Dunkelheit. Sie ist so seicht, so substanzlos: Ihm ist, als würde er durch sie hindurchfallen, nach außen oder nach unten abstürzen. Um ihn herum klaffen die Tiefen des Universums. Er vermeint die unendlichen Ausdehnungen zu sehen, die Kaskaden von Sternen. Das Bett ist wie eine winzige Klippe am Rand des Abgrunds. Sein Körperkontakt mit irdischen Dingen scheint ihm schwach, dürftig. Dieses Gefühl ist der Irrationalität des Traums geschuldet. Der Glaube an sein eigenes Leben kommt ihm in diesem Moment widersinnig vor. Warum klammert er sich nicht panisch an den Rand des Bettes? Warum tun das nicht alle? Und Alexa, Tonie – was bedeuten ihm diese Menschen eigentlich? Was bedeuten diese Beziehungen, diese Überzeugungen, diese Verhaltensregeln? Dieser Wald aus Gegenständen, die jetzt dunkel und ununterscheidbar sind – welchen

Sinn haben sie? Wie kann er sie ausgewählt haben, den Sessel, die Kommode, die dunklen Verzierungen am Kaminsims in ihren noch dunkleren Teichen aus Finsternis, wo sich doch gleich neben ihnen der Abgrund des Universums auftat?

Die Uhr tickt gleichmäßig auf dem Nachttisch. Nach einer Weile schläft Thomas wieder ein.

XIX

In der Dreiviertelstunde, die der Arzt sich verspätet, glaubt Howard, dass er sterben muss.

Die Krankenschwester ist da, macht sich im Zimmer zu schaffen. Der Himmel vor dem Klinikfenster im dritten Stock ist klar. Die weiße Frauengestalt schimmert: Sie faltet und entfaltet sich, während sie sich bückt und streckt, wippt im Licht wie eine weiße Blume.

«Möchten Sie etwas trinken?», sagt sie. «Vielleicht eine Tasse Tee?»

Ihr Gesicht kommt näher. Sie hat es geschminkt: Ihre Jugend ist unter der Schminke verborgen, als hätte irgendein großer Kummer sie genötigt, diese Jugend zu bestatten und eine Totenmaske aus Schminke aufzulegen.

«Ja bitte», flüstert er. «Tee wäre nett.»

Sie geht fort. Dann ist sie wieder da: Er hört die Tasse auf der Untertasse klappern. Als sie den Tee vor ihm hinstellt, sieht er ihren blassen Unterarm. Sieht einen Fleck darauf, in der Größe und Form einer Münze. Er ist dunkelrot, ins Bläuliche spielend, wie ein Brandzeichen auf ihrer sonst eintönig makellosen Haut.

«Sie haben sich verbrannt», sagt er.

«Ja, mit dem Bügeleisen», sagt sie. «Schön blöd, was?»

Howard sieht sie beim Bügeln vor sich, mit Bergen weißer Laken, in ihrer Schwesterntracht. Er malt sich aus, wie sich die tödliche Stahlspitze ihren Weg durch das Weiße bahnt. Schrecklich, der Gedanke an ihre weiche Haut. «Bitte passen Sie auf», sagt er. «Sie müssen auf sich aufpassen. Wir sollten alle besser auf uns aufpassen.»

Sie räumt weiter herum, mit einfühlsam gesenktem Blick. Auch die Lider sind geschminkt. «Der Doktor wird bald da sein», sagt sie.

Howard betrachtet die Uhr an der Wand des Behandlungszimmers. Der Sekundenzeiger ruckelt um das Zifferblatt. Claudia sucht einen Parkplatz. Sie hat ihn am Eingang herausgelassen, ohne zu wissen, dass man ihn hierher nach oben bringen würde. Jetzt begreift er, dass sie hätten zusammenbleiben sollen. Begreift, dass das eine Falle ist. Er ist Opfer eines Betrügers geworden, der ihn fortgelockt hat von seiner Familie, seinem Haus, seinem Auto, seiner Frau, eines Betrügers, der die ganze Zeit über gewartet hat, an seiner Wiege und an seinem Kinderbett, all die Jahre hat er in Torwegen und Bahnhöfen und Großstadtstraßen, auf Feldern und an fremden Stränden, in Hütten und Hotels und auf den Beifahrersitzen von Autos gewartet, und neuerdings hat er in der Dunkelheit des Gartens, unter dem Apfelbaum, darauf gewartet, dass Howard allein war. Claudia hat durch die Scheibe gewinkt, als sie davongefahren ist. Er erinnert sich daran, wie verwirrend er es fand, ganz allein im grauen Eingangsbereich zu stehen. In diesem Krankenhaus ist er geboren worden. Und jetzt kam es ihm vor, als hätte Claudia ihn hierher zurückgebracht, damit er reabsorbiert werde; als wäre sie davongefahren mit seinem Namen, seiner Identität, seinem tätigen Leben, und hätte seine Hülle, seinen Körper, hier am Ort seiner Geburt zurückgelassen, wie eine leere Flasche, die in die Brauerei zurückgebracht wird.

Die Tür geht auf.

«Mr. Bradshaw?»

Ein Mann kommt herein. Er trägt einen Anzug. Der Stoff hat einen silbrigen Glanz, der seinem Träger einen Anschein von Unwirklichkeit verleiht. Howard hat Angst. Die Unwirklichkeit dieses Mannes – jung, braunhaarig, harmloses Gesicht – versetzt ihn plötzlich in Schrecken. Der Mann schüttelt ihm die Hand. Er ist wie der Moderator einer Quizshow, der dem Gewinner die Hand schüttelt. Howard weiß, dass jetzt alles Mögliche passieren könnte, einfach alles.

«Ich habe hier die Ergebnisse Ihrer Biopsie. Es gab da einen, hm, Schatten auf dem rechten Lungenflügel, der für eine gewisse Beunruhigung gesorgt hat, richtig?»

Er runzelt die Stirn, zieht die Augenbrauen hoch. Mustert seine Notizen.

«Ja, genau», sagt Howard.

«Also», fährt der Mann fort, «ich muss sagen, dass ich nicht recht verstehe, was der ganze Wirbel sollte.»

«Ach nein?», sagt Howard.

«Wie's aussieht, handelt es sich um eine leichte rechtsseitige Lungenentzündung, aber das ist ja nicht das Ende der Welt, oder?»

«Nein», sagt Howard.

«Oder?», wiederholt der Mann, reißt die Augen auf und lacht.

«Nein», sagt Howard, der ebenfalls lachen muss.

«Es ist eher einer von den Fällen, wo man einen Vorschlaghammer genommen hat, um eine Nuss zu knacken. Oder?»

«Wahrscheinlich schon», sagt Howard.

«Bettruhe, klar», sagt der Mann und wackelt dabei mit dem Finger. «Aber eine Biopsie – ja hallo!»

Er klatscht sich aufs Knie und lacht wieder los, und auch Howard lacht, obwohl er eine gewisse Bestürzung darüber empfindet, was er hier am äußersten Rand des Lebens entdeckt hat, lauter Irre und Nieten, die an den Schalthebeln der Maschinerie sitzen.

«Bettruhe», sagt er, indem er sich schwankend von seinem Stuhl erhebt. «Ist das alles?»

«Und viel trinken. Vorzugsweise Nicht-Alkoholisches, Mr. Bradshaw.»

«Ja, hallo», sagt Howard mit schwacher Stimme.

Auf dem Heimweg hält er über dem Schaltknüppel Claudias Hand. «Wir könnten die verklagen, mein Schatz», sagt er. «Dieser Blödmann hat mir das praktisch auf dem Tablett serviert.»

«Gute Idee», sagt Claudia. «Wollen wir das machen?»

Er drückt ihre Finger. Gelobt, gut zu sein.

XX

Sie ist dabei, eine Hortensie in das schattige Beet hinter dem Haus zu pflanzen. Es ist Morgen. Das Dorf liegt betäubt in seiner neugeborenen Stille. Das Gras ist mit Tau versilbert. Die Erde ist schwarz und wimmelt vor Leben.

Kurz nach zehn kommt ihr Mann heraus; sie hört seine Schritte auf dem Kies nahen. Eine Armeslänge entfernt machen sie halt.

«Ich sag jetzt auf Wiedersehen», sagt er.

Sie rappelt sich hoch, der Schmerz schießt ihr in die Knie. Ihre Hände sind mit Erde verkrustet. Er streckt eine saubere Hand aus, nach oben abgewinkelt wie bei einem Polizisten, um sie zu stoppen.

«Du musst nicht aufstehen. Ich kann dir so auf Wiedersehen sagen.»

Aber wie er sehr wohl sieht, ist sie bereits auf den Beinen. Sie reibt die Hände aneinander, um den Dreck abzustreifen. Trotzdem zuckt er zusammen, in seinem abgebürsteten Blazer und dem sauberen Hemd.

«Darf ich dich denn nicht anfassen?», sagt sie und macht einen Schritt auf ihn zu, sodass er sich vor Unbehagen versteift. «Du siehst wirklich schick aus.»

«Lieber nicht.»

«Aber ich will dich anfassen!»

Er lächelt kühl. Um ihn herum erhebt sich der Tag, blassgrau, windstill. Plötzlich spürt sie, wie sie an Gewicht verliert, an Festigkeit; sie wird verlassen. Sie wird eingekapselt, isoliert an einem Ort, wo es keinen Körperkontakt geben kann.

«Ich bin um fünf zurück», sagt er. Schließlich geht er ja nur zum alljährlichen Lunch des Bridge-Vereins in Tunbridge Wells.

Sie spitzt den Mund und beugt sich vor, die schmutzigen Hände hinter dem Rücken ineinandergelegt. Empfängt so seinen trockenen Kuss. Nie war sie nahe genug an ihre Mutter oder ihren Vater herangekommen, um deren Kleidung berühren zu können. Sie küssten sie immer auf diese Weise, über den Abgrund ihres Fortgehens hinweg. Dort unten herrscht tiefste Dunkelheit. Sie weiß, dass sie nicht hineinfallen darf. Aber der Duft, die Eleganz, die denen anhaften, die fortgehen, führt sie in Versuchung. Am liebsten würde sie sich ihnen entgegenschleudern, sich mit schmutzigen Fingern an ihre sauberen, gebügelten Kleider krallen. Und doch weiß sie, dass dazwischen der Abgrund ist.

«Wiedersehen», sagt sie.

«Wiedersehen.»

Er ist fort: Sie kniet sich wieder auf den Boden. Nimmt ihre Kelle und gräbt ein Loch, wie sie als Kind in ihrem Sandkasten gegraben hat. Sieht ihre Finger in der Erde wühlen. Stellt erstaunt fest, dass ihre Hände alt sind. Sie gräbt ein Loch für die Hortensie, pflanzt sie ein und drückt die losen Krumen vorsichtig an.

Eine Dohle ist ins Gewächshaus geraten und hat zwei Glasscheiben zerbrochen. Sie macht die Tür auf, um den Vogel zu verscheuchen, aber er fliegt weiter, fliegt langsam kreisend über ihrem Kopf herum, ohne sich auch nur einmal irgendwo niederzulassen. Sie geht ins Haus zurück und kommt mit einer Decke wieder. Der Vogel hat ein ganzes Tablett Sämlinge kaputt gemacht. Ihre Pflanzen liegen umgeknickt zwischen Erdbröseln. Sie hat Angst vor Vögeln, eine alte Angst: ihr Vater ein schlechter Schütze, die Vögel nie tot, dafür übel zugerichtet, ein Flattern und Zucken im Gras, kopflose Panik. Der hier, dieser Schwarze, der so diabolisch seine Runden zieht, erscheint ihr wie etwas, das sie selbst heraufbeschworen hat. Ihre Angst ist hinaus in die Welt gelangt, richtet etwas an. Es ist die Angst vor dem Identitätsverlust. Das Malheur mit der gefangenen, im Kreis herumfliegenden Dohle ist vorprogrammiert. Sie nimmt die Decke, springt im richtigen Moment hoch, sodass sich der Vogel zwischen den Falten verfängt, wickelt ihn ein und hält das Bündel mit beiden Armen fest. Er wehrt sich: hackt unentwegt mit dem Schnabel durch den Wollstoff nach ihrem Arm. Sie geht hinaus in den Garten und lässt ihn frei.

Da steht Thomas, vor ihr auf dem Rasen.

«Was machst du denn?», sagt er.

Sie ist sich nicht sicher, ob er wirklich ist. Starrt ihn verwirrt an. Und spricht doch zugleich mit ihm.

«Oh, da bist du ja – warum hab ich das Auto nicht gehört?»

Er kommt übers Gras auf sie zu. Sie hatte vergessen, dass er schon so alt ist. Sie faltet die Decke zusammen, während er sie auf die Wange küsst.

«Ich hab zweimal angerufen, aber du bist nicht drangegangen. Es hat etwas länger gedauert, bis ich daheim wegkonnte.»

«Kein Problem», sagt sie. «Jetzt bist du ja da.»

«Ich hatte schon befürchtet, du würdest ohne mich anfangen, die Kisten zu schleppen.»

«Ich habe sie nicht mal angerührt. War also furchtbar vernünftig.»

Sie hört ihre eigene Stimme; was die sagt, ist absolut wahr. Sie weiß, dass sie vor zwei Tagen mit ihrem Sohn über die Kisten gesprochen hat. Er bot ihr seine Hilfe dabei an, sie herunterzutragen. Heute Morgen hat sie den oberen Treppenabsatz frei geräumt, damit man leichter auf den Dachboden gelangt. Sie zweifelt nicht daran, dass all das wirklich ist – nur hat sie es strenggenommen nicht selbst erlebt. Es ist einer anderen widerfahren, die sie gut kennt, die manchmal bei ihr ist und manchmal nicht. Sie war sich dieses Wesens schon von jeher bewusst; selbst als Kind wusste sie, dass jemand in ihr lebte, jemand, der nicht sie war. Aber heutzutage geht diese andere immer öfter fort. Mittlerweile graut ihr schon vor dem Weggang, doch wenn der Moment kommt, merkt sie gar nicht, dass sie fort ist. Erst ihre Rückkehr lässt die Abwesenheit deutlich werden.

Thomas nimmt ihren Arm; gemeinsam spazieren sie um die Staudenrabatten herum.

«Guck mal, die Eiche hat ein Gesicht», sagt sie fröhlich und deutet mit dem Finger darauf.

Seltsam, dass es ihr nicht schon früher aufgefallen ist – ein langes Gesicht mit breitem Kinn und traurigen Augen. Wie ein Mönchsgesicht sieht es aus in seiner Borkenkapuze. Sie kennt die meisten anderen Gesichter im Garten, aber dieses ist ihr neu. Es starrt sie aus seinem Gefängnis im Baumstamm an.

«Ja, tatsächlich», sagt Thomas. Er bleibt stehen, um es genauer zu betrachten. Schon immer ist er ein bisschen zu beflissen, zu verständnisvoll gewesen; als er noch klein war, hat sie sich öfter gefragt, ob er vielleicht ein etwas einfältiges Gemüt habe. Ihre Hunde waren genauso, hingen zitternd wie Kompassnadeln um sie herum, sodass ihr Mann sie nie auf Trab bringen konnte. Sie stellt fest, dass Thomas dicker geworden ist. Unter seinem Kinn hängt ein Hautsack. Seine Hand drückt unangenehm auf ihren Arm. Da, wo die Dohle nach ihr gehackt hat, ist die Haut gerötet. Es schaudert sie bei der Erinnerung daran, was sie getan hat. Sie nimmt sich vor, ihrem Vater davon zu erzählen, obwohl er tot ist und die Welt, in der er lebte, ebenso tot ist.

«Wollen wir nicht reingehen?», sagt sie. «Am besten, wir bringen die Geschichte mit diesen dämlichen Kisten gleich hinter uns.»

Sie wenden sich Richtung Haus. Charles ist derjenige, der findet, die Kisten müssten weg. Er hat sie im Visier, obwohl sie seit Jahren ganz unauffällig unter dem Dach stehen. Irgendetwas hat ihn auf sie aufmerksam gemacht, und jetzt will er sie weghaben. Sie sind der letzte verborgene Teil von ihr, und er hat sie entdeckt.

«Was ist da überhaupt drin?», sagt Thomas.

«Ach, bloß lauter alter Krimskrams. Daddy findet, sie müssen weg, und da wird er wohl recht haben.»

In Wirklichkeit hat sie mit ihm über die Kisten gestritten, und dieser Streit war so erbittert, dass ihre Bereitschaft, sich unterzuordnen, bis an die Grenzen strapaziert wurde. Er hat sie gezwungen, sie sich anzusehen, klar und deutlich und haargenau: um die dreißig große, mit ihrem Namen beschriftete Kisten, die sie – er brachte sie dazu, es zuzugeben – nicht ein einziges Mal mehr geöffnet hat, seit sie auf dem Speicher gelandet waren, wo sie so viel Platz beanspruchen, dass dringend Nötiges nicht mehr unterzubringen ist. Und am Ende war sie mit ihm einig, dass es so nicht weitergehen konnte. Wirklich nicht, das fand sie selbst. Sie weinte und war ihm dankbar. Deshalb erstaunt es sie – als Thomas die Kisten heruntergeholt und die Leiter unters Dach zurückgeschoben hat – zu sehen, dass es nur sechs Stück sind.

«Ist das alles?»

«Das ist alles. Ich habe extra nochmal nachgeschaut.»

Sie erinnert sich daran, wie Charles das Haus verlassen hat. War das erst an diesem Morgen? Er ist nach Tunbridge Wells gefahren und wird nicht vor der Teestunde zurück sein.

«Ich dachte, es wären ein paar Dutzend», sagt sie hilflos. Sie lässt sich auf dem Läufer nieder, oben auf dem Treppenabsatz.

Thomas öffnet eine der Kisten und schaut hinein. Er zieht ihr zerknittertes Taufkleidchen heraus, ihren alten Almanach, eine Puppe mit einer Baskenmütze im Schottenmuster, die, wie sie sich entsinnt – oh, das mächtige Aufwallen der Erinnerung! –, Clarissa heißt.

«Daddy will, dass das alles an so einen karitativen Laden geht!», platzt sie los. «Und das ertrage ich nicht! Lass nicht zu, dass er meine Sachen wegschafft!»

Thomas macht ein betroffenes Gesicht. Er kniet sich neben ihr hin.

«Natürlich darf er die nicht weggeben», sagt er. «Das sind deine Sachen. Du musst selber entscheiden, was mit ihnen passiert.»

«Aber ich habe versprochen – ich habe versprochen, dass sie weg sind, wenn er zurückkommt!»

«Ach du lieber Himmel», murmelt Thomas.

Er ärgert sich. Aber nicht über sie. Er hebt Clarissa hoch, dreht ihren steifen Körper in den Händen.

«Wahrscheinlich würde sich Alexa gern mal was von diesen Sachen ansehen», sagt er.

Ihre Stimme klingt fast unterwürfig. «Das könnte ich mir denken.»

Er seufzt. «Was ist da sonst noch drin?»

«Nichts Großartiges – ein paar Bücher, ein paar Andenken. Es ist schon lächerlich: Mir bedeuten sie so viel, aber jemand Außenstehendem würden sie gar nichts bedeuten.»

In Wirklichkeit kann sie sich nicht erinnern, was in den Kisten ist. Er schweigt.

«Wir haben weniger Platz als ihr, weißt du», sagt er schließlich. «Irgendwie ist das absurd.»

Sie zieht eine Schnute, blickt auf den Boden. «Dann wird Daddy wohl recht haben. Es muss alles weg.»

Wieder seufzt er, gequält. Diese Übereinkunft ist alt, älter noch als Thomas, denn sie hat ihren Ursprung in ihrer ersten Erfahrung von Einsamkeit, als Puppen – Clarissa, erinnert sie sich, gehörte auch dazu – ihr die Freundschaft antrugen und ihre gefügigen Herzen schenkten. Als Baby hatte Thomas etwas von dieser Gefügigkeit, dieser heiteren, erwartungsvollen Verständnislosigkeit; und nach Howard – einem gierigen, brutalen kleinen Kerl, der sie immer mit seinen dicken Fäustchen bearbeitet hatte – war sie regelrecht vernarrt in Thomas, dessen runde Augen ihr mit solch staunender Liebe folgten. Gewöhnlich begann er schon zu weinen, wenn sie aus seinem Blickfeld verschwand.

«Also gut», sagt er schließlich. «Irgendwo kriegen wir sie auch noch unter. Obwohl ich keinen Schimmer habe, was Tonie dazu sagen wird.»

Bei der Erwähnung von Tonies Namen spürt sie den Ansturm von Gewissensbissen, den normalerweise nur ihr Mann bei ihr auslösen kann. Sie erinnert sich daran, wie sie Tonie einmal zum Brombeerpflücken am Rand des Dorfes mitgenommen hat, zu den Sträuchern, die dort die Straße säumen; erinnert sich daran, dass Tonie immer so lange bei einem Strauch verweilte, bis sie auch die allerletzten Früchte abgezupft hatte. Ihre eigene Methode besteht darin, sich ein größeres Terrain vorzunehmen, abzugrasen, was ihr in die Hände fällt.

«Ach mein Lieber – ich will nicht, dass es meinetwegen Ärger gibt.»

«Nein, ist schon gut. Kein Problem.»

Sie strahlt ihn an. Eigentlich könnte er jetzt gehen, findet sie, jetzt, wo er ihr die Last der Unterordnung abgenommen hat. Letzten Endes fällt er ihr auf die Nerven mit seiner Verfügbarkeit. Bei einem Kind ist Verfügbarkeit etwas Reizendes, aber man kann nicht sein Leben lang ein Kind bleiben. Seit kurzem stellt sie fest, dass ihr Howard doch lieber ist.

«Ach, das ist *wirklich* nett von dir», sagt sie. «Wollen wir sie zum Auto runterbringen? Du wirst ja sicher in Eile sein.»

Er lächelt, ein eigenartiges Lächeln, das sie an ihm noch nicht kennt.

«Ich wollte eigentlich zum Mittagessen bleiben», sagt er.

«Oh!», sagt sie. «Ja, natürlich, sehr gern, wenn du nichts anderes vorhast.»

Aber selbst nach dem Essen macht er keinerlei Anstalten zu gehen.

«Muss nicht jemand Alexa von der Schule abholen?», fragt sie.

Er lächelt wieder. «Sie geht mit zu einer Freundin.»

«Also, ich wollte nur ein bisschen mit dem Hund raus. Fühl dich nicht verpflichtet mitzukommen.»

Er sagt: «Möchtest du denn, dass ich mitkomme?»

Diese Bemerkung kommt ihr sehr unhöflich vor.

«Ja», sagt sie kühl. «Natürlich. Das wäre nett.»

Sie gehen mit Flossie den Feldweg entlang und entdecken in einem Graben voller Schilf und Dornengebüsch ein Rehkitz, tot.

«Wie traurig!», sagt sie. «Es ist bestimmt überfahren worden.»

Sie starrt auf das eingeschrumpelte, von Fliegen umschwirrte Mäulchen, die geschlossenen Augen, die verdrehten Beine des Tierkinds in seinem kalten Bett aus Wintergräsern. Es dürfte vor höchstens ein, zwei Tagen passiert sein. Als sie aufblickt, sieht sie zu ihrer Überraschung die Ricke reglos am schattigen Feldweg vor ihnen stehen. Sie greift nach Thomas' Arm.

«Guck mal – das ist die Mutter. Schau doch, wie unerschrocken sie ist. Sie sucht nach ihrem Kind. Sie weiß, dass es irgendwo hier ist, und wartet darauf, dass es zurückkommt. Ach, wie traurig!»

Die Ricke hebt den Kopf. Ihre großen mandelförmigen Augen sind schwarze Teiche. Ein Ausdruck von Furcht steht darin. Flossie bellt. Eine Weile rührt sich das Reh nicht, aber schließlich tappt es langsam zurück in den Wald.

«Ach, wie rührend.» Sie löst die Leine von Flossies Halsband.

Thomas, der neben ihr steht, stößt einen keuchenden Laut aus. Sie dreht den Kopf zu ihm und sieht zu ihrem Erstaunen, dass er weint.

«Was hast du denn?», sagt sie.

XXI

Etwas ist anders geworden. Oder vielmehr: nicht anders geworden, sondern verlorengegangen. Die Erkenntnis kommt Tonie so jäh, dass sie zusammenzuckt, wie sie es vielleicht täte, wenn sie nach einer Kette um ihren Hals tasten und merken würde, dass sie nicht mehr da ist.

Sie sind mit Alexa zu Fuß unterwegs zum Beacon Park, wo es Schaukeln gibt und sie seit Alexas Geburt schon x-mal mit ihr gewesen sind; nicht ein einziges Mal hatte Tonie das Gefühl, etwas würde fehlen, so wie sie es jetzt empfindet. Es ist Samstag. Alexa trägt neue Schuhe, rot, aus dickem, glänzendem, glattem Leder. Thomas hat sie ihr gekauft. Sie waren sehr teuer. Tonie hätte Alexa nie so teure Schuhe gekauft, wunderschöne italienische Schuhe mit Brandsohlen aus weißem Glaceleder. Sie weiß noch nicht, was von beidem sie beunruhigender finden soll, die Schönheit oder den Preis.

Es ist ein kalter, heller Tag, ein Februartag von diamantener Härte, und Tonie, Hände in den Taschen, geht den beiden anderen auf dem Bürgersteig voraus. Am Tor tritt sie schweigend einen Schritt zurück, um sie durchzulassen: zuerst Alexa, dann Thomas. Tonie betrachtet die schmalen, zarten Schultern ihrer Tochter, als die an ihr vorbeigeht, den Kopf, der sich auf dem zerbrechlichen Hals wie eine Blume neigt, den dunklen, glänzenden Pferdeschwanz, der ihr über den Rücken fällt. Sie würde ihn gern berühren. Aber schon streckt Thomas die Hand aus und greift nach dem Pferdeschwanz, zupft daran. Das ist der Moment, in dem Tonie klarwird, dass etwas verlorengegangen ist. Sie hat seine Aufmerksamkeit verloren.

Am Nachmittag beschließt sie, Spaghetti bolognese zu machen. Sie holt die Töpfe heraus, lässt es klappern und klirren. Sie erfüllt die Küche mit den Dämpfen von brutzelnden Zwiebeln und Fleisch. Hackt Zutaten klein und wirft sie in den Topf. Ist zugleich rasend und wie erstarrt; von der Zubereitung dieser roten Soße, die dick und vulkanisch unter ihren Fingern blubbert, wird sie völlig vereinnahmt. Sie weiß nicht, was passieren wird, wenn die Soße fertig ist. Sie weiß nicht, was sie dann tun wird.

Ab und an kommt Thomas in die Küche, stöbert herum, geht wieder. Tonie, das Gesicht feucht von Dampf, braut sich ihren rot siedenden Zorn im Kessel. Sie möchte schreien, Sachen durch die Gegend schmeißen. Jedes Mal, wenn Thomas mit ausdrucksloser, verhaltener Miene auftaucht und etwas sucht, verspürt sie den Drang, ihn auf gewaltsame Art zu erschüttern. Er soll zusammengestaucht werden. Er soll bestraft werden. Zum ersten Mal wünscht sie, er würde wieder arbeiten gehen. Er soll gegängelt und festgenagelt werden, von Vorschriften bedrängt; er soll zurechtgewiesen werden. Im Moment sieht er aus wie jemand, der sich sonst etwas erlauben kann. Er kann seine Aufmerksamkeit entziehen, ohne Repressalien befürchten zu müssen.

«Wonach suchst du eigentlich?», sagt sie kühl, als er zum dritten oder vierten Mal hereingekommen ist.

«Was?» Er hebt den Blick, nimmt sie zur Kenntnis. «Ach, nichts.»

Als sie nach oben geht, sieht sie Thomas und Alexa still

und einträchtig im Wohnzimmer sitzen. Sie bleibt in der Tür stehen, aber keiner von beiden hebt den Blick. Zu ihrer roten Soße kehrt sie nicht zurück. Sie lässt sie einfach weiter auf dem Herd brodeln, lässt sie im Stich, geht ins Schlafzimmer. Legt sich aufs Bett. Irgendwann später steckt Thomas den Kopf herein.

«Ich glaube, deine Soße ist fertig», sagt er. «Soll ich die Platte abdrehen?»

«Wenn du willst», sagt Tonie.

Er geht wieder weg. Das Haus ist erfüllt vom rot-würzigen Geruch dessen, was sie gekocht hat. Es wird dunkel im Zimmer. Unten läuft Musik. Sie bleibt still liegen. Macht kein Licht an.

XXII

Claudia schlägt vor, Lottie ein Taschengeld zu zahlen, das auch die Freizeitausgaben deckt. Jetzt, wo Lottie vierzehn sei, sagt Claudia, solle sie über ein bisschen eigenes Geld verfügen. Das sagt sie zu Howard, der eher zurückhaltend und geschäftsmäßig reagiert, als ginge es um irgendeine kleinere Verordnung, die demnächst in Kraft treten soll. Er steht da, im Anzug, und sieht die Post durch.

«Sie sollte sich ein Bankkonto einrichten», sagt er. «Wir sollten jedem von ihnen ein Bankkonto einrichten.»

Claudia guckt erstaunt. «Wozu braucht Martha ein Bankkonto? Sie ist erst sechs.»

«Jeder sollte ein Bankkonto haben.»

«Wie, ein sechsjähriges Kind sollte ein Scheckheft haben und Kontogebühren zahlen und sich mit Reklame für Kleinkredite bombardieren lassen?»

Howard macht einen Briefumschlag auf und liest den Inhalt. Claudia sieht seine Augen von links nach rechts wandern. Als er fertig ist, sagt er:

«Ich meine, wenn wir Lottie so ein Taschengeld geben, dann sollten wir es auf ein Konto einzahlen.»

Claudia schweigt: Sie möchte den Eindruck vermitteln, dass sie über diesen Vorschlag nachdenkt. Howard hat ja gar nicht so unrecht. Aber die Idee mit dem Bankkonto schmälert die Freude an der Aussicht, Lottie Geld zu geben.

«Das ist zu kompliziert», sagt sie dann. «Was Lottie tatsächlich *braucht*, ist eigenes Geld zum Ausgeben.»

«So kompliziert ist es nun auch wieder nicht», sagt Howard.

«Ich finde, es ist zu früh. Sie ist zu jung.»

«Es ist die einfachste Sache der Welt, Claude. Dann kann sie anfangen zu sparen.»

«Wieso denn sparen?»

«Alle drei sollten sparen lernen», sagt Howard salbungsvoll.

Claudia hat das Gefühl, dass Howard nicht begreift, worum es geht. Eigentlich will sie ja nur wissen, wie viel sie Lottie seiner Meinung nach geben sollten. Nur darüber wollte sie mit ihm sprechen. Sie hat bereits beschlossen, dass Lottie monatlich fünfundzwanzig Pfund bekommt.

«Und welche Summe schwebt dir so fürs Erste vor?», sagt sie.

Howard richtet den Blick zur Decke, sinnt nach.

«Fünfzig?», sagt er.

«Pro Monat? Das soll wohl ein Witz sein.»

«Zu wenig?»

«Zu viel – ich dachte an fünfundzwanzig.»

Das scheint nun Howard zu überraschen. Er hat seine Lesebrille aufgesetzt und blickt Claudia über den oberen Rand hinweg an.

«Mit fünfundzwanzig wird sie nicht weit kommen», sagt er. «Das sind nur sechs, sieben Pfund die Woche, Claude. Kaum genug für ein Päckchen Kaugummi.»

«Es ist ein Riesenbatzen für eine Vierzehnjährige.»

Claudia kann sich nicht erinnern, dass man ihr je Taschengeld gegeben hat, aber es wird wohl so gewesen sein.

«Und das soll auch Klamotten abdecken? Schuhe?»

Claudia überdenkt den Vorschlag noch einmal. «Na gut, dreißig. Und Schuhe kaufe ich ihr.»

Claudia informiert Lottie darüber, dass sie ab dem Ersten des kommenden Monats ein regelmäßiges, festes Taschengeld in Höhe von dreißig Pfund erhalten wird.

«Na gut», sagt Lottie.

«Nicht ‹na gut›», korrigiert Claudia sie. «‹Na gut› kannst du sagen, wenn ich *dich* bitte, etwas für *mich* zu tun.»

Lottie schaut sie stumm an.

«‹Na gut› passt nicht, wenn ich dir etwas anbiete.»

Lottie schweigt. Claudia sagt:

«Ich zahle weiter deine Schuhe und alles, was du für die Schule brauchst.»

«Na gu–. Alles klar.»

«Mit deinem Taschengeld darfst du machen, was du willst. Es ist *dein* Geld. Wenn du es sparen willst, nur zu. Wenn du alles in der ersten Woche auf den Kopf haust, musst du bis zum Monatsende ohne irgendeinen Nachschlag zurechtkommen.»

«Schon klar», sagt Lottie.

«Es bringt nichts, Mitte des Monats bei mir anzutanzen und zu sagen, du hättest kein Geld mehr. Der Zweck der Übung ist, dass du lernst, wie man Geld einteilt.»

«Schon klar.» Lottie wirkt gelangweilt.

«Du bist ja offensichtlich eine Expertin», sagt Claudia. Ihr fällt wieder ein, dass sie sich von dieser Unterhaltung etwas Erfreuliches versprochen hat. Dass sie noch am Morgen beim Gedanken daran einen warmen Druck in der Brust verspürt hat, als wäre irgendetwas da drin, das nur darauf wartete, herausgeholt und überreicht zu werden, wie ein Blumenstrauß.

«Ich bin keine Expertin», sagt Lottie. «Das hab ich nicht gesagt.»

«Du hast auch nicht danke gesagt.»

Lottie schweigt. Sie schlägt die Augen nieder, blickt zur Seite, an sich herab.

«Kriegt eigentlich sonst schon jemand aus deiner Klasse so ein Taschengeld?», fragt Claudia dann heiter in das Schweigen hinein.

«Die meisten.»

«Ich denke mal nicht, dass es die *meisten* sind», sagt Claudia. «Sondern eher *einige*.»

Eine Woche später, am Ersten, überreicht sie Lottie dreißig Pfund in Zehn-Pfund-Scheinen. Die ganze Woche über ist es Claudia vorgekommen, als wäre sie Lottie gegenüber in eine Art Regression verfallen. Sie fragt sich, ob sie vor lauter Ergründenwollen, was aus Lottie wird, versäumt hat zu erkennen, was Lottie jetzt gerade ist. Wenn Lottie nachmittags von der Schule zurückkehrt, geht sie schnurstracks in die Küche und macht sich daran, im Stehen mehrere Scheiben Brot zu vertilgen, die so dick mit Marmelade beschmiert sind, dass ihre Zähne bei jedem Bissen einen Abdruck darin hinterlassen. Claudia ist offenbar dazu verurteilt, die Küche im entscheidenden Moment dieser Zeremonie zu betreten, dann nämlich, wenn Lottie sich über die Arbeitsplatte krümmt und die Haare ihr Gesicht verdecken, ihr Mund um die rot-weiße Masse zuschnappt und sich prallvoll wieder hebt. Während sie isst, stößt Lottie merkwürdige Stöhnlaute aus. Ihr Körper scheint sich in der Schuluniform unwohl und geplagt zu fühlen. Schon als Baby schien sie sich unwohl zu fühlen, geplagt von ihrer Hilflosigkeit. Und doch kann Claudia jetzt kein Mitleid mit ihr empfinden. Lottie zu bedauern hieße ja, sich selbst zu bedauern.

«Toll», sagt Lottie, als Claudia ihr das Geld gibt.

Am Samstag lässt Lottie ihre Eltern wissen, dass sie den Tag zusammen mit Justine und Emily in der Stadt verbringen wird.

«Kommst du nicht zum Mittagessen?», sagt Claudia.

«Ich weiß nicht. Wir holen uns vielleicht unterwegs was.»

«Dein Geld wird schnell weg sein, wenn du anfängst, dir hier und dort was zum Essen zu kaufen.»

Lotties Blick wird sofort ausweichend. Sie starrt zur Seite, auf irgendetwas knapp oberhalb des Fußbodens.

«Wir geben dir kein Taschengeld, nur damit du den ganzen Nachmittag bei McDonald's rumhockst», sagt Claudia.

Lottie verdreht die Augen, gibt eine Art leises Schnauben von sich, wie ein Pony. Sie ist wie eins dieser kleinen, rundlichen, übellaunigen Shetlandponys, die ihre Nüstern blähen und ihre verfilzten Haarkaskaden schütteln. In Lotties Wesen herrscht genau die gleiche animalische Energie, genau das gleiche Missverhältnis zwischen Fleisch und Vernunft.

«Ihr Mädchen wollt also zu dritt losziehen?», fragt Howard sie.

«Weiß nicht, vielleicht sind noch ein paar andere dabei.»

«Ach so», sagt Howard.

Lottie kommt um halb fünf aus der Stadt zurück. Sie war ohne ihren Anorak losgegangen. Claudia hatte ihn an seinem Haken im Flur entdeckt. Den ganzen Nachmittag lang ist er ihr im Bewusstsein geblieben. Mehrere Male hat sie ihn im Vorbeigehen gestreichelt, ist mit der Hand über den abweisenden Stoff gefahren, von der Schulter bis unten zum Saum. Sie hat durchs Fenster das Wetter beobachtet. Es ist böig und grau, manchmal bläst der Wind die Bäume wild hin und her und legt sich dann urplötzlich wieder. Lotties Anorak an seinem Haken ist wie eine Version von Lottie, ein längst nicht mehr aktuelles Stadium ihrer Entwicklung, das Claudia zur Aufbewahrung überlassen bleibt. Sie hat das Gefühl, dass sie diese Lottie, die Anorak-Lottie, mehr liebt als die wirkliche Lottie. Der Anorak hängt an seiner Kapuze: Aus gewisser Entfernung sieht sie aus wie ein kleiner Kopf.

Howard hat den Tag damit verbracht, zusammen mit Lewis im Garten ein Feuer zu machen. Martha ist oben, mit ihrer Freundin Sadie. Wann immer Claudia zwischendurch an der Tür zu Marthas Zimmer vorbeikommt, sieht sie die beiden Kinder auf dem Teppich sitzen, umgeben von Marthas Spielsachen. Kaum wirft sie wieder einmal einen Blick hinein, haben die beiden einen Kopfschmuck aus Leintüchern gebastelt und mit den geflochtenen Schlaufen von Marthas Vorhängen festgezurrt. Sie hocken im Schneidersitz mit ihren weißen Schleiern, in einer unendlichen, in gedämpftem Ton geführten Diskussion der Welt entrückt, wie zwei bedeutende Delegierte aus fernen Kleinstaaten. Als Claudia hinuntergeht, kann sie den Rauch des Feuers riechen, der langsam ins Haus gedrungen ist.

Lottie ist in der Küche. Claudia stößt sogleich dazu.

«Na, wie war's?», sagt sie fröhlich.

Lottie wirkt aufgeschreckt.

«Es war – normal halt», sagt sie.

«Du hast deine Jacke vergessen. Ich hab sie im Flur hängen sehen. Und mir Sorgen gemacht, du könntest frieren.»

«Ich hab nicht gefroren.»

«Vielleicht hattest du nicht das *Gefühl* zu frieren», sagt Claudia. «Aber wenn du nicht ordentlich angezogen bist, bist du anfälliger dafür, dir etwas einzufangen, und dann kriegen es alle anderen im Haus auch.»

Es beginnt zu dämmern. In der Küche herrscht Unordnung. Claudia schaltet das Licht an. Sie beginnt, alles aufzuräumen. Sie räumt die Töpfe und Pfannen vom Abtropfbrett. Sie räumt die Arbeitsflächen frei. Es dröhnt, als sie die Aluminiumpfannen übereinander ins Regal stellt. Sie öffnet die Schranktüren und knallt sie wieder zu. Die Gläser klirren; die Tassen klappern auf ihren Untertassen. Sie öffnet den Kühlschrank, fegt eine ganze Ladung Sachen heraus, schlägt ihn mit einem Fußtritt hinter sich zu. Sie stampft auf den Hebel, mit dem der Mülleimer aufgeht, und der Deckel scheppert wie ein Orchesterbecken, als er gegen die Wand dahinter kracht. Eins nach dem anderen wirft Claudia leere Milchtüten hinein, vergammelte Essensreste, alte Plastikbehälter. *Wumm! wumm! wumm!* machen sie, wenn sie in den raschelnden Tiefen verschwinden. Claudia verspürt die Besessenheit eines wahnsinnigen Genies. Sie ist voll von Tönen: ist eine Komponistin, die eine verrückte, dissonante Sinfonie erschafft. Wieder knallt sie die Schranktüren zu. Dann zieht sie die Besteckschublade heraus und kippt einen grellschmetternden Stahlregen auf den Küchentisch. Und noch einmal machen die Messer und Gabeln und Löffel *pling! pling! pling!*, als sie den Inhalt in die passenden Fächer zurückwirft.

Bei jedem Geräusch zuckt Lottie zusammen.

«Was riecht da so?», sagt sie schließlich.

Claudia hält inne. Sie steht wachsam in der Stille. Ein Gefühl von großer Ermüdung, die fast schon an Mutlosigkeit grenzt, überkommt sie.

«Irgendwie verbrannt», hat Lottie gesagt.

Es ist das Feuer. Auch Claudia kann es riechen. Sie sagt: «Daddy hat draußen im Garten ein Feuer gemacht.»

Lotties Miene hellt sich auf. «Echt?»

Als Claudia das nächste Mal hinschaut, sieht sie alle in der zunehmenden Dämmerung im Garten. Sie stellt sich ans Küchenfenster. Howard harkt Laub zusammen, und Lewis wirft volle Arme davon aufs Feuer. Lottie hat einen langen Stock in der Hand. Sie hütet den schwelenden Haufen, stößt das neue Laub in sein heißes Zentrum, drückt es nieder. Mit ihrem Stock schiebt sie einzelne streunende Papierfetzen und Zweige zusammen und staucht sie ins Feuer zurück. Lottie und Lewis und Howard reden miteinander. Sie kann nicht verstehen, was sie sagen, nur einzelne Laute hören. Der Rauch kommt in großen grauen, rollenden Wellen heraus, eine nach der anderen. Manchmal rollen sie auf das Fenster zu, an dem Claudia steht. Dann, urplötzlich, wechselt der Rauch die Richtung und wird wehrlos gen Himmel hochgezogen.

Am Abend gehen Howard und Claudia aus.

Claudia macht sich oben fertig, während die Kinder zu Abend essen. Sie zieht eine schwarze Hose und einen schwarzen Pullover an. Legt die Halskette um, die Howard ihr geschenkt hat: ein silbernes Schmuckstück, ein hauchdünnes silbernes Blatt an einer silbernen Kette. Sie setzt sich vor den Spiegel und streicht sich das Haar aus dem Gesicht. Ist überrascht darüber, wie stimmig sie aussieht, wie vollendet. Es ist, als gäbe es nichts mehr für sie zu tun. Als hätte der Spiegel ihr bedeutet, dass sie eine lange, komplizierte Aufgabe zu einem Abschluss gebracht hat, dass alles getan ist, was zu tun war.

Es muss schon ein komisches Gefühl sein, nichts zu wollen, nichts zu brauchen! Sie denkt an die Geldscheine, die sie Lottie gegeben hat. In ihrer Vorstellung waren sie die Manifestation eines Entwicklungsstadiums, wie die ersten Löffel Brei, die sie dem Baby Lottie in den Mund schob. Solche Dinge tut sie immer ein bisschen zu früh. Sie treibt Lottie an. Sie hat ihr beibringen wollen, wie man das macht, etwas zu wollen, etwas zu brauchen. Sie glaubt, dass sie auf diese Weise versucht, ihnen das Leben miteinander zu erleichtern, denn wenn Lottie etwas braucht, dann hat Claudia die Pflicht, sie damit zu versorgen. Und wenn Lottie etwas wollen würde, wäre sie, Claudia, imstande, es ihr zu geben. So hat sie es sich jedenfalls immer vorgestellt. Allerdings hat Lottie nie um Geld *gebeten*. Claudia hat einfach gedacht, sie würde Lottie, indem sie ihr Geld gab, dazu bringen, mit ihr gleichzuziehen. Hat gedacht, damit stellten sie sich beide Seite an Seite, schauten in dieselbe Richtung, auf die Dinge, die sie wollten. Aber jetzt hat es den Anschein, als würde Claudia gar nichts wollen. Gar nichts brauchen.

Howard kommt herein. Er nähert sein Gesicht ihrer Halsbeuge, die sie mit Parfüm besprüht hat.

«Glaubst du, dass Lottie heute auf ihre Kosten gekommen ist?», fragt ihn Claudia.

Er hebt den Kopf, und sie sehen sich im Spiegel an.

«Ich glaube, das spielt so oder so keine Rolle», sagt er.

Unten sitzen die beiden Jüngeren vor dem Fernseher. Claudia geht nachsehen, ob Lottie in der Küche ist, stellt sich dann an den Fuß der Treppe und ruft hoch, sie solle herunterkommen. Lottie wird am Abend babysitten. Claudia setzt sich an den Küchentisch und schreibt die Telefonnummer und Adresse der Leute auf, bei denen sie eingeladen sind. Sie hört jemanden die Treppe heruntergehen.

«Ich bin hier!», ruft sie.

Nach einer Weile verlässt sie die Küche und sieht im Flur nach. Dann im Wohnzimmer. Lottie sitzt dort mit Lewis und Martha. Der Fernseher überblendet ihr regloses Gesicht mit seinem bläulichen Schein. Claudia fällt auf, dass sie einen neuen Rock anhat.

«Lottie!», sagt sie leise. «Kannst du mal eben einen Moment rauskommen? Ich möchte dir ein paar Nummern und so geben.»

Sie macht kehrt und geht in die Küche zurück. Kurz darauf kommt Lottie herein.

«Wir gehen bloß zu den Carters», sagt Claudia. Die Carters wohnen am anderen Ende des Laurier Drive.

Sie gibt Lottie ein paar Anweisungen. Claudia hört sich sprechen, kann sich aber kaum auf das konzentrieren, was sie sagt. Sie versucht, den Blick auf Lotties Gesicht gerichtet zu halten, doch er schweift – verhext, verblüfft – immer wieder nach unten zu dem Rock.

«Hast du dir den heute gekauft?», sagt sie dann.

Lottie schaut an sich herab, wie um sicherzustellen, dass sie beide über dasselbe sprechen. «Ja», sagt sie.

«Wo hast du ihn gefunden?»

«In so einem Laden.»

Es ist ein rosafarbener Rock mit gerüschtem Saum. Er geht Lottie bis zu den Knien. Das Rosa erinnert an Zuckerwatte. Die Rüschen sind schlecht vernäht. Der Rock ist einerseits zu groß für Lottie und andererseits zu klein, er schlabbert um die Hüften und spannt am Bauch. Das Material ist so minderwertig, dass Claudia Lotties Unterhose durchscheinen sieht. Es ist ein Kinderrock, einer, den Claudia vielleicht Martha kaufen würde, aber an Lottie ist er zweifellos das unvorteilhafteste Kleidungsstück, das Claudia je gesehen hat. Sie trägt es mit ihrem üblichen Kapuzenshirt.

«Er ist sehr hübsch», sagt Claudia. «Prima.»

Lottie wirkt erfreut. «Dacht' ich mir doch, dass er dir gefällt», sagt sie.

Bald darauf, an einem Samstag, muss Claudia in die Stadt. Sie macht sich allein auf den Weg, ohne Howard und die Kinder. Auf den Straßen wimmelt es von Menschen. Sie wandern über die Bürgersteige wie ruhelose Seelen, wie heimatlose Geister, die zu Hunderten gekommen sind, um all die Dinge zu finden, die sie verloren haben. Sie tragen Tüten, Schachteln, große Plastiksäcke, in denen sperrige Gegenstände stecken. Manche von ihnen können all das, was sie gekauft haben, kaum halten. Sie sieht einen Mann, der eine Gartenschere trägt, einen Mann, der eine Plastikliege trägt, eine Frau mit einem Kinderrad in einer riesigen Plastiktüte. Um die herausstehenden Lenker sind glitzerige Quasten gebunden, die wie die Rattenschwänze eines kleinen Mädchens wippen, während die Frau ihrer Wege geht.

Der Tag ist heiter und windig. Blau flutet den Himmel. Auf dem mit Müll übersäten Bürgersteig verfällt Claudia in einen schnelleren Schritt, wirft kurze Blicke in die Schaufenster, kurze Blicke in die Gesichter, die an ihr vorüberziehen. Sie beginnt, sich selbst zu vergessen, gerät in eine Art Hochstimmung. Letzten Endes ist es gut, fort zu sein von dem, was einem eigen ist: von daheim, wo einem alles gehört oder von einem zeugt oder einen spiegelt, bis es eine Art verzehrende Krankheit wird, das Bedürfnis zu existieren, zu beherrschen. Und dabei ist sie doch frei! Warum soll es sie kümmern, was die Leute einkaufen, wo sie hingehen, wie sie ihre Zeit verbringen? Was hat das mit ihr zu tun? Sie ist nicht für die anderen verantwortlich – die sind genauso frei wie sie. Es ist doch gerade der Sinn für Verantwortung, der einen selbst festnagelt, der einen verbiegt und verhärmt und in den eigenen Augen hässlich werden lässt. Sie geht mit großen Schritten weiter, lässt den Wind in ihre Haare fahren. Vor sich sieht sie eine Gruppe junger Mädchen aus einem Laden kommen, Teenager. Sie strömen auf den Bürgersteig, aneinander festgeklammert, lachend. Sie sehen aus wie ein lachendes Geschöpf mit vielen Tentakeln, ein wilder Haufen von Armen und Beinen und lachenden Mündern. Sie tragen Handtaschen und Armreifen und Ohrringe, und der Wind bläst ihre Haare zu Strähnen, sodass sich nicht erkennen lässt, welche Haare zu welchem Kopf gehören. Eins der Mädchen erweckt ihre Aufmerksamkeit. Sie schaut dieses Mädchen lange Zeit an, bevor ihr klarwird, dass es Lottie ist.

XXIII

Es gibt da eine Frau, die Thomas regelmäßig auf dem Schulhof sieht. Sie ist oft zu früh da, genau wie er. Sitzt auf einer Bank am Rand des asphaltierten Platzes und liest ein Buch.

Er weiß nicht genau, wodurch sie seine Aufmerksamkeit erweckt hat, spürt aber, dass er jetzt, wo es nun mal so ist, eine quasi ätherische Beziehung zu ihr entwickelt. Wenn er ankommt, sucht er den Spielplatz nach ihr ab, nach dem Kopf mit den braunen Haaren, der über ein Buch gebeugten Gestalt. Es tröstet ihn, sie zu sehen, so wie es ihn tröstet, Licht in den Fenstern der Häuser von Fremden zu sehen, zu wissen, dass jemand da ist. Einmal bemerkt er sie in der Stadt, als sie die Straße überquert, ihm entgegen. Sie ist in Gesellschaft einer anderen Frau, mitten im Gespräch, und als sie zufällig in seine Richtung schaut, lächelt er. Einen Moment lang starrt sie verwirrt, und schon ist sie verschwunden. Ab und zu trifft er sie nicht auf dem Schulhof an und ist irritiert. Dann stellt er sich vor, dass er selbst woanders hingeht, irgendwelche Dinge unternimmt: Ihn überkommt der Drang, etwas zu tun, was die Passivität aus seinem Hirn spült. Er fühlt sich formlos, wie ein Klumpen Teig, in dem jeder, der will, einen Abdruck hinterlassen kann. Aber am nächsten Tag ist sie wieder da, und die Lücke, die sie geschaffen hat, ist geschlossen.

Eines Nachmittags kommt Alexa Hand in Hand mit einem anderen Mädchen an. Es ist die Tochter der braunhaarigen Frau. Thomas weiß es: Er hat die beiden zusammen gesehen.

«Das ist meine Freundin Clara», sagt sie.

«Hallo, Clara.» Er lächelt. Er denkt an Clara Schumann. Er möchte das Mädchen fragen, ob es nach ihr benannt ist, und überlegt, wie er die Frage formulieren könnte. «Das ist ein hübscher Name», sagt er.

Plötzlich ist die Frau da. Jetzt, aus der Nähe, sieht er, dass sie kleiner ist, als er es erwartet hat. Alles an ihr ist braun, ihre großen Augen, ihr Mantel, das Haar, das ihr in seidigen Büscheln über die Schultern fällt. Er ist verlegen. Er erkennt, dass er das Bild dieser Frau mit sich herumgetragen hat, so wie man früher kleine gemalte Miniaturen mit sich herumtrug. Er fühlt sich, als hätte er ihr etwas gestohlen, ohne dass sie davon weiß.

«Ich sagte gerade, was für einen hübschen Namen Ihre Tochter hat.»

Sie lächelt, ein bisschen überrascht. «Vielen Dank.»

«Ich glaube nicht, dass wir schon mal miteinander zu tun hatten.»

Sie legt den Kopf schief auf die Seite, fragend. «Nicht? Ich kenne Ihre – ist sie Ihre Frau?»

«Ja. Genau.»

«Ich dachte erst neulich, dass ich sie eine ganze Weile nicht gesehen habe.»

Er ist sie schon gewohnt, diese Schulhof-Unterhaltungen mit den seltsamen Auslassungen und altmodischen Umschreibungen, den plötzlichen, alarmierenden Ausbrüchen von Offenheit. Dies ist nicht das erste Mal, dass er einem gebieterischen weiblichen Publikum Tonies Verschwinden erklären muss. Zumindest missversteht er solche Neugier nicht mehr als Freundlichkeit ihm selbst gegenüber.

«Sie arbeitet jetzt ganztags», sagt er.

Sie nickt gelassen. «Ich dachte mir, dass das der Grund sein könnte», sagt sie, als hätte es genauso gut auch ein anderer sein können, Tod vielleicht, oder Gefängnis.

«Ja, man hat ihr eine Beförderung angeboten, und die konnte sie einfach nicht ablehnen.»

«Das ist doch wunderbar», sagt die Frau. Sie scheint es tatsächlich wunderbar zu finden. Sie lächelt, wobei ihre Wangen deutlich hervortreten und sich die Haut unter ihren großen schokoladebraunen Augen in Fältchen legt. Ihm fällt auf, dass sie kleine bogenförmige Riefen in den Mundwinkeln hat, wie Achtelnoten.

«Ja, ich denke schon», sagt er.

Ein Schweigen tritt ein. Thomas möchte gehen. Er möchte nach Hause gehen und Bach spielen. Der Verlauf dieses Gespräches gefällt ihm ganz und gar nicht.

«Daddy, kann Clara mit zu uns kommen?» Alexa hält immer noch die Hand des anderen Kindes fest. «Bitte!»

«Heute nicht», sagt er. «Ein andermal.»

Alexa lässt nicht locker. «Morgen?»

Er wirft einen Blick auf die Frau. Sie lächelt wieder, und er grimassiert verlegen zurück.

«Wir werden sehen», sagt er. «Wir reden darüber, wenn wir zu Hause sind.»

Er nimmt Alexa am Arm und führt sie entschlossen vom Schulhof weg und hinaus auf die Straße. Den ganzen Heimweg lang spürt er ein säuerliches Gefühl der Enttäuschung, doch am Abend, als Tonie zurückgekommen ist, stellt er fest, dass er erneut an die braunhaarige Frau denkt. Ihr Bild ist wieder im Rahmen. Tonie läuft in der Küche herum, mit bleichem Gesicht, unruhig. Einen Moment lang vergisst er das Wesen ihrer beider Bindung: Sie hat etwas eindeutig Neutrales an sich, etwas so viele Bereiche Umfassendes, dass ihm ist, als könnte er sie alles fragen, diese robuste Freundin seines Lebens.

«Kennst du die Mutter von einem Mädchen, das Clara heißt?», fragt er.

«Wie?»

«Clara.»

Sie bleibt am Spülbecken stehen. Er merkt, wie sie im Geist umschaltet, die Details ausfindig macht. Sie trägt einen malvenfarbenen Pullover, der dick und kratzig aussieht. Irgendwie kommt es ihm wie ein Symbol von Not vor, dieses Gewand mit den schweren Strickschnüren und dem beengenden Halsbund, dem undurchdringlichen Panzer aus Wolle. Ihm ist, als trüge sie es als Warnung an die Welt, ihr zu nahe zu treten.

«Ich glaube, die Mutter heißt Helen», sagt sie schließlich.

«Ich bin ihr heute auf dem Schulhof begegnet. Sie sagte, sie kennt dich.»

«Ach ja?»

«Alexa ist offenbar ziemlich angetan von der Tochter.»

«Von Clara?» Tonie dreht die Hähne auf. «Das wäre mir neu. Sie und Clara hatten sich nie besonders viel zu sagen.»

Sie spricht mit einer gewissen Endgültigkeit. Vermittelt Thomas, dass sie, ganz gleich, welchen Eindruck er von etwas haben mag, ihm mit ihrem Wissen überlegen ist. Erinnert ihn daran, dass es für ihn in der Welt, die er jetzt bewohnt, nichts Neues zu entdecken gibt. Dass es nichts zu wissen gibt, was sie nicht längst weiß.

«Aber heute schienen sie ziemlich dicke Freundinnen zu sein.»

«Ach ja? So was kommt und geht. Wahrscheinlich hat sich Alexa mit Maisie gestritten und sich dann Clara als Trostpflaster gesucht.»

Thomas lacht, obwohl er ihre Bemerkung ein bisschen ungut findet. «Ein solches Ausmaß an Zynismus hätte ich ihr nicht zugetraut», sagt er.

Tonie hebt die Augenbrauen. Sie antwortet nicht.

«Eigentlich», beharrt er, «fand ich es eher rührend, wie die beiden sich an der Hand gehalten haben. Es kam mir alles ganz harmlos vor.»

Ihre Miene ist unergründlich. «Na schön», sagt sie, als hätte er sie um Erlaubnis für etwas gebeten. Nach einer Pause fügt sie hinzu: «Du solltest dich mit Helen anfreunden. Es täte dir gut, mit irgendwem an der Schule befreundet zu sein.»

«Danke», sagt er mit Betonung.

«Ach, du weißt schon, was ich meine. Ich denke mir einfach, du würdest gut mit ihr klarkommen, mehr nicht. Sie ist Musikerin, weißt du.»

«Musikerin?»

«Sie spielt Geige. Du solltest sie mal nach ihrer Arbeit fragen.»

Thomas geht nach oben, um Alexa gute Nacht zu sagen. Er fühlt sich eingewickelt, irgendwie halb erstickt, als hätte Tonie einen zweiten malvenfarbenen Pullover um ihn herum gesponnen, der zu dem ihren passt. Bevor er das Licht ausmacht, sagt er: «Wollen wir mal sehen, ob Clara Lust hat, morgen mit hierherzukommen?»

Alexas Gesicht ist ausdruckslos. Sie zuckt die Achseln. «Na gut», sagt sie.

Er ist irritiert. «Willst du denn nicht, dass sie kommt?»

Sie denkt darüber nach. «Meinetwegen kann sie.»

Aber er sieht Clara weder am nächsten noch am übernächsten Tag. Alexa sagt, sie sei krank.

«Was fehlt ihr denn?»

«Weiß ich nicht. Die ist doch dauernd krank», sagt Alexa gehässig.

Eines Tages ist die Mutter wieder da, sitzt auf ihrer Bank. Er merkt, dass er sie vergessen hatte. Sie war eine gedankliche Gewohnheit, nichts weiter. Er kann sich nicht mehr erinnern, woraus genau diese Gewohnheit bestanden haben mochte.

«Hallo», sagt er.

Sein Schatten fällt auf sie. Sie blickt hoch. Sie wirkt erfreut.

«Ach, hallo», sagt sie.

«Ich habe Sie hier schon eine ganze Weile nicht gesehen.»

Ihm wird klar, dass sie nicht vorhat aufzustehen, und sie macht auch keine einladende Geste, damit er sich setzen kann. Das ist die den Erwachsenen vorbehaltene Schulhof-Körpersprache, diese non-direktive Haltung. Die Frau kann ihn weder willkommen heißen noch wegschicken. Er setzt sich trotzdem neben sie auf die Bank.

«Der Frühling ist da», sagt er, denn das wird ihm eben erst bewusst. Es ist März. Die Sonne leckt matt an seinem weißen Gesicht, seinen weißen Händen, und die kahlen Zweige der vereinzelten, in Beton verankerten Bäume treiben harte grüne Knospen. Er fragt sich, wie sie ausreichen kann, diese zaghafte Kraft, um all das zu erneuern, was erneuert werden muss. Er summt ein paar Phrasen aus der Frühlingssonate.

«Wie heißen Sie eigentlich?», sagt sie.

Seine Augen sind geschlossen, erfühlen die Sonne. «Thomas», sagt er.

«Ich bin Ellen.»

«Ellen?»

Er macht die Augen auf. Sie streckt ihm die Hand entgegen. Es amüsiert ihn auf sachliche Art, dass Tonie sich geirrt hat. Dadurch wird ihm die Frau nur sympathischer. Also gibt es *doch* noch Dinge, die er selbst herausfinden kann.

«Sie sind Musikerin», sagt er.

Sie ist verdutzt. «Woher wissen Sie das?»

Er spielt mit dem Gedanken, sie zappeln zu lassen. «Ich dachte, das wüssten alle. Sie sind berühmt, stimmt's?»

«Nein, überhaupt nicht.» Sie wirkt nicht verärgert, sondern verlegen.

Er macht die Augen wieder zu. «Meine Frau hat mir erzählt, Sie spielen Geige.»

«Nicht Geige», sagt sie, «Bratsche.»

Er lächelt in sich hinein. Er glaubt nicht, dass Tonie etwas mit dem Unterschied zwischen einer Geige und einer Bratsche anfangen könnte.

«Ich wäre gern Musiker geworden», sagt er.

Die Glocke schrillt; die Kinder kommen heraus. Der Schulhof füllt sich. Plötzlich ist Clara da, klettert ihrer Mutter auf den Schoß. Die Frau küsst sie auf den Scheitel, und in dem Moment erkennt Thomas, dass sie schön ist, als hätte die Ankunft ihrer Tochter sie enthüllt. Er sieht in ihr die Bratsche, die weiblich geformte Bratsche, goldbraun und schimmernd, und in dem Kind auf ihrem Schoß den Bogen. Er erkennt, dass er etwas Schönes nicht anschauen kann, ohne es vollständig begreifen zu wollen. Also hält er Ausschau nach Alexa, geniert sich plötzlich, so nahe neben den beiden zu sitzen, als wären diese Gedanken öffentliche Handlungen, zu denen er sein Leben lang stehen müsste. Er erinnert sich daran, wie er sie früher aus der Ferne betrachtet hat, erinnert sich an das Besitzergefühl, das ihn beim Anblick ihrer Gestalt überkam. Er begreift sich selbst nicht. Er steht auf, schiebt sich vor in die Menge.

Eines Tages kommt Clara mit zu ihnen nach Hause. Sie ist ein stilles, schmächtiges Kind, zitternd wie ein Wassertropfen, auf fast entnervende Weise unangreifbar. Thomas hatte ein Präludium von einem Kind erwartet, ein dahinhüpfendes, melodiöses Etwas; jetzt wird ihm klar, dass diese Erwartung von der Mutter herrührt. Doch ohne die Mutter ist Clara undefinierbar. Oder es ist ihm zumindest nicht gelungen, zu entziffern, was sie ausmachen könnte. Er merkt, dass er ziemlich oft auf die Uhr schaut. Immer wieder führt Alexa sie hoch zu ihrem Zimmer, und jedes Mal erscheint Clara nach ein paar Minuten wieder, allein, steigt die Stufen langsam eine nach der anderen herunter, auf der Suche nach ihm. Er merkt, dass diese kleine, unschlüssige Gestalt ihn zunehmend irritiert. Er weiß, dass nicht er es ist, den sie wirklich will.

Um fünf Uhr macht er eine Flasche Wein auf.

«Magst *du* vielleicht was trinken?», fragt er Clara, die sich stumm in seiner Nähe herumdrückt, einen verwaisten Ausdruck im Gesicht.

Sie nickt. Er gibt ihr Orangensaft in einem Plastikbecher.

Es ist seltsam, dieses fremde Kind zu versorgen. Er verspürt eine Art von Intimität mit ihrer Mutter, als er das Vakuum ausfüllt, das dort klafft, wo eigentlich Ellen sein sollte. Weil er nicht bedenkt, wie klein sie ist, stellt er den Becher knapp außerhalb ihrer Reichweite hin, und als sie versucht, danach zu greifen, stößt sie ihn um, worauf sich der Saft über den Tisch und ihr weißes Hemd ergießt. Sie blickt stumm auf den orangefarbenen Fleck.

«Oje», sagt Thomas.

Er bringt sie nach oben in Alexas Zimmer, um ein sauberes Hemd zu holen, hält sie dabei an ihrer winzigen Hand. Alexa liegt auf ihrem Bett und liest.

«Igitt», sagt sie, als sie den Fleck sieht. In diesem Moment erinnert sie ihn an Tonie. Es ist, als lägen beide auf dem Bett und betrachteten den eigentümlichen Schlamassel, in den Thomas sich mit diesem sonderbaren kleinen Kind gebracht hat, das er so unbedingt vereinnahmen wollte und für das er so schlecht sorgt.

Er setzt Clara aufs Bettende und beginnt vorsichtig, ihr das Hemd aufzuknöpfen. Sie ist vollkommen passiv, lässt ihre Arme schlaff an den Seiten herabhängen. Als er das Vorderteil auseinanderzieht und die wundroten Operationsnarben sieht, die ihre Wachtelbrust längs und quer kerben, stockt ihm einen Moment lang das Herz, aber er bleibt ganz ruhig. Er findet ein sauberes Hemd, und seine Finger sind leicht wie Federn, als er es zuknöpft.

XXIV

Ein Professor kommt, um einen Vortrag über die Dichter des Ersten Weltkriegs zu halten.

Das Institut hat den Vortrag angekündigt, doch im Hörsaal sind nur ein paar Stühle in der ersten Reihe besetzt. Tonie ist das peinlich. Sie hatte halb gehofft, sich vor der Veranstaltung drücken zu können, aber alle anderen sind entweder krank oder unterwegs, und so hat sie den Professor am Hals. Sie wartet im Eingangsbereich. Er tritt ein, kommt von der dunklen Straße, wo regennasse Autos Stoßstange an Stoßstange im Leerlauf stehen, durch die Glastüren herein. Er ist viel jünger, als sie es erwartet hat. Sie wirft einen Blick auf das Infoblatt, um seinen Namen parat zu haben.

Sie gehen mit forschem Schritt über die grauen, von Neonleuchten bestrahlten Flure Richtung Hörsaal. Tonie versucht, sein Tempo zu drosseln: Er soll nicht das Gefühl haben, in Eile zu sein. Sie versucht, die Haltung unbefangener Akzeptanz zu vermitteln, die das Markenzeichen ihres Instituts ist. Sie hofft, dass sich die Reihen ein bisschen mehr gefüllt haben, wenn sie dort ankommen.

«Erwarten Sie bloß keine Massen», sagt sie an der Tür. «Unsere Studenten haben es nicht so mit Abendveranstaltungen. Sobald es dunkel wird, kehren sie zurück in ihre Höhlen.»

Er lacht höflich. Ihr fällt auf, dass er sehr elegant gekleidet ist. Er trägt einen Anzug mit Krawatte, Manschettenknöpfe, glänzende blankgeputzte Schuhe.

«Kein Problem», sagt er.

Sie öffnet die Türen. Wie es aussieht, sind noch weniger Leute im Raum als vorher. Sie stellt ihn vor – Max Desch, von der University of York – und hört ein verhaltenes Klatschen, als sie das Podium verlässt. Sie setzt sich ein paar Reihen weiter nach hinten, allein. Beobachtet, wie er das Mikrophon einstellt, seine Notizen ausbreitet. Eine ganze Weile spricht er nicht. Er zieht mehrere Bücher aus seiner Aktentasche und breitet auch die aus. Dann schüttelt er den Kopf, packt einige wieder ein und holt andere heraus. Die Studenten beginnen, sich auf ihren Sitzen umzudrehen, sich nach ihr umzusehen. Sie spüren, dass irgendetwas nicht stimmt. Sie erwarten von ihr zu handeln, aber was kann sie schon tun? In gewisser Weise bewundert sie ihn. Sie bewundert Leute, die nicht das tun, was sie tun sollen.

Er schweigt so lange, dass alle zusammenfahren, als er schließlich ins Mikrophon spricht.

«Wollen Sie nicht hochkommen?», sagt er.

Alle ziehen um aufs Podium. Sie beschweren sich noch nicht einmal: Sie sind zu entnervt. Tonie steigt als Letzte empor. Oben stehen ein paar Stühle, sie setzt sich auf einen. Andere lassen sich auf dem Fußboden nieder. Auch der Professor nimmt einen Stuhl.

«Das Beste an Gedichten», sagt er, «ist, sie zu lesen. Meinen Sie nicht? Ich werde jetzt einfach eines vorlesen.»

Er wählt ein Gedicht von Wilfred Owen. Alle hören zu. Er hat eine ungewöhnliche Art vorzulesen: ohne Betonung und mit langen Pausen zwischen den Versen. Er ist überhaupt nicht befangen in seinem feinen Anzug. Ein, zwei

Studenten fangen an zu lachen. Aber nach einer Weile sind alle still.

«Wer möchte als Nächstes?», fragt er, als er fertig ist.

Zu Tonies Überraschung gehen ein paar Hände hoch. Er deutet auf ein Mädchen und reicht ihr das Buch. Es ist Julie Bowes: Tonie sieht sie oft im Bus, beobachtet, wie sie in ihr Handy flüstert und dabei apathisch aus dem schmutzigen Fenster starrt. Sie liest ein Gedicht von Rupert Brooke – das berühmte. Es dürfte wohl kaum etwas geben, das so wenig mit Julie Bowes zu tun hat wie dieses Gedicht. Sie liest es leise, zögernd, mit ihrem Südlondoner Akzent. Tonies Nacken und Schultern beginnen zu schmerzen. Als Julie Bowes fragt: «Und gibt es noch Honig für den Tee?», windet sich Tonie innerlich. Sie verspürt Zorn auf den Professor mit seinem Anzug und seinem vornehmen Akzent. Sie selbst lässt alle möglichen Ausnahmen für diese Studenten gelten, die aussehen, als wären sie schon erschöpft vom Leben, bevor sie es überhaupt angefangen haben. Es ärgert sie, dass sie dazu gebracht werden sollen, die patriotischen Worte von Privatschulzöglingen zu lesen. Und doch scheint es ihnen eigentlich nichts auszumachen.

Der Professor bedeutet Julie, das Buch weiterzureichen. Sie gibt es Nile, einem großen, stillen Jungen im Trainingsanzug mit Goldkettchen zu monströsen Joggingschuhen, der in unbequemer Haltung dahockt, die muskulösen Beine übereinandergeschlagen hat. Er blättert langsam die Seiten um. Dann beginnt er zu lesen, Siegfried Sassoon. Seine Stimme ist kräftig, schön, schlicht wie ein Balken. Es ist, als hätte er sie nie zuvor benutzt, als hätte das Gedicht sie aus dem gehauen, was er ist. Tonies Widerstand löst sich allmählich auf. Sie lauscht dem Klang dessen, was ihre Studenten normalerweise nicht sagen würden. Sie sieht, wie unschuldig sie sind, wie ungeformt, wie vorläufig. Sie schlüpfen mühelos in das Gefäß des Gedichts. Einen Moment lang werden sie eins damit. Tonies Verärgerung und Verlegenheit schwinden. Sie ist amüsiert, beeindruckt und vergisst am Ende, überhaupt irgendetwas zu sein. Die Stunde vergeht wie im Flug. Tonie wird von etwas Tröstlichem eingehüllt, das sich fast wie Liebe anfühlt. Zum ersten Mal seit langer Zeit mag sie den Ort, an dem sie jetzt ist.

«Und was ist mit Ihnen?», sagt er. «Lesen Sie uns auch etwas vor?»

Alle schauen sie an. Sie wollen, dass sie menschlich wird, genau wie sie es geworden sind. Sie wollen, dass sie aus ihrer Autorität, ihrem festgelegten Leben heraustritt, eine kleine Gestalt, die aus einem großen Gebäude heraustritt. Sie wollen sehen, wer sie wirklich ist.

«Ja, gut», sagt sie.

Plötzlich ist das Buch in ihrer Hand. Sie bleibt bei der aufgeschlagenen Seite, wieder Wilfred Owen, «Gefühllosigkeit», ein Gedicht, an das sie sich erinnert, obwohl sie es seit Jahren nicht mehr gelesen, ja nicht einmal mehr daran gedacht hat. Seine Stimme, die durch ihre spricht, erstaunt sie. Wie die Studenten sagt sie nicht oft etwas Schönes. Und doch scheinen die Worte ihre eigenen zu sein – sie fühlen sich an, als hätte sie selbst sie ersonnen haben können, wenn sie nur gewusst hätte, wie. Sie scheinen eine ungelebte Leidenschaft zu beschreiben, ein dunkles Gebilde, eine Art zweiten, namenlosen Körper in ihrem eigenen. Bei den Versen

… was Menschen stöhnen lässt
Wenn sie das letzte Meer, die düst'ren Sterne schau'n

zittert ihre Stimme. Das Buch ist alt, das Papier vergilbt. Es ist älter als sie, und Wilfred Owen ist tot. Sie empfindet Trauer, Kummer, als stände er für eine verpasste Gelegenheit; als wäre sie von ihm verlassen worden, um allein weiterzugehen, erfüllt von totgeborener Leidenschaft. Als sie geendet hat, gibt sie dem Professor das Buch zurück. Ihre Blicke begegnen sich.

«Schönen Abend», sagt er zu den Studenten.

Er fängt an, Bücher und Papiere in seiner Aktentasche zu verstauen. Die Studenten stehen auf, lungern unschlüssig herum, trotten dann in Richtung Türen. Sie wollen nicht gehen: Sie wollen betreut werden. Er hat ihnen ein Gefühl von Sicherheit vermittelt, und jetzt wollen sie die Verantwortung für sich selbst abgeben.

Tonie bleibt bei ihm, um ihn hinauszubegleiten.

«Gibt es hier in der Nähe etwas, wo wir einen Schluck trinken könnten?», sagt er.

Sie gehen zu dem Pub, das den Anglistik-Dozenten traditionell als Anlaufstelle dient und wo Tonie ein bekanntes Gesicht zu sehen hofft. Noch hat sie keine Ahnung, was sie zu ihm sagen wird. Sie beobachtet ihn, während er die Getränke holt. Jetzt, nach der Veranstaltung, ist sie sich nicht sicher, worauf das Ganze eigentlich hinausgelaufen ist.

«Es war schön, die Studenten lesen zu hören», sagt sie, als er zurückkommt.

Er stellt die Getränke auf den Tisch. Seines ist irgendetwas Klares, Gin oder Wodka.

«Ja?» Er trinkt aus seinem Glas, offensichtlich desinteressiert.

«Im Allgemeinen reden sie nicht so viel.»

«Reden ist eine Falle», sagt er.

Sie schaut ihn überrascht an. Sein Blick bleibt auf sie gerichtet. Er lächelt, ein Lächeln, das weit weniger höflich ist als sein sonstiges Benehmen.

«Ich wollte *Sie* lesen hören», sagt er.

Sie hält einen Moment lang den Augenkontakt. «Tja», sagt sie, «das haben Sie ja nun.»

Er entgegnet: «Ich sag's nicht gern, aber Ihre Stimme verrät Sie.»

Sie ruft sich seinen Namen in Erinnerung. Max Desch.

«Ich dachte, Reden wäre eine Falle», sagt sie in fröhlichem Ton.

Er legt den Kopf schräg, klackert mit den Fingern an sein Glas. «Es gibt verschiedene Arten von Fallen», sagt er. «Diese ist ziemlich angenehm. Sie hat mich eingewickelt – fest, aber sanft.»

Ein Schweigen tritt ein. Tonie will kein Schweigen. Zu schweigen heißt anzudeuten, dass sie bereit ist, ihm die Kontrolle über das Weitere zu überlassen.

«Sie wirken sehr jung für einen Professor», sagt sie.

Er sieht erstaunt aus. «Ich bin dreiunddreißig.»

Tonie lacht, erleichtert und irgendwie enttäuscht. Er ist sogar noch jünger, als sie dachte. Sie hatte sich eingebildet, er würde mit ihr flirten. Es ist ein schlechtes Zeichen, wenn man glaubt, dass junge Männer mit einem flirten.

«Das ist jung», sagt sie. Und doch kann sie nicht ganz glauben, dass sie so viel älter ist, fast eine andere Generation. Sie hat sich an die Jugend geklammert, merkt sie jetzt. Hat keine Ahnung, was sie tun wird, wenn die Jugend ganz und gar vorüber ist.

«Ach ja?», sagt er.

«Für mich jedenfalls. Ich bin gerade vierzig geworden.»

Er wischt die Bemerkung beiseite. «Was spielt das schon für eine Rolle?»

«Ich weiß nicht genau. Aber es spielt eine Rolle.»

Er beugt sich vor, pflanzt die Ellbogen auf den Tisch. Sie sieht seine Manschettenknöpfe, glänzende kleine Silberscheiben auf dem steifen Stoff. Stellt sich vor, wie er sie durch die Knopflöcher schiebt. Seine Finger sind breit, blass, sauber.

«Warum? Sie sind immer noch jung. Und schön», fügt er hinzu, während er das Glas zum Mund hebt.

Tonie lacht. «Hören Sie auf damit.»

«Ich würde gern mit Ihnen ins Bett gehen, weiter nichts», sagt Max Desch.

Tonies Wangen werden rot. Wie seltsam, dass sie, als sie noch jünger und freier war, nichts als Verachtung für einen solchen Satz übrighatte, während er jetzt all das Geheimnisvolle zu bergen scheint, das die Idee der Liebe damals für sie bedeutete.

«So etwas können Sie nicht sagen», sagt sie.

«Nein?» Er wirbelt seinen Drink im Glas herum. «Warum nicht?»

Sie fragt sich, ob er heute Abend wieder nach York zurückreisen wird, ob er im Zug sitzen und das spezielle Gewicht seines Besuchs spüren wird, wie der Fischer bei der Heimkehr das Gewicht jedes einzelnen Fisches spürt, den er gefangen hat. Es gibt tatsächlich keinen Grund, warum er zu ihr nicht sagen kann, was er will. Es ist zu spät – oder etwa nicht? – für Loyalität, für Skrupel, für Schuldgefühle. Die Zeit dafür ist vorbei. Wenn überhaupt, hat es einzig und allein Sinn, das zu sagen, was wahr ist.

«Das muss ich nicht begründen», sagt sie. Schon gewinnt

sie die Fassung wieder. «Worin besteht also Ihr Interesse an Wilfred Owen? Woher kommt es?»

«Ich war in der Armee.»

Sie lächelt. Irgendwie glaubt sie ihm nicht. «Auch das noch.»

«Ich hab mich schon während der Schulzeit gemeldet. Es war eine Möglichkeit, um studieren zu können.»

Tonie ist überrascht. Fühlt sich getäuscht. Sie hatte ihn für einen typischen Exzentriker gehalten, von der akademischen Sorte. Aber eigentlich hat keiner der Akademiker, die sie kennt, auch nur die geringste Ähnlichkeit mit ihm.

«Und – was dann? Sind Sie nicht zurückgekehrt?»

«Doch, ich musste für eine Weile zurück. Man hat mich in den Nahen Osten geschickt. Danach wurde ich entlassen.»

«Oh», sagt sie. «Und wie war's? In der Armee.»

Er blickt sie kühl an. «Es war in Ordnung.»

Sie stellt sich ihn mit anderen Soldaten vor, an einem Ort nur für Männer, der Loslösung, Klärung bietet, den Abstand zu Frauen, aus dem die Fähigkeit entstehen könnte, sie ganz zu sehen.

«Mochten Sie die anderen Männer?»

«Ja.»

«Haben Sie schießen gelernt?»

Er lächelt sein gedehntes, spöttisches Lächeln. «Natürlich. Finden Sie das aufregend?»

Sie lächelt zurück. «Nicht besonders.»

Sie sitzen da und sehen einander an. Nach einer Weile streckt er die Hand aus und berührt den Rand ihres Glases.

«Möchten Sie noch einen?»

Sie schüttelt langsam den Kopf. «Ich muss nach Hause.»

Er sieht so enttäuscht aus, dass sie beinahe loslacht. Seine

Aufrichtigkeit ist geradezu ein Erlebnis. Am liebsten würde sie jemandem davon erzählen, aber außer ihm ist niemand da.

«Wie schade», sagt er. «Müssen Sie wirklich?»

Sie begreift, dass ihm das Konzept eines Zuhauses als einer Reihe von Verantwortlichkeiten, eines strukturierten, der Arbeitsstelle vergleichbaren Ortes vollkommen fremd ist. Und doch ist ihm etwas eigen, das ihr Sicherheit gibt. Sie zögert zu gehen, so wie die Studenten gezögert haben, aus dem Hörsaal zu gehen. Offenbar hat er keine anderen Bindungen. Er scheint nur für sie zu existieren. Seine Aufmerksamkeit gehört ihr ganz allein.

«Wirklich», sagt sie. «Tut mir leid.»

Draußen auf der dunklen Straße bleibt er stehen und wendet sich ihr zu. Er streckt seine große weiße Hand aus, legt sie flach auf ihr Schlüsselbein.

«Sie sind sehr zart», sagt er. «Ich möchte wissen, wie es ist, Sie zu überwältigen.»

«Ich lasse mich nicht so leicht überwältigen», sagt sie.

«Nein?»

Er verstärkt den Druck seiner Hand. Mit der anderen bedeckt er ihre Augen. Er schiebt sie rückwärts über den Bürgersteig, bis sie eine Mauer hinter sich spürt. Seine Hände sind ganz warm. Durch die Spalten zwischen seinen Fingern kann sie ihn sehen. Er beugt sich vor und küsst sie auf den Hals.

«Das geht nicht», sagt sie. «Jemand könnte mich sehen.»

Er küsst ihren Mund, die Haut hinter ihrem Ohr, wieder ihren Hals. Sie lacht. Seine Hand liegt fest auf ihrer Brust, drückt sie gegen die Mauer.

«Nur noch einen Moment», sagt er.

Sie spürt seine Zähne sanft an ihrem Hals knabbern.

«Wagen Sie das bloß nicht», sagt sie lachend, fast blind.

Sie merkt, dass er lächelt. Seine Lippen streifen ihre, wie die Flügel eines Nachtfalters. Sie packt ihn am Handgelenk und zieht seine Hand von ihren Augen. Sie macht sich von ihm los, tritt zum Rand des Bürgersteigs vor.

«Ich muss nach Hause», sagt sie.

Ein Taxi kommt um die Ecke gebogen, und sie winkt es heran. Es macht am Straßenrand halt, er öffnet ihr die Tür, und sie steigt ein.

«Ich fahre zum Bahnhof», sagt sie. «Wollen Sie mit?»

Er schüttelt den Kopf. Er hebt die Hand zum Abschiedsgruß. Sie schaut durchs Fenster zu ihm zurück. Er geht mit großen Schritten auf dem Bürgersteig davon. Kurz sieht sie sein Gesicht unter einer Straßenlaterne, gemeißelt, zeitlos, wie ein Gesicht in einer Kirche, ein Gesicht auf einer Silbermünze.

Im Haus riecht es nach Verwesung. Tonie geht durch die Räume und schnüffelt. Es ist ein schal-süßlicher Geruch, ekelerregend, wie der im Pflegeheim, wo ihre Großmutter lebt, wie der von Anzügen toter Männer, die in den Secondhandläden irgendwelcher Wohltätigkeitsvereine an der High Street hängen. Er steigt ihr immer dann in die Nase, wenn sie nicht damit rechnet. Quillt zwischen ihren Siebensachen hervor und verschwindet schließlich wieder, bleibt eine Weile unauffindbar.

In letzter Zeit wird sie von schrecklichen Träumen gequält. Fühlt sich den ganzen Tag lang von ihnen besudelt und bedrückt. Es sind die Träume einer Wahnsinnigen. Was ist das für ein schwarzer Fluss, der wie ein Abwasserkanal durch ihren Schlaf strömt? Meistens träumt sie von Tieren. Die stumme Panik, das schäbige Leben und Sterben dieser Geschöpfe machen ihr zu schaffen. Letzte Nacht hat sie von einem Mann geträumt, der Vögel mit einer Spatengabel aufspießte. Er trug die Uniform eines Parkwächters. Er stopfte Zweige und Abfall in eine Schubkarre der Stadtverwaltung. Der Mann stapfte schwerfällig, aber planvoll durch den stillen Park. Er spießte eine Eule auf, die im Gras saß, dann einen Vogel mit langem Hals und Schnabel wie ein Kormoran. Jeden einzelnen trug er auf den Zinken der Gabel zu seiner Schubkarre, während die Vögel mit glänzenden, angstvollen Augen um sich sahen.

Morgens steht sie am Fenster, schaut hinaus auf die Straße. Sie will etwas Konkretes sehen, Fortgang, Leute, die ins Auto steigen, um zur Arbeit zu fahren, das Blau oder Grau des Himmels. Sie sieht einen Mann am Fenster gegenüber, der, mit nacktem Oberkörper, die tätowierten Arme aufs Sims gestützt, eine Zigarette in den neuen Tag raucht. Unten stürmt, wie immer um diese Zeit, die leicht verwirrte dicke Dame aus ihrer Haustür und marschiert mit den Armen voller Taschen den Bürgersteig entlang. Eins nach dem anderen kommen ihre Kinder hinter ihr heraus, folgen ihr auf dem Fuß, wie Entenküken ihrer Mutter flussaufwärts folgen.

Tonie öffnet und schließt ihre Schubladen, sucht sich ihre Garderobe zusammen. Der Geruch kommt aus der dritten Schublade. Formaldehyd, Krankenhäuser, modernde Verbände. Der Geruch des schmutzig grauen Gipsverbands vor Jahren, als er ihr vom Arm abgenommen wurde. Sie erinnert sich an den tot aussehenden Arm darunter, sowohl ihr eigen als auch nicht; an die Erkenntnis, dass ihr Körper getrennt von ihr war, dass er sterben konnte. Und an das Gefühl von taumelndem Raum, einen Riss in der Luft, daran, dass etwas fehlte, was vorher da gewesen war.

Sie kleidet sich wie eine Schauspielerin, die ihr Kostüm zusammenstellt. Institutsleiterin: Eleganz für Verantwortlichkeit, Schwarz für Rebellion. Sie denkt über ihre Aufmachung, ihre Rolle nach. Heute trägt sie unkonventionelle Schuhe, ein Jimi-Hendrix-T-Shirt unter ihrer Jacke. Sie lässt ihre Haare kraus, ungebändigt. Sie schiebt Papiere in ihre Mappe, schaut auf die Uhr. Zu dieser Tagesstunde sind die Minuten solide Einheiten. Sie führen durch ihr Bewusstsein wie Trittsteine durch einen Fluss. Sie muss darauf achten, nicht auszurutschen. Oben schleicht sie sich in Alexas abgedunkeltes Zimmer, um dem schlafenden Körper einen Abschiedskuss zu geben. Dabei ist ihr, als würden ihre Eltern sie beobachten. Sie verfolgen ihre Bewegungen mit derselben redlichen Verwirrtheit wie etwa einen fremdländischen Experimentalfilm. Der Geruch steigt aus Alexas Bett. Später, als Tonie den Wäschetrockenschrank aufmacht, weht er sie aus sauberen Laken und Kopfkissenbezügen an. Sie riecht ihn an ihrem Mantel; manchmal riecht sie ihn in ihrem Essen. Sie versucht, ihm einen Namen zu geben: Vergeblichkeit, Sterblichkeit, Sinnlosigkeit. Er steht für den Verlust aller Illusionen. Unten in der Küche sagt sie zu Thomas:

«Ist dir auch dieser komische Geruch aufgefallen?»

Er überlegt. «Wonach riecht es denn?»

Nach Tod, denkt sie. Nach vergeudeter Zeit. Nach vermodernden Überzeugungen, die ihren Gestank verströmen.

Thomas liest in *Kobbe's Complete Opera*. Er blättert eine der tausend Seiten um, die hauchdünn sind wie die Seiten der Bibel. «Es gab *tatsächlich* einen Geruch, aber den habe ich aufgespürt.»

Sie runzelt die Stirn vor Erstaunen. Stellt sich vor, dass er, tagsüber ganz allein hier, durch die Räume schleicht, wie ein Indianer in einem Western. Stellt ihn sich auf Knien vor, die Nase am Boden.

«Wo?», fragt sie.

«Im Flurschrank. Da drin hat es entsetzlich gestunken. Er war voller alter Schuhe.»

«Ach so.»

Sie trägt hier jetzt Verantwortung. Sie ist allein, auf der Gefällhöhe ihres Lebens, nur der Verrücktheit ausgeliefert wie ein König in Shakespeares Dramen. Das wollte sie doch immer: sich von Autoritäten befreien. Sie hat so viel hinter sich gebracht, dass sie ein bisschen Angst vor dem hat, was ihr bevorsteht. Jeden Tag wird sie zur Arbeit gehen, das ist es schon. Sie wird funktionieren. Was sollten Könige auch sonst tun?

XXV

Alle möglichen Dinge wurden vorhergesagt: Wetterfronten mit langen, blau- oder rotgezackten, wild peitschenden Ausläufern, Winde, unter denen es Pfeile hagelte, stabdicke, an Lanzen erinnernde Sonnenstrahlen rings um einen Wolkenschild, der blaue Tröpfchen in Tränenform vergoss.

Leo braucht einen Mantel. Er sieht sich in den Läden an der West Hill Road um, wo große, dreckige Busse an den erleuchteten Schaufensterauslagen vorbeidonnern und auf den Bürgersteigen Gedränge herrscht, selbst an einem Dienstagvormittag. West Hill Road, das ist die Meile, auf der sich die großen Ketten befinden, die Ramschläden und die Junkfood-Lokale, die man aus hundert Schritt Entfernung riechen kann. Wo Leute hingehen, die Geld ausgeben, im Gegensatz zu Leuten, die es verdienen.

«Was ist denn mit dem Mantel, den du letztes Jahr getragen hast?», fragte Susie, als er ihr an diesem Morgen erzählte, wohin er wollte.

Leo zuckte die Achseln. «Weiß ich nicht.»

«Welchen Mantel hast du denn letztes Jahr getragen?»

Sie schien verwirrt, als wäre nicht nur der Mantel, sondern das ganze Jahr verlegt worden.

«Weiß ich nicht.»

«Nein, mal im Ernst», sagte sie bittend, eine Hand auf seinem Arm. «Wie hat er ausgesehen?»

Aber daran konnte sich Leo genauso wenig erinnern. Susie und er umschlangen einander mit zitternden Armen und lachten, als sie sich in die rotgeränderten Augen schauten. Justin und Madeleine, die mit ihnen am Frühstückstisch saßen, versteiften sich und beobachteten ihre Eltern.

«Du wirst dich doch wohl noch an deinen eigenen *Mantel* erinnern», sagte Madeleine ungläubig.

«Nein, eben nicht!», protestierte Leo. «Ich muss ihn verloren haben.»

«Wahrscheinlich hat er ihn irgendwo liegenlassen», sagte Justin. «Wahrscheinlich hat er auf irgendeiner Party zu viel getrunken und ihn da vergessen.»

Leo ist nicht zur Temple Street gefahren, obwohl Susie ihm das geraten hatte – der Temple Street mit ihren pseudoviktorianischen Straßenlaternen und Kübeln voller Sträucher, ihren kleinen Boutiquen, die wie silbrige Netze sind, in denen schwarzgekleidete Verkäuferinnen einen wie Spinnen umgarnen. Auf den gefegten Bürgersteigen der Temple Street spielen Saxophonisten stimmungsvollen Jazz. Aber Leo ist nicht dorthin gefahren. Er hat sich in die West Hill Road aufgemacht, wo Männer und Frauen mit farblosen Haaren und formlosen Körpern riesige Tüten schleppen, vollgestopft mit Klamotten und Schuhen aus China oder Taiwan, die so minderwertig und unvorteilhaft wie das sind, was sie ohnehin schon am Leibe tragen. Vom Oberdeck des Busses aus sieht Leo sie durch die großen elektrischen Türen ein und aus gehen. Beim Herauskommen bleiben sie kurz auf der Schwelle stehen, da, wo sich die Klimaanlage des Ladens mit der böigen grauen Luft von draußen verwirbelt. Die Turbulenz zerzaust ihnen die Haare, bläht ihre Kleidung auf und lässt sie wieder schrumpfen, an den Körper klatschen. Es ist, als wären sie einen Moment lang in der Hand eines nachlässigen Gottes. Leo sieht, wie sie sich gegen den Wind stemmen, der sie so indiskret abtastet, sieht die Entschlossenheit in ihren Gesichtern. Sie klammern sich an ihre Einkäufe, werfen Blicke nach rechts und links.

Es gibt einen Mantel, den Leo gern hätte. Lang soll er sein und in einer dunklen Farbe. Er sucht in diversen Männerabteilungen danach, mit einer Ungeduld, als handelte es sich um einen Mantel, der ihm tatsächlich gehört, den er nur aus Versehen irgendwo hat liegenlassen. Und für ihn ist er durchaus eine Art Seelenfreund, dieser Mantel: etwas Heimeliges und Vertrautes, wie Susie. Es ist schon seltsam, diese riesigen Geschäfte, in denen sich die Wahllosigkeit der ganzen Welt ständig in Millionen verwaister Kleidungsstücke zu inkarnieren scheint, nach einem Stück Zuhause, einem Stück der eigenen Seele zu durchforsten. Ihm ist, als suchte er nach sich selbst. Und je länger er sucht und nichts finden kann, was ihm bekannt vorkommt, desto seltsamer fühlt er sich: Ja, das ist es, was ihn von den anderen unterscheidet, die Stange um Stange voller Jacken, Jeans und Sweatshirts mit einer Gründlichkeit filzen, die er schon fast professionell nennen würde, wäre sie nicht so zwanghaft und pervertiert.

Die meisten Männer, die er kennt, sind jetzt bei der Arbeit. Selbst Susie ist an einem Dienstagvormittag um elf bei der Arbeit. Nur er, Leo, genießt zu dieser Tageszeit die Freiheit, sich frierend einen Mantel kaufen zu gehen. Im Kaufhaus Marks & Spencer probiert er drei oder vier an. Er ist zaghaft und leicht angewidert. Bei den ersten unvorbereiteten Ausflügen in solche Läden kann man sich schon ein bisschen vorkommen wie auf dem Strich. Seine Bedürfnisse sind so privat, so übermäßig von seiner Vorstellung bestimmt, und die Geschäfte sind so sachlich und prosaisch: Er braucht eine Weile, um sich darauf einzustellen und seine Wünsche an das anzupassen, was gerade angeboten wird. Das ist der Grund, warum Leute wie Susie ihre Einkäufe in der Temple Street erledigen. Sie stürzen sich nicht hinaus in die Welt, wenn sie einen Mantel kaufen müssen. Sie gehen dahin, wo man auf das spezialisiert ist, was sie haben wollen.

Zwei andere Leute sind in der Herrenabteilung, ein Paar auf gemeinsamer Einkaufstour. Die Frau gerät ins Schwärmen über jedes noch so gewöhnliche Kleidungsstück, auf das ihr Blick gerade fällt.

«Ach, ist *das* nicht hübsch!», sagt sie eins ums andere Mal zu ihrem Mann.

In jedem Mantel, den er anprobiert, sieht Leo wie ein anderer Mensch aus. Er staunt: Nie hätte er gedacht, dass das möglich ist. Auf den Bügeln machen diese Mäntel irgendwie nichts her, aber wenn er sie überzieht, wirken sie auf einmal beeindruckend und formvollendet. Da ist ein marineblauer mit eckigen Schultern und leicht konischem Schnitt, der ihn besonders in Verwirrung bringt. Es ist die Art von Mantel, die Männer seines Alters über ihren Geschäftsanzügen tragen oder in ihren Firmenwagen an einem Haken hängen haben: Männer, die Leo noch aus der Schulzeit kennt, Männer, die ihm trotz ihrer Wänste und schütteren Haare immer noch vorkommen, als wären sie eingefroren in der Kindheit. Jetzt, mit diesem Mantel am Leib, scheint es keinen Unterschied zwischen ihnen und ihm zu geben. So ist er der Sohn, den seine Eltern gewollt haben, ist der Mann mit dem roten Kopf, den er im Spiegel sieht, jemand, dessen Mantel auf eine Stelle im Bankwesen schließen lässt: Daran gibt es keinen Zweifel. Er zieht ihn aus und streift einen scheußlichen klassischen aus schwarzem Kaschmir über, der ihn in einen Leichenbestatter verwandelt.

«Oh, der ist aber *schön*. Ist der nicht richtig *schön*», sagt die Frau.

Sie spricht in so düsterem, so bedeutungsschwerem Ton, dass er den Kopf drehen muss. Was er sieht, ist eine unscheinbare Person mit kurzem, borstigem Haar, die einen hellbraunen Anorak hochhält. Ihr Mann, ein stummer grauer Fleischklotz, steht hinter ihr und lässt seine riesigen Hände wie leblos an den Seiten herabbaumeln.

«Also den finde ich wirklich schön», wiederholt sie.

Leo zieht den schwarzen Mantel aus und lässt ihn zusammengeknautscht über die Stange fallen. Einen Moment lang hat er Augenkontakt mit der Frau. Sie späht herüber, um zu sehen, was er weggelegt hat. Ihre Miene verrät Beutelust. Er starrt vorwurfsvoll zurück. Weiß sie denn nicht, wie hässlich sie ist, wie abstoßend? Sie langt an ihm vorbei, schnappt sich den Mantel. Leo scheint für sie unsichtbar zu sein. Sie wirft einen Blick auf das Etikett und fährt mit der Hand über den dichten schwarzen Stoff. Leo kommt es vor, als führe sie mit der Hand über den leibhaftigen Tod, als streichelte sie blind das drohende Nichts, das feingesponnene Böse.

«Der ist aber auch hübsch», sagt sie zu ihrem Mann.

«Entschuldigung», sagt Leo laut.

Sie stehen so dicht neben ihm, dass sie ihm den Weg versperren. Er muss sich seitlich durch die Lücke zwischen ihnen zwängen, und selbst dabei bleibt er unsichtbar. Die Steppjacke der Frau schabt über Leos Rücken, als er sich an ihr vorbeidrängt. Er schleicht zu den Fahrstühlen.

Susie würde über so eine Frau lachen. Sie würde sie in jedem Detail nachmachen, die Art, wie sie alles anfasste, wie sie sagte: *Der ist aber auch hübsch.* Sie würde diese Frau neutralisieren – sie könnte sogar den Teufel neutralisieren. Selbst die schrecklichsten Dinge könnte sie harmlos erscheinen lassen, einfach dadurch, dass sie sich die Fähigkeit bewahrt, sie zu kommentieren. Manchmal fragt sich Leo, wie das die Tatsache beeinflussen soll, dass manche dieser Dinge alles andere als harmlos sind. Kürzlich hat er ihr etwas aus der Zeitung vorgelesen, über einen Mann, der auf offener Straße niedergestochen worden war – am helllichten Tag hatte ihn irgendein Geisteskranker mit neun Messerstichen verletzt und in seinem Blut liegen lassen. Niemand war stehen geblieben, um dem Mann zu helfen. Niemand war neben ihm niedergekniet, um ihm den Kopf oder die Hand zu halten. Er berichtete – weil er überlebt und sich so weit erholt hatte, dass er den Artikel schreiben konnte, den Leo da vorlas –, er berichtete, er habe andere Leute in einiger Entfernung zusammenstehen sehen, die per Handy einen Krankenwagen gerufen hätten, aber niemand habe ihn angesprochen oder sei auch nur in seine Nähe gekommen. Leo war erschüttert. Er las Susie die ganze Geschichte vor.

«Scheußlich, was?», sagte sie, genau wie sie etwas kommentiert hätte, das sie gerade aßen und das nicht besonders gut schmeckte.

«Nicht einer hat ihn wenigstens *angesprochen*!», rief Leo empört. «Dabei hätte er genauso gut verbluten können!»

Dieser Gedanke, dass die Welt mit ihrer Kälte, mit ihrer verabscheuungswürdigen Trostlosigkeit selbst über einen einzigen Menschen triumphieren könnte, war ihm verhasst.

«Ich denke mal, sie hatten Angst», sagte Susie, sodass es normal, ja sogar verständlich wurde, Angst zu haben. Es gab Leute, die verrückt waren, es gab Leute, die das Pech hatten, von ihnen niedergestochen zu werden, und dann gab es Leute, die Angst hatten. Das einzig Anormale schien in Susies Augen Leo selbst zu sein. «Warum macht dir das so zu schaffen?», fragte sie. «Immerhin haben sie den Krankenwagen gerufen. Mehr hätte man nicht von ihnen erwarten können.»

Wenn er ihr doch nur alles überlassen könnte; wenn er einfach in ihren Überzeugungen aufgehen könnte, so wie andere Leute in einer Religion aufgehen: Susie beunruhigt es nie, dass sie und Leo immer und immer wieder nach etwas zu greifen scheinen, das sie nicht ganz zu fassen bekommen, dass sie nach einer Zufriedenheit streben, die sich ihnen entzieht. So denkt sie nicht. Sie lebt im Augenblick, als gäbe es nichts als Augenblicke. Sie tupft die Vergangenheit und die Zukunft aus dem hellen Jetzt. Sie kümmert sich routiniert um die hygienische Entsorgung des dicken Bodensatzes aus Schuld, Scham und Bedenken. Sie lacht über die Kinder, lacht, wenn Madeleine morgens mit zerknautschtem Gesichtchen, runzlig wie eine Rosine, «Nicht schon *wieder*» sagt. Sie erweckt den Eindruck, als wäre das alles eins, ein einheitliches Gebilde, weder gut noch schlecht.

Leo fragt sich, ob er in der Herrenabteilung zu schnell aufgegeben hat. Da war noch ein Mantel, den er nicht mehr anprobieren konnte. Er hat ihn dort liegen lassen, auf der Stange, über den anderen. Er hatte sich alles zurechtgesucht. Die Frau und ihr Mann haben ihn vertrieben, bevor er fertig war, wie Hyänen von der Beute. Die Rolltreppe trägt ihn schicksalhaft abwärts. Seine Augen füllen sich mit elektrischem Licht. Über seinem Kopf tun sich seltsame geometrische Perspektiven vor einem ebenso seltsamen Hintergrund auf: ein Labyrinth aus Gittern, Belüftungsschächten und Abschnitten einer Zwischendecke, die sich immer weiter nach oben zu bewegen scheinen, einem unsichtbaren Zentrum entgegen, durch das sich Kabel wie gigantische Nervenbahnen schwingen. Direkt über ihm hängt ein blendend gelber Nebelschleier, der ihm die Augen tränen lässt. Dieses Licht scheint voller Energie zu sein, gespeist aus keiner anderen Quelle als dem Gebäude selbst – als hätte sich irgendwo da oben in dem grauen Labyrinth ein gewaltiger Gott oder Geist unter gewaltigen Anstrengungen materialisiert. Die Rolltreppe trägt Leo an dem riesenhaft vergrößerten Foto einer Frau vorbei, die in Unterwäsche neben einer Tür steht. Ihre Hand liegt auf dem Türknauf, und sie blickt mit einladendem Ausdruck in die Kamera. Ihre Lippen sind leicht geöffnet, zeigen ein bisschen Zähne, ein bisschen Zunge. Die Unterwäsche ist raffiniert und weiß, wirkt aber irgendwie kleinmädchenhaft an diesem stur selbstbezogenen Körper. Was glaubt sie denn, wozu sie da herumsteht? Dann sieht er, dass es die Tür zu einem Hotelzimmer ist. Ein Schild mit der Aufschrift «Bitte nicht stören» hängt an der Klinke. Leo lacht auf, aber es klingt wie ein merkwürdiges Bellen. Am Fuß der Rolltreppe dreht er sich um und fährt auf der anderen Seite wieder hoch. Überraschenderweise erinnert die Frau ihn an seine Schwägerin Tonie. Sie hat lockiges braunes Haar und eine straffe kleine Magengrube. Ihr Körper ist so glatt, so geschniegelt, dass er ihre Nacktheit aufhebt, als wäre er selbst eine Art Kleidung. Aber was Leo am allerwenigsten erträgt, sind ihre Augen. Dieser simulierte, geschauspielerte Ausdruck, während sie ihr simuliertes Hotel-Rendezvous über der sich endlos drehenden Rolltreppe an der West Hill Road absolviert – wenn man sie so sieht, möchte man meinen, auf der ganzen Welt gäbe es nichts Schönes oder Wahres.

Irgendwer hat den Mantel auf seinen Platz an der Stange

zurückgehängt. Er nimmt ihn noch einmal vom Kleiderbügel, zieht ihn über. Die Frau und ihr stummer Mann sind weitergezogen, in die Schuhabteilung. Er sieht sie in der Ferne, nebeneinander, wie kleine Figurinen. Im Spiegel findet er sich außerordentlich mangelhaft. Seine Haut wirkt rau und rot, seine Haare sträuben sich wie Stacheln, sein Körper ist gezeichnet von Abnutzung, Verschleiß, von Poren und Adern und Rissen, von Leberflecken und Beulen und abgebrochenen Fingernägeln. Der Mantel dagegen ist erstaunlich gleichmäßig und glatt. Er ist wie etwas, das ausgeschnitten und auf ihn geklebt worden ist, wie ein Filzmantel von Madeleines Bastelset. Er ist braun und weit. Er umhüllt die ihm eigenen seltsamen Konturen wie eine große braune Verallgemeinerung. Der schlaffe Bauch, die kleinen busenartigen Fleischhügel auf seiner Brust, das weiße, frauliche Gesäß: All diese Bereiche sind jetzt so privat wie Gedanken, unsichtbar hinter dem braunen Schutzschild des Mantels. Es ist nicht genau der Mantel, der ihm vorgeschwebt hat – jener Mantel, der tatsächlich seine Mängel beheben würde, statt sie bloß zu kaschieren –, aber dennoch verschafft er ihm ein angenehmes Gefühl. Er ist schon dabei, sich an ihn zu gewöhnen. Welch eine Erleichterung, welch ein Segen, vollkommen bedeckt zu sein. Es ist dieselbe Empfindung, die er manchmal hat, wenn er abends ins Bett geht und die Decke über sich zieht, das Gefühl, wieder in den Zustand ursprünglicher Reinheit versetzt zu werden; als würde die Uhr seines Lebens zurückgestellt, sobald sein Körper vor Blicken versteckt ist. Wenn er mit Susie schläft, verdirbt der Anblick ihrer beider Körper – die verfleckte Haut, das ergraute Schamhaar – ihm die Lust. Er sieht nie so aus, wie er sich fühlt, genauso wenig wie Susie der jungen Frau auf dem Plakat ähnelt. Aber im

Dunkeln fällt das alles von ihm ab, der ganze starke, dichtgewirkte Abscheu.

An der Kasse muss er den Mantel ausziehen, um ihn zu bezahlen, aber sobald die Frau seine Kreditkarte hat, nimmt er ihn vom Tresen und reißt das Preisschild mit den Zähnen ab.

«Möchten Sie eine Tüte dafür?», fragt sie.

«Nein, ich behalte ihn gleich an.»

«Möchten Sie eine Tüte für das, was Sie vorher anhatten?», fragt sie, als würde jeder Zweite, der in ihre Abteilung kommt, genau dasselbe tun wie Leo.

«Ach so. Ja gern.»

«Kleiderbügel?» Sie schwenkt einen durch die Luft.

«Nein danke.»

Leo fühlt sich ernüchtert. Irgendwie im Verlauf dieses Wortwechsels mit der Frau an der Kasse hat der Reiz des Mantels seinen Höhepunkt erreicht, das Äußerste dessen, was er jetzt und in Zukunft überhaupt sein kann. Die Frau gibt ihm die Plastiktüte mit seinem zerknautschten grauen Jackett darin. Sie hat es sorgfältig zusammengelegt: hat den abgenutzten Stoff mit ihren langen, glänzend lackierten Fingernägeln glatt gestrichen. Sie scheint Mitgefühl zu empfinden – Mitgefühl mit allen ungewollten Sachen, mit allem, was alt und ausrangiert ist: Es kommt ihm vor, als hätte sie mit dem Zusammenlegen und Glattstreichen die Welt für ihre Unmenschlichkeit getadelt.

«Sehr hübsch», sagt sie, als Leo den Mantel überzieht. Sie bedenkt ihn mit einem leisen, anerkennenden Lächeln.

Er schaut auf seine Uhr. Es ist immer noch Vormittag. Er nimmt seine Kreditkarte und die Quittung und schiebt beides in die Manteltasche. Das seidige Taschenfutter, kühl und ungewohnt, schließt sich um seine Hand.

XXVI

Ihre Mutter hat verschiedene Gesichter. Manchmal hat sie ein Gesicht wie eine Hexe. Aber das ist hinten an ihrem Kopf, nicht vorne. Alexa sieht es, wenn sie hinter ihr die Treppe hinaufsteigt.

Wenn Tonie morgens in ihr Zimmer kommt, stellt Alexa sich schlafend. Oft schläft sie auch wirklich. Was sie weckt, ist die Anwesenheit im Zimmer: Sie spürt sie durch die geschlossenen Augenlider, etwas Warmes und Sanftes und Aufmerksames, obwohl sie sich zunächst nicht zusammenreimen kann, was es ist. Sie lässt die Augen zu. Bleibt still liegen. Denkt, dass ihre Mutter sie dadurch noch mehr lieben wird. Sie fühlt sich schön, so ganz still daliegend in ihrem Nachthemd. Wie eine Puppe. Sie stellt sich vor, dass ihre Mutter sie anschaut und liebt. Aber zugleich weiß sie auch, das sie ihr etwas vormacht.

«Bist du wach?», flüstert Tonie.

Ein winziges Lächeln liegt auf Alexas Lippen. Ihre Mundwinkel wollen zucken, als sie das spürt. Aber sie bleibt vollkommen still. Ihre Mutter soll glauben, dass sie ein Mädchen ist, das im Schlaf lächelt. Neben ihr raschelt das Bettzeug. Die Matratze quietscht. Die Haare ihrer Mutter kitzeln sie im Gesicht. Sie küsst Alexa auf die Wange. Manchmal tut Alexa so, als würde sie davon wach, wie eine Prinzessin, die aus der Verzauberung erwacht. Dann gähnt sie, streckt die

Arme und sagt mit gespielt schläfriger Stimme: «Du hast mich geweckt.»

Aber manchmal bleibt sie einfach still liegen, lächelnd, mit geschlossenen Augen. Sie will ihr Spiel, ihre Verstellung, besonders gut machen. Will ihre Mutter überlisten. Da gibt es nämlich etwas zu gewinnen, wenn ihr das gelingt. Sie wartet darauf, den Kuss zu empfangen. Er kommt aus den unermesslichen, unsichtbaren Fernen vor ihren Augenlidern. Nie weiß sie genau, wann er kommen wird. Danach hört sie ihre Mutter leise das Zimmer verlassen. Hört die Tür zugehen.

Als sie die Vorhänge aufzieht, ist der Tag schon in vollem Gange, rege, als könnte er es kaum erwarten, dass sie aufsteht. Sie stellt sich im Nachthemd ans Fenster. Die Sonne knallt gegen die Scheibe. Der Wind kitzelt die kahlen Äste der Bäume, rüttelt und schüttelt sie. Ein welkes Blatt kommt vorbeigeflogen, trudelt abwärts. Alexa beobachtet ein winziges Flugzeug, das eine weiße Linie durch den blauen Himmel stichelt. Sie beobachtet einen Vogel, der inmitten der schwankenden Äste herumhüpft, sich auf einem niederlässt und dann weiterhüpft.

Ihr Vater bringt sie zur Schule. Seine Füße gehen neben ihren auf dem Bürgersteig. Seine Schuhe haben dicke Runzeln. Beim Gehen blinzeln sie Alexa an und runzeln die Stirn. Sie sind alt und böse und braun, mit herunterhängenden Schnürsenkeln.

«Du brauchst neue Schuhe, Daddy», sagt sie.

«Ach ja?» Er bleibt stehen und schaut auf sie hinunter. «Die sind doch noch gut, oder?»

«Sie sind alt. Und die Schnürsenkel sind zu lang. Sie sind dreckig.»

«Trotzdem tragen sie mich da hin, wo ich hinmuss», sagt er.

Alexa muss lachen. Sie stellt sich vor, die Schuhe würden von allein losspazieren, durch die ganze Welt, und man könnte in sie einsteigen wie in einen Bus.

«Du könntest kleine Raketen dranmachen», sagt sie. «Und Räder.»

«Schuhe mit Raketenantrieb», sagt er, und wieder muss sie lachen.

Sie erreichen die große Straße, auf der die Autos vom Horizont heranrollen wie Wellen, die sich aufbauen, sich türmen und brechen, um dann an ihnen vorbeizubrausen. Alexa und ihr Vater überqueren sie.

«Den Rest kann ich allein gehen», sagt sie.

«Soll ich nicht mitkommen?»

Sie schüttelt den Kopf. Er bückt sich, und jetzt ist sein Gesicht direkt vor ihrem, die Lippen zum Kussmund gespitzt. Aus der Nähe ist sein Gesicht knifflig. Durch seine Augen ziehen sich winzige Wege, um seinen Mund herum sind lauter kleine Täler und Haare, die Bäumchen sein könnten, und die Haut ist voller Hubbel in den verschiedensten Formen, wie die Oberfläche des Globus in Mrs. Flacks Klassenzimmer. Er küsst sie. Er legt ihr eine Hand auf den Kopf. Sie muss sich wegdrehen von dem, was sie alles über ihn weiß. Sie geht ein paar Schritte, und als sie zurückblickt, ist er schon kleiner. Sie kennt seine Gestalt, aber die ist weniger knifflig. Er steht auf dem Bürgersteig. Er winkt.

Mrs. Flack hat die Französisch-Übungshefte ausgeteilt. Alexa blättert die Seiten um. Sie sieht ihre Schrift. Sie sieht Sachen, die sie ausgemalt hat. Das Ausgemalte ist ein Stückchen heller Erinnerung, das Geschriebene eine Botschaft von ihr selbst. Sie mag ihre Übungshefte. Sie schaut sich gern an, was sie geschafft hat, was sie ist. Aber dieses Heft, das Französischheft, macht sie ein bisschen traurig. Das Traurige sind die Wörter. Sie hat sie hingeschrieben, und dennoch sind es Fremde: Fremde, die den anderen, ihr bekannten Wörtern irgendwie feindselig gegenüberzustehen scheinen. Sie sind wie Fehler. Sie sorgen dafür, dass die Bilder unfreundlich werden, wie manche Dinge in Träumen.

Sie sitzt mit Katie an einem Tisch. Normalerweise sitzt sie neben Maisie oder Francesca, aber heute ist sie spät vom Schulhof gekommen, und es gab keinen anderen freien Platz außer dem neben Katie. Mrs. Flack verteilt jetzt Arbeitsblätter. Sie geht im ganzen Klassenzimmer herum, ist manchmal weit weg, manchmal ganz in der Nähe. Sie hat gelbblonde Haare, und ihr Körper besteht aus Kugeln und Kreisen, wie der Mann auf dem Bild, der ganz und gar aus Autoreifen besteht. Alles an ihr ist total rund. Ihr Gesicht glänzt vor Schminke. Sie riecht gut, und wenn sie in der Nähe ist, kann Alexa ihre Kleidung wispern und *psst* flüstern hören, als wären winzige Zauberstimmen in den Falten. Mrs. Flack braucht eine ganze Weile, um die Arbeitsblätter auszuteilen. Alexa wartet. Schließlich ist sie dran. Mrs. Flacks Hand mit den lackierten Fingernägeln taucht vor ihren Augen auf und legt das Arbeitsblatt auf den Tisch. Alexa wirbelt herum, lächelt. Mrs. Flack soll sehen, wie lieb sie ist, wie geduldig.

«Danke», sagt sie.

Auf dem Arbeitsblatt ist das Bild von einem Mädchen, mit schwarzen Strichen gezeichnet, wie eine Ausschneidepuppe. Sie trägt einen Hut, einen dreieckigen Rock, ein Paar Schuhe. Auf gewisse Art ist sie schön in ihrer Unvollständigkeit. Es gibt Striche, die wie Pfeile aus ihrem Körper herausragen. Auf der anderen Seite des Blattes ist ein Junge.

«Guck dir den an», sagt Katie neben ihr. Sie tippt mit dem Finger auf den Papierjungen. «Der sieht schwul aus.»

Mrs. Flack schreibt mit ihrem Filzer Wörter an die Tafel. Die Schüler sollen diese Wörter den Pfeilen zuordnen. An einer Wand des Klassenzimmers sind lauter Fenster, und einen Moment lang starrt Alexa hinaus auf den Tag, der dort draußen vorbeigeht. Katie hat sich ihre Aufmerksamkeit geangelt. Alexa zappelt daran, an dem Haken, wie ein Luftballon an seiner Schnur. Sie starrt hinaus auf den Tag, hinter Glas. Dann wirft sie aus dem Augenwinkel einen Blick auf Katie.

«So was sollst du nicht sagen», sagt sie.

«Ach nein?»

«Nein», sagt Alexa. «Mr. Simpson sagt, das darf man nicht.»

Alles, was Alexa über Katie gewusst hat, ist plötzlich wieder da: Sie erinnert sich, dass sie schon einmal neben ihr gesessen hat. Katie ist wie eine Geschichte, die sie gelesen und dann vergessen oder vielmehr irgendwo aufbewahrt hat, ohne weiter darüber nachzudenken. Jetzt offenbart sie sich wieder mit ihrem speziellen Aussehen und ihrer besonderen Wirkung, den abgewetzten Schuhen, den schlaffen, mit einer Klammer aus der Stirn gesteckten Haaren, dem Mund, der sich beim Grinsen quer durch ihr ganzes Gesicht zieht, den blassen, frechen Augen.

«Ich sag es eben gern», sagt Katie. «Ich sag es dauernd. Es ist lustig.»

«Was soll daran lustig sein?», fragt Alexa verächtlich.

Katie zuckt die Achseln und dreht einen Bleistift zwischen

ihren Wurstfingern. Sie hat etwas an sich, das Alexa wie magnetisch anzieht, etwas, das Alexa ein schlechtes Gewissen macht. Katie gibt ihr das Gefühl, etwas Wichtiges vergessen zu haben, und lässt sie gleichzeitig zweifeln, ob es überhaupt wichtig gewesen ist.

Mrs. Flack liest die Wörter vor, und mehrere Kinder melden sich. Auf der anderen Seite des Klassenzimmers melden sich Maisie und Francesca. Auch Alexa würde sich gern melden, aber sie hat nicht zugehört. Wegen Katie weiß sie die Antworten nicht. Die französischen Wörter stoßen bei ihr auf taube Ohren und verhallen, unverstanden. Das ist Katies Macht, die Macht des Unwissens. Einen Moment lang meint Alexa, sie könnte Gefallen finden an dieser enormen, unbestimmbaren Freiheit, die den Ort des Wissens mit all seinem hektischen Forschen dunkel umgibt. Andere aus ihrer Klasse schreiben etwas hin. Alexa weiß nicht, was sie schreiben soll. Sie fühlt sich verloren. Die Zeichnungen und Pfeile und Wörter passen nicht zusammen. Es ist, als hätte sie Mrs. Flack und die anderen aus den Augen verloren; als wäre sie ihnen gerade noch auf den Fersen gewesen – bis sie plötzlich um eine Ecke bogen und verschwanden. Mrs. Flack dreht der Klasse den Rücken zu und schreibt etwas an die Tafel. Ihr runder Körper wackelt beim Schreiben. Katie stupst Alexa in die Rippen, und Alexa guckt zu ihr hin. Katie, die sich halb von ihrem Stuhl erhoben hat, macht zappelnde Bewegungen wie eine Bauchtänzerin. So wie sie da herumwackelt und in die Luft schreibt, ist sie Mrs. Flack. Alexa, schockiert, zieht sie auf ihren Stuhl herunter.

«Hör auf!», sagt sie flüsternd.

Katie lacht, ein schnaubendes Geräusch, das laut zwischen ihren Lippen hervorbricht und die mit glänzender Spucke bedeckt. Auch auf dem Tisch ist Spucke. Mrs. Flack hört auf zu schreiben. Sie dreht sich herum, hebt den Kopf, lässt ihren Blick durch das Klassenzimmer schweifen, in dem es ganz still geworden ist. Alexa starrt geradeaus. Ihre Wangen brennen. Ihr ist entfallen, dass die Stunde zu Ende gehen wird: die kettenartige Abfolge des Tages, die Aussicht auf die erste große Pause und die Mittagspause, die lichterfüllten Weiten des Nachmittags – entglitten. Es gibt nur noch diese Gegenwart, die sich immer weiter dehnt, bis hinein in die Dunkelheit des Unwissens. Mrs. Flack wendet ihre Aufmerksamkeit wieder der Tafel zu. Als Alexa auf ihr Arbeitsblatt hinabschaut, bemerkt sie, dass sich das Papiermädchen und der Papierjunge verändert haben. Das Mädchen hat einen dunklen Krakel Haar mitten auf dem Rock und zwei große Kreise auf der Brust, während dem Jungen ein karottenförmiger Penis frech zwischen den Beinen hängt. Einen Moment lang denkt Alexa, sie selbst hätte diese Sachen gezeichnet. Es ist, als wäre ein unanständiges Gelüst in ihr auf geheimnisvolle Weise zum Ausdruck gekommen. Am Ende der Stunde wird Mrs. Flack die Arbeitsblätter einsammeln. Auf diesem hier steht Alexas Name. Alexa ist wie der Papierjunge und das Papiermädchen: geschändet. Sie sieht Katies weißes, grinsendes Gesicht, ihre aufgerissenen Augen, ihre Hand, die zum Spaß mit dem Bleistift eine Haarsträhne an ihrem Ohr hochzwirbelt. Bei diesem Anblick muss Alexa lachen, ein Lachen, das wie verrückt in ihrem Bauch zappelt, das ihren ganzen Körper schüttelt und schließlich mit Getöse ihrem Mund entweicht.

Mrs. Flack wirbelt herum, braust auf. «Alexa Bradshaw!»

Ihre Stimme ist schrill vor Erregung. Alexa sieht das wutverzerrte Gesicht, den wutentflammten Körper, Mrs. Flacks momentane Verwandlung von einem Etwas in ein anderes. Und diese Verwandlung hat Alexa ganz allein bewirkt. Die Klasse ist still.

«Alexa Bradshaw, wirst du wohl ruhig sein!»

Der Klang ihres Namens kommt einer Art Tod gleich. Dann, urplötzlich, ist Mrs. Flack wieder sie selbst. Sie nimmt ihren Filzer, macht mit dem Unterricht weiter. Sie erscheint weder erstaunt noch gekränkt. Sie sagt nicht, Alexa habe sie enttäuscht. Sie äußert sich nicht dazu, dass Alexa, die doch immer lieb war, geschändet, getadelt wurde, ihr guter Ruf befleckt ist. In gewisser Weise hat Mrs. Flack ihn selbst befleckt. Sie hat Alexa so behandelt, wie sie alle behandelt. Sie liebt Alexa nicht, hat sie, wie Alexa jetzt erkennt, auch nie geliebt. Und doch fühlt sich Alexa schuldig, als hätte sie auch Mrs. Flacks Gleichgültigkeit zu verantworten.

Sie sitzt starr und stumm da, bis es klingelt. Sie gibt ihr Arbeitsblatt nicht ab. Stattdessen faltet sie es ein paarmal zusammen und steckt es in die Tasche. Es ist möglich geworden, Mrs. Flack zu täuschen. Der Fleck hat es möglich gemacht. Während der Pause zerreißt sie das Blatt in Fetzen, die sie im Mülleimer vergräbt.

Am Samstag will ihre Mutter mit ihr einen Ausflug ins städtische Museum machen. Alexa steht fertig angezogen in der Küche, während ihre Mutter noch ein paar Sachen in ihre Handtasche tut.

Ihr Vater sagt: «Soll ich mitkommen und euch Gesellschaft leisten?»

Es entsteht eine kurze Unterwasserstille, als hätte etwas ausgesetzt.

Tonie sagt: «Hast du nicht noch Dinge zu erledigen?»

«Eigentlich nicht.»

Alexa hört zu. Neuerdings reden ihre Eltern anders miteinander. Früher haben ihre Unterhaltungen auf etwas Gemeinsames abgezielt, so wie beim Schnippschnapp Karten gezogen werden, bis ein Pärchen ausgelegt ist. Aber jetzt fällt Alexa auf, was sich von früher unterscheidet. Es hat den Anschein, als würden ihre Gespräche irgendwann abgebrochen: Die zweite Karte findet sich nicht. Sie gehen auseinander, ohne zu einem Schluss gekommen zu sein, zwei Leute, die nicht zusammenpassen.

«Ich dachte einfach, es wäre nett, etwas gemeinsam zu unternehmen», sagt ihr Vater.

Tonie zieht eine Schnute, wühlt in ihrer Handtasche.

«Ehrlich, ich mach das gern mit ihr», sagt sie. «Ich hab sie diese Woche ja kaum gesehen.»

Alexa hört nicht mehr das Ende dieses Gesprächs, falls es überhaupt zu Ende gegangen ist. Die Szene in der Küche hat etwas Bodenloses. Doch ehe sie sich's versieht, ist sie auch schon draußen, an der Hand ihrer Mutter, auf dem abschüssigen Weg. Beide fliegen über die Ritzen zwischen den Gehwegplatten, über das welke Laub und das Bonbonpapier, fliegen fort von dem Haus, in dem ihr Vater zurückbleibt.

«Kommt Daddy denn nicht mit?», sagt sie.

«Nein.» Ihre Mutter klingt überrascht. «Hättest du ihn gern dabeigehabt?»

Sie weiß keine Antwort auf diese Frage. Ihre Mutter drückt ihre Hand.

«Ich wollte, dass wir mal was nur zu zweit unternehmen», sagt sie.

«Ich auch», sagt Alexa. Sofort fühlt sie sich schlecht. Sie

tippt mit den Fingern an einen Laternenpfahl, weil das Glück bringt. «Können wir im Café Kakao trinken?»

«Wenn du willst.»

«Können wir zuerst Kakao trinken? Noch vor dem Museum?»

Ihre Mutter schweigt. Sie gehen an einer Frau vorbei, die auf dem Bürgersteig steht. Sie spricht in ihr Handy und lacht dabei. Sie hat einen schwarzen Mantel an. Sie lacht pausenlos, während sie da steht.

«Können wir das machen?»

«Nein. Den Kakao gibt es hinterher.»

«Warum nicht vorher?»

«Weil ich nein gesagt habe.»

«Aber warum?»

«He, hör auf zu quengeln.»

Ihre Mutter ist stehen geblieben und sieht sich um, nach rechts und links. Einen Moment lang denkt Alexa, sie suche nach jemandem, dem sie von Alexas Benehmen erzählen kann. Aber es geht nur darum, die Straße zu überqueren.

«Hör auf zu quengeln», wiederholt ihre Mutter, als sie auf der anderen Seite ankommen. «Kaum sind wir aus dem Haus, hast du schon alle möglichen Extrawünsche.»

«Tut mir leid», sagt Alexa.

Wieder bleibt ihre Mutter stehen. Sie beugt sich über Alexa und legt einen Arm um sie, sodass die Straße verschwindet und Alexa in ihren Haaren und den Falten ihres Mantels vergraben ist.

«Nein, mir tut's leid», sagt sie ihr ins Ohr. «Ich bin einfach müde. Ich muss mich erst wieder an dich gewöhnen.»

Alexa fragt sich, was das heißen soll. Jedenfalls klingt es, als wäre sie in gewisser Weise etwas Besonderes. Vielleicht heißt es ja, dass sie doch zuerst Kakao trinken gehen. Sie erreichen die Hauptstraße und bleiben an der Bushaltestelle stehen. Hier, in dem Lärm und Verkehr, wirkt ihre Mutter kleiner. Sie hat eine rote Jacke an.

«Wo ist der Bus?», sagt Tonie. «Kannst du ihn sehen? Du hast bessere Augen als ich.»

Alexa schickt ihre Augen über das platte graue Band. Sie hält Ausschau nach der Form des Busses. Sie weiß, wonach sie Ausschau hält, und ist trotzdem nervös. Es könnte ja sein, dass sie den Bus nicht erkennt oder dass er gar nicht kommt. Sie achtet auf die Umrisse der Autos und Lieferwagen und Laster und fragt sich jedes Mal, ob das, was da heranbraust, der Bus ist.

«Ich glaube, ich kann ihn sehen», sagt sie. In der Ferne erscheint etwas Großes und Blaues. Sind Busse blau? Vielleicht schon, denkt sie.

Tonie guckt auch hin. «Das ist kein Bus», sagt sie lachend.

Alexa runzelt die Stirn, schaut auf ihre Schuhe. Schaut auf den schmutzigen Bürgersteig.

«Da ist er ja», sagt Tonie. «Das ist er.»

Der Bus kommt auf sie zu, ein Doppeldecker, dunkelrot und beige. Alexa erkennt ihn, erkennt das Zeichentrickgesicht mit den runden Scheinwerfer-Augen, der hohen flachen Stirn, die im Sonnenlicht flimmert, den staubigen Fenstern im Oberdeck, aus denen Leute herausgucken. Er braust aus dem Nichts heran, bunt und voller Leben. Sie fühlt sich erleichtert. Er kommt und wird zur Gewissheit, zur Wirklichkeit, und ihre Zweifel sind wie weggeblasen.

«Können wir nach oben?», sagt sie.

Oben ist ein Mann mit einem kleinen Hund. Der Hund

hockt dem Mann auf dem Schoß und schaut Alexa an. Alexa beobachtet ihn durch den Spalt zwischen den Sitzlehnen. Er hat lustige braune Augen und schnuppert dauernd in der Luft herum. Sie schaut den Mann an und dann wieder den Hund.

«Keine Bange», sagt der Mann. «Die tut dir nichts.»

«Wie heißt sie?», fragt Alexa.

«Jill», sagt der Mann.

Alexa schiebt die Hand durch den Spalt und streichelt Jills rauen kleinen Kopf. Der Kopf bewegt sich genüsslich unter ihren Fingern. Der Stummelschwanz wackelt. Die braunen Augen sind willig.

«Das hat sie gern», sagt der Mann.

Alexa dreht sich zu ihrer Mutter um.

«Guck mal, die mag mich», sagt sie.

«Ja, ganz eindeutig», sagt ihre Mutter. Sie lächelt. Bestimmt, weil sie sich darüber freut, dass der Hund Alexa mag. Und trotzdem sind ihre Augen nicht so willig wie die von Jill. In ihrem Lächeln verbirgt sich etwas nur sie Betreffendes, etwas Unzugängliches.

«Können wir einen Hund haben?», sagt Alexa. «Ja?»

Das Gesicht ihrer Mutter verschließt sich. Sie dreht den Kopf weg, schaut aus dem Fenster.

Es ist, als wäre man in einer Kirche, so groß kommt einem das Museum von innen vor, und alles schimmert bräunlich. Hier gibt es so viel zu sehen wie in einem Wald, lauter kleine Schauplätze, nur eben hinter Glas. Jeder Schritt, den man macht, hallt nach. Sie fangen im oberen Stock an, in Alexas Lieblingssaal. Er ist voll von Kristallen, Edelsteinen, Gesteinsbrocken, die auf schwarzen Sockeln liegen. Jedes einzelne Stück wird angestrahlt. Das Licht ist weiß und gebündelt, kostbar in der Dunkelheit, die ringsherum herrscht. Es glitzert wie Raureif auf den Kristallen und den Rubinen, dem Malachit, dem Amethyst. Die Kristalle sind fremdartig, fast schon unheimlich. Sie scheinen ihren eigenen Willen, ihre eigenen Absichten zu haben. Sie sehen aus, als könnten sie die Weltherrschaft übernehmen, mit ihren erstaunlichen Auswüchsen, den scharfen Spitzen und Kanten. Alexa stellt sich eine Kristallwelt vor, die aus der dunklen Erde herausbricht und immer weiter wächst, der Sprache keinen Raum lässt. Ihr Lieblingsstein ist der purpurrote Amethyst. Er ist wie eine Blume. Seine damenhafte Farbe hat es ihr angetan.

«Die sind echt seltsam», sagt Tonie, während sie langsam an den Vitrinen entlanggeht.

«Welcher gefällt dir?», fragt Alexa. Sie möchte, dass ihrer Mutter zumindest einer davon gefällt.

«Der da. Der Opal.»

Sie deutet darauf. Der Opal ist blass und milchig. Er hat keine Farbe. Er ist nebelhaft, wie eine Wolke. Alexa schaut ihn an. Sie wartet darauf, dass er ihr etwas mitteilt, aber er scheint für sie unbegreiflich zu sein. Es ist, als würde er ihr etwas vorenthalten, ein Geheimnis. Sie fragt sich, warum ihre Mutter ihn mag. Fragt sich, warum ihr der Opal lieber ist als der blumenartige Amethyst.

«Guck dir den mal an», sagt Tonie und zeigt auf einen stachligen schwarzen, lichtgesprenkelten Quarzkristall. «Der ist wie aus einem Horrorfilm.»

Alexa lacht. Sie stellt sich den schwarzen Stein auf einem Raubzug im Weltall vor. Sie macht ihre Finger zu Stacheln und knurrt wie ein Monster.

Tonie lächelt. «Dann wollen wir mal weiter», sagt sie.

Sie gehen durch stille Räume voller Tiere. Tonie gefallen

diese Räume offenbar besonders gut. Sie bleibt stehen, guckt und liest die Namen der verschiedenen Dinge von Kärtchen ab. Die Tiere sind alle tot. Alexa fragt sich, ob es ein Zeichen von Respekt ist, dass Tonie vor jedem haltmacht und seinen Namen vorliest – ob ihr das Tier leidtut, das sterben musste. Da kauert ein Iltis auf einem künstlichen Ast, schaut Alexa mit gelben Augen an. Plötzlich bekommt sie Angst. Sie wünscht sich, sie hätte nicht auf seine Augen geachtet. Mit einem Mal fühlt sie sich beobachtet, von den wilden Augen exotischer Vögel, dem unter schweren Lidern gesenkten Blick eines Bären, der auf den Hinterbeinen steht, den zusammengekniffenen Augen von etwas, das seine Zähne fletscht: Sie alle sind reglos, aber auf der Lauer, als warteten sie auf ihre Gelegenheit. Dabei weiß sie doch, dass sie tot sind.

«An wen erinnert dich das?», sagt Tonie und deutet auf das Stachelschwein mit struppigem kleinem Gesicht und üppigem, starrem Borstenkleid.

Alexa weiß nicht, an wen es sie erinnern soll. Sie fragt sich, ob Tonie damit meint, dass es sie an Alexa erinnert.

«An Daddy?», sagt sie.

Tonie lacht. «Nicht an Daddy. An Grandma.»

«Warum ist es wie Grandma?»

Wieder lacht Tonie. Anscheinend tun ihr die Tiere doch nicht leid, sondern erinnern sie an etwas, das lebendig ist. Alexa findet es gefährlich, zwischen Lebenden und Toten eine Verbindung herzustellen. Sie hat Angst, dass ihre Mutter andere Leute in Gefahr bringen könnte.

«Ach, eigentlich aus keinem besonderen Grund.»

«Können wir nachher Grandma besuchen?»

«Nein, das können wir nicht.»

«Und wann dann?»

«Weiß ich nicht», sagt Tonie. «Das kann ich dir nicht sagen.» Sie starrt in den Schaukasten mit dem Stachelschwein.

«Können wir jetzt in den Muschelsaal gehen?», sagt Alexa.

«Von mir aus. Magst du die Tiere denn nicht?»

«Ich mag ihre Augen nicht», sagt Alexa zögernd. Sie denkt, dass ihre Mutter über die Augen Bescheid wissen müsste. Dass sie Bescheid wissen sollte, um vorsichtiger zu sein.

Sie gehen zurück in den Hauptsaal mit seinem gedämpften Tumult, seinem Unterwasserlicht und den seltsamen, widerhallenden Geräuschen. Alexa kann sich nicht entsinnen, wo der Muschelraum ist. Sie schauen sich um, werfen Blicke in Räume voller alter Töpfe und Porzellanteller, Räume mit lauter Schwertern und Lanzen, Räume mit Gipsfiguren in altmodischen Gewändern. Heute möchte sich Alexa keine Menschen-Sachen anschauen. Sie kommen ihr dröge und trostlos vor, verglichen mit den glitzernden, unvergänglichen Kristallen, den in ihrer Winzigkeit so perfekten Muscheln. Aber sie weiß nicht mehr, wo die Muscheln zu finden sind.

«Vielleicht gibt es hier gar keinen Muschelraum», sagt ihre Mutter.

«Doch. Ich erinnere mich daran.»

«Bist du dir sicher? Vielleicht war der in einem anderen Museum.»

«Ich erinnere mich an den *hier*», sagt Alexa, obwohl die Worte ihrer Mutter sie verunsichert haben. So etwas kann passieren, das weiß sie. Es kann passieren, dass man sich an etwas erinnert und es doch nie wiederfindet, ganz egal, wie sehr man danach sucht. Die perfekt geformten Muscheln, rosa schimmernde Wunder, bloße Hüllen und trotzdem so reich verziert, lassen sich vielleicht nie wiederfinden.

«Also», sagt Tonie, «ich bin mir ziemlich sicher, dass er jetzt nicht hier ist.»

«Doch!», schreit Alexa. «Ist er *doch*!»

Ihre Mutter bleibt stehen, schaut sie an. Dann sagt sie:

«Ich geh mal zur Auskunft und frag nach.»

Sie lässt Alexa auf einer Bank im Saal zurück. Als sie wiederkommt, schaut sie anders drein. Sie streckt die Hand aus.

«Die Sammlung ist verlegt worden», sagt sie. «Sie ist jetzt bei ‹Küsten und Flüsse›. Die haben alles Mögliche umgeräumt, seit ich das letzte Mal hier war.»

«Also hatte ich *nicht* unrecht», sagt Alexa.

«Du hattest nicht unrecht. Du hattest recht. Wir hatten beide recht.»

«Küsten und Flüsse» ist neu. Rings um die erleuchteten Schaukästen herrscht aufregende Dunkelheit. Es gibt Stimmen, die vom Band sprechen, und Knöpfe, die kleine Lichterketten angehen lassen, wenn man draufdrückt. Alexa findet die Muscheln, aber sie sind nicht so wie in ihrer Erinnerung. Sie sind anders. Der Schaukasten ist voller Sand, und es gibt schmutzig aussehende Netze, in denen Seesterne aus Plastik hängen. Die Muscheln liegen im Sand herum, als hätte sie jemand einfach fallen lassen. Irgendwie sind sie gewöhnlich geworden. Alexa wendet sich ab, um ihre Mutter suchen zu gehen. Sie wandert durch die von Stimmen erfüllte Dunkelheit, ein unvertrautes Terrain, mit Teppich bedeckt. Schließlich entdeckt sie Tonie am anderen Ende des Raumes. Sie steht in einem Labyrinth aus Schatten, das Gesicht von einem grünlichen Licht erhellt. Sie schaut durch eine Glasscheibe. Alexa tritt heran, stellt sich neben sie. Vor ihr eröffnet sich eine Flusslandschaft mit funkelnden Libellen im Schilf und einem Plastikschwan, der auf dem gemalten blauen

Wasser sitzt. Dorthin schaut ihre Mutter. Der Fluss windet und schlängelt sich zwischen seinen grünen Ufern, mäandert unter Bäumen hinweg in gemalte Fernen. An den Ufern gibt es einen Eisvogel und andere kleine Tiere, eine Ente mit ihren Küken. Es gibt Blumen und ein Vogelnest voll winziger Eier. Aber das Schönste, das Wesentliche, ist der Schwan in seiner weißen Pracht. Alexa steht neben ihrer Mutter vor der Glasscheibe. Noch nie hat sie etwas so Herrliches gesehen. Sie wünscht sich, sie könnte in das Bild eintreten, an den verzauberten Flussufern sitzen, um den Schwan zu füttern, dann wandern und immer weiterwandern unter den Bäumen, bis sie außer Sicht wäre. Wie gerne würde sie diese andere Wirklichkeit erforschen. Sie spürt die Verzückung des Imaginären, das wirklich wird.

«Guck mal, die Küken», sagt sie zu ihrer Mutter. «Guck mal, die kleinen Eier in dem Nest.»

Ihre Mutter bleibt still. Sie starrt auf den Fluss, auf den Schwan. Sie hört nicht auf zu starren.

«Guck dir die Libelle an», sagt Alexa.

Die blaufunkelnde Libelle schwebt über dem Fluss. Das Schilfrohr ist hoch und glatt, ganz und gar braun und rund an den Enden. Der Eisvogel taucht ins Wasser ein. Der Schwan biegt seinen weißen Hals wie eine Ballerina. Der gemalte Fluss glitzert.

XXVII

Olga hat einen Mann kennengelernt. Er ist Hilfspfleger in ihrem Krankenhaus. Stefan heißt er. Eines Tages, in der Cafeteria, fragte er sie, wo sie herkomme, und als sie ihm den Namen ihrer Heimatstadt nannte, machte er einen Luftsprung und rief: «Mein Gott!», worauf sie dachte, er stamme sicher auch von daher. Aber er ist bloß Litauer. Sie weiß immer noch nicht, warum er so aufgeregt war. Er ist fast zwei Meter groß. Es ist schon beeindruckend, wenn ein richtig großer Mann einen Satz in die Luft macht.

Olgas Chef hat sie auf die Station versetzt, wo Frauen hinkommen, um ihre Babys zu kriegen. Vorher hat sie bei den alten Leuten geputzt, in den großen stillen Räumen tief drinnen im Labyrinth des Gebäudes, wo die Fenster auf nichts weiter hinausgehen als Backsteinmauern, Treppenhäuser oder die Lüftungsschächte und Rohre der Heizungsanlage, als hätte irgendjemand entschieden, dass diese alten Leute die Welt nicht mehr zu sehen brauchten, weil sie ohnehin kurz davor seien, sie zu verlassen. Die alten Damen lagen in ihren Betten, weiß, weich und winzig, wie verhutzelte Feen. Sie machten niemandem Ärger. Wie Babys in ihren Kinderbettchen lagen sie unter der hellen Deckenbeleuchtung, mit nichts als ein paar Kleinigkeiten an ihrer Seite: einem gerahmten Foto, einer Postkarte, einer Zeitschrift. Sie hatten so wenig – weniger, als Leute in der Handtasche mitnehmen, wenn sie einkaufen gehen. Das weiße Licht erforschte sie, legte sie in all ihrer Armseligkeit bloß, wusch die Bedeutung eines jeden Gegenstands aus, bis das Foto und die Postkarte kaum noch ein Recht zu haben schienen, durch ihre Anwesenheit die vordringende Weiße zu behindern. Olga staubte die Andenken ab, stellte sie ordentlich, in all ihrer Würde, zurück auf die Nachttische, strich die Deckblätter der Zeitschriften glatt.

Auf der Entbindungsstation geht es ganz anders zu. Die Frauen hier bekommen riesige, grellfarbene Blumensträuße, Schalen mit exotischen Früchten und Geschenke, immer mehr Geschenke, neue Artikel, die sie achtlos aus ihrer Verpackung pulen, dem Abfall, den Olga dann vom Fußboden aufheben muss: die eingerissenen, leuchtend bunten Papiergebilde, die goldenen Bänder, die Anhänger und Etiketten, die raschelnden Plastikschleier, mit denen die neuen Dinge umhüllt gewesen sind. Sie nimmt das alles, was ja ebenfalls neu und doch so überflüssig ist, und stopft es in ihren schwarzen Müllsack. Neben den Betten stehen Kästen aus Acrylglas, in denen sich die Babys wie nackte Larven winden. Am Ende ihrer Schicht ist der Sack voll, voll von schwerelosem, knisterndem Abfall, chemisch-frisch und namenlos. Es gibt keine Wörter für die Sorten Müll, die Olga einsammelt. Schon seltsam, dass neues Leben mit namenlosem Müll garniert zur Welt kommt.

Die Flure vor den Kreißsälen hallen wider von grässlichen Schreien. Olga wedelt mit ihrem Mopp bis an die geschlossenen Türen heran. Drinnen brüllen die Frauen wie Tiere. Stefan arbeitet auf diesen Fluren; er karrt die Patientinnen auf Rollbetten rein und raus. So sieht sie ihn: wie er die gepeinigten Damen hin zu ihrem Schicksal, ihrer Erlösung, schiebt und sie dann zurückholt, matte, verknäulte, stumme Mütter, denen das Baby wie eine Larve an der Brust hängt. Kraft seiner Größe und aufrechten Haltung scheint er ihr Leiden zu beaufsichtigen, ja es beinahe zu beschreiben, wie der Pinsel eines Künstlers das Bild beschreibt, das er als Werkzeug malt: Obwohl er selbst gar nicht beteiligt ist, findet er sich, von unsichtbarer Hand geführt, am Angelpunkt der Schöpfung wieder. Er verteilt deren Formen und Eigenschaften; er geht im Gebärraum ein und aus, besudelt von der Schöpfung.

Aber im Pub, nachdem er geduscht und seine Krankenhausuniform abgelegt hat, verzieht sich alles Dienstliche wie Nebel; seine Autorität ist wiederhergestellt, die reine Autorität des Pinsels. Er sagt:

«Dieses Land ist ein schlechtes Land.»

Im Laufe der Wochen hat Olga all ihren Kummer vor Stefan aufgedröselt, ihre Einsamkeit und Verunsicherung, ihre Erschöpfung und ihren Aberglauben, das sie beherrschende Gefühl, so automatisch, wie ein Magnet ein Stück Eisen anzieht, hier alles Unheil anzuziehen. Die ganze Geschichte liegt ausgebreitet vor ihm.

«Warum sollte es schlechter sein als andere Länder?», sagt sie.

Er nickt, hebt die Hand: Darüber hat er bereits nachgedacht.

«Unsere Lage hier ist es, die das Schlechte zum Vorschein bringt. Wie die Maus das Schlechte in der Katze zum Vorschein bringt.»

Olga bekommt Angst. Sie möchte hören, dass ihre Probleme verschwinden werden. Sie möchte sie nicht für unveränderlich halten müssen, wie die Maus und die Katze. Und Mäuse kann sie ohnehin nicht leiden: Zu Hause hat sie einen wunderschönen Kater, Mino, der Mäuse fängt und sie in einem Stück verschlingt. Angeekelt und zugleich fasziniert hat sie die zahnstocherdünnen Beine und das Schwänzchen wie verrückt um Minos Lippen zappeln sehen, selbst wenn der Kopf ihm schon in den Schlund gerutscht war. Hinterher rieb er sich schnurrend an ihren Beinen, starrte sie mit seinen klaren, ruhigen Augen an. Er wies sie auf seine Überlegenheit hin; er behauptete, mit ihr verwandt zu sein, eine Verwandtschaft überlegener Wesen.

«Es braucht Zeit», sagt Olga. «Vielleicht lange Zeit.»

Stefan schüttelt den Kopf. «Wir könnten hier hundert Jahre sein und würden trotzdem nicht dazugehören», sagt er.

«Vielleicht müssen wir ja nicht dazugehören. Vielleicht wollen wir ja bloß leben.»

Ganz plötzlich hat er sie daran erinnert: an die enge Stadt, das ewige Grau, das ihr ins Hirn sickerte und es befleckte, das Gefühl von Verunstaltung überall – dass alles bekannt und verunstaltet war, ja sie selbst verdorben und verunstaltet war durch das, was andere über sie erfahren hatten. Und die schreckliche Gewissheit der Wiederholung – ihre Großmutter, Mutter und Schwester, sie kopierten einander, griffen eine nach der anderen zum selben grauen Lebenslumpen. In letzter Zeit hat sie ein Gefühl der Sehnsucht nach ihrer Heimatstadt und ihrer Familie beschlichen. Klammheimlich hat es das ganze Grau übertüncht; es hat sich ihre Erinnerungen vorgenommen und sie in Regenbogenfarben gemalt. In Polen hat sie sich in diesen Regenbogenfarben ausgesponnen, wie ihr Leben woanders sein würde. Nun ist sie hier und spinnt es sich wieder aus.

«Als Dienstboten», sagt Stefan. «Als Außenseiter. Aber

als Gleiche, das nie.» Er deutet mit seinem langen, kräftigen Finger auf sie. «Du, in Polen eine ausgebildete Lehrerin, abgeschlossenes Studium, gesellschaftlich hoch angesehen, und was lässt man dich hier machen? Man lässt dich Fußböden wischen.»

«Hier verdiene ich in einer Woche mehr als zu Hause in einem Monat», sagt Olga. «Und außerdem bin ich schon früher als Dienstbotin behandelt worden. In Polen zählt eine Lehrerin weniger als eine Putzfrau. Weniger!»

Nachdem alles andere zu einem unkörperlichen, regenbogenfarbenen Mythos geworden ist, hält sich Olga jetzt auf dem Boden der Wirklichkeit. Hier, wo die Gefahr am größten ist, soll Stefan nicht einknicken. Soll sich nicht in Illusionen flüchten und sie mit dieser einen, bitteren Gewissheit alleinlassen.

«Aber als Lehrerin hast du Würde», sagt er. «Da hast du Selbstachtung.»

«Von Achtung konnte überhaupt keine Rede sein. Die Eltern haben mich nicht geachtet und ihre Kinder genauso wenig. Ich habe sie gehasst!»

Er hebt die Augenbrauen, schürzt die Lippen.

«Selbst wenn ich nach Polen zurückkehre, werde ich nie mehr wieder als Lehrerin arbeiten», sagt sie.

Als sie das sagt, bröckelt der Boden unter ihren Füßen unmerklich weg. Sie wird freigelassen in die Erinnerung an verharschten Schnee auf winterlichen Straßen, an die warme Küche ihrer Großmutter, an die heißen, ereignislosen Sommertage, die vertrauten Geräusche und Gerüche; an die Landschaft, durch die sie sich bewegt, bekannt und anerkannt, ihre Freunde und Familie, die sich an jeder Kehre um sie scharten, ihren Namen riefen: Olga! Olga! Plötzlich scheint klar, was das Problem war, wo die Blockade lag. Falls sie nach Polen zurückkehrt, wird sie sich eine Stelle in einer Bank suchen, und alles wird anders sein. Sie sieht sich hinter dem Schalter sitzen, in einem klassischen Kostüm, mit Stöckelschuhen. Sie sieht sich lächeln, ihre gerichteten Zähne vorzeigen.

Stefan greift nach ihrer Hand und nimmt sie zwischen die seinen. Es sind große weiße Hände, aus denen die Knöchel wie Berge ragen.

«Unsere Vertrautheit ist die von Außenseitern», sagt er. «Das heißt: wir gegen die. Wir sind ein kleines Volk, das die Welt bekämpft.»

«Du hast recht», sagt sie, matt lächelnd.

Sie ist müde. Die Anstrengung, Illusionen abzuwehren, hat sie erschöpft. Und noch immer setzt es ihr zu, durch den Schläfrigkeitsschleier ihrer Resignation hindurch: das Gefühl von Panik, das schreckliche Gefühl, das sie aus ihrem Zuhause getrieben, das sie hierhergetrieben hat. Das Gefühl, das sich einstellt, wenn man etwas kaputt macht. Man macht es kaputt und kann dann nichts weiter tun, als Reißaus zu nehmen.

«Ich will ein ganz normales Leben von Mann und Frau», sagt er. «Ich will nicht die falsche Vertrautheit von Menschen, die auf einer kleinen Insel zurechtkommen müssen. Ich will, dass wir irgendwo dazugehören, dass wir ein normaler Mann und eine normale Frau sind.»

Sie denkt an die Frauen auf der Entbindungsstation, die im Müll versinken; an das Obst, das in seinen Schalen verrottet, die Blumen, die welken und braun werden. Sie hört das Brüllen und Schreien, sieht die Babys wie Larven an den Brüsten hängen. Da sind ihr die alten Damen wirklich lieber gewesen. Die zierlichen alten Damen, die man längst enteignet hat.

«Aber in Polen würdest du genauso wenig dazugehören», sagt sie.

«O doch. Zumindest so, dass es ausreicht.»

Sie streichelt seine Finger, während ihre Augen durch den Raum wandern, ohne etwas wahrzunehmen.

«Meine Mutter wird sich freuen, wenn sie mich scheitern sieht», sagt sie. «Und meine Schwester sogar noch mehr. Sie wird sich ihr Leben lang freuen, wenn ich nach Hause zurückkehre, weil das bedeutet, dass ich es nicht geschafft habe.»

«Sollen sie doch», sagt er sanft. «Lass ihnen doch die Freude.»

Sie denkt darüber nach. Abends, nach Schichtende, geht sie oft zu Stefan in die Wohnung, eine kleine Wohnung an einer verkehrsreichen Straße in der Nähe des Krankenhauses. Sie schläft in seinem Bett, neben seinem Körper, der wie eine lange weiße Wurzel ist, fest und gegabelt. Im Dunkeln saugt er an ihren großen Brüsten, während draußen auf der Straße Autos vorbeiröhren. Ist es Normalität, was ihnen fehlt? Für Olga sind diese Nächte abstrakt, einzelne Vorkommnisse, wie ein winziger Samen, aus dem etwas Großes und sich Verzweigendes wachsen könnte. Der Samen lässt nicht erkennen, was dieses Etwas sein wird. Er ist stumm. Er hat keine Verbindung zu etwas anderem, nur das stumme Geheimnis seiner Zukunft, das in ihm eingeschlossen bleibt.

In einer Hinsicht hat Stefan allerdings recht. Wie kann man sich auch sicher sein, dass der andere der ist, den man wirklich will.

«Die Leute, bei denen ich wohne, sehen total normal aus. Aber sie sind nicht normal», sagt sie. «Sie sind keine normale Familie. Vielleicht ist es doch nicht so leicht, normal zu sein.»

«Warum?», sagt er. Er ist neugierig. «Inwiefern sind sie nicht normal?»

«Ich hab dir doch von ihnen erzählt», sagt sie. Es stimmt schon, dass sich ihre Unterhaltungen mit Stefan wiederholen. Vielleicht ist es ja genau das, was passiert, wenn man auf einer Insel lebt. «Ich will damit nur sagen, dass es gar nicht so leicht ist, einfach ein normaler Mann und eine normale Frau zu sein.»

In letzter Zeit hat sie Thomas und Tonie genauer beobachtet. Die Beziehung zu Stefan hat ihre Aufmerksamkeit geschärft: Nun, da sie Liebe erlebt, interessiert es auch mehr, wie andere Leute Liebe erleben. Früher konnte sie Thomas und Tonie in keinen Bezugsrahmen fassen. Beide schienen polymorph und irgendwie gehaltlos. Manchmal waren sie wie Bruder und Schwester, dann wieder wie alte Leute, die junge nachahmen. Es hatte immer etwas Gekünsteltes, etwas Symbolisches und Hölzernes, wenn sie sich küssten oder berührten. Aber jetzt erkennt sie, dass sie wirklich sind. Dass sie dem System Liebe dienen, wie die Leute früher ihren Göttern gedient haben. Sie erkennt, dass Liebe so streng und so unsichtbar ist wie ein Gott, dem die Leute mit der Zeit nur noch hölzern, mechanisch Ehrerbietung erweisen. Und doch kommt es ihnen nicht in den Sinn, ihn zu leugnen, diesen Gott der Liebe. Sie fragt sich, ob so ein beschränktes, unsichtbares Leben das ist, was Stefan mit Normalität meint.

«Ich werde für dich sorgen», sagt Stefan, der die Arme

jetzt majestätisch über der Brust kreuzt. «Wenn du ein Kind haben willst, dann soll es mir recht sein. Dann sorge ich für dich.»

«Ich will niemals ein Kind haben», sagt Olga.

Sie hat schon ein Kind gehabt. Es wurde getauft, bevor sie es weggab: Ihre Mutter bestand darauf. Der Freund ihrer Schwester war der Vater. Alle kamen sie zur Taufe in die Kirche und standen schick gekleidet um den Taufstein herum.

«Schon möglich, dass es ohne Kind leichter ist», räumt Stefan ein.

«Vielleicht werden wir immer Außenseiter bleiben», sagt Olga. «Vielleicht wird sich daran nie etwas ändern.»

Stefan, denkt sie, sollte wissen, dass dieser sichere Hort zum Gefängnis werden kann. Wenn sie Thomas Klavier spielen hört, denkt sie an einen Vogel, der in seinem Käfig singt, im sicheren Hort ein Klagelied anstimmt. Und trotzdem hätte sie auch gern einen Käfig. Etwas, um die anderen draußen zu halten.

Sie schaut auf ihre Uhr. «Wir sollten nach Hause gehen», sagt sie.

Er steht auf. Schon ist er ihr Zuhause geworden. Es spielt keine Rolle, in welchem Raum sie sind, in welchem Land. Draußen auf der Straße legt er ihr den Arm um die Schulter. Sie gehen zu seiner Wohnung. Sie denkt an ihr kleines Zimmer in der Montague Street, an die Nächte, die sie dort allein verbracht hat, unschuldig in ihrem schmalen Bett. Schon denkt sie gerührt an diese Nächte. Lässt sie im Geist wiedererstehen. Erinnert sich an sie mit regenbogenfarbener Nostalgie.

XXVIII

Howard [*oben*]: Claude! Claude, bist du da?

Claudia [*unten*]: Was?

Howard: Claude!

Claudia: Was ist denn?

Howard: Claude, wo sind meine Bootsschuhe? Die sind nicht da, wo sie immer stehen.

Claudia: Ich bin am *Telefon*.

Howard: Sie sind wo?

Claudia: Ich sagte, ich bin am *Telefon*! Ich telefoniere mit Juliet. [*Zu Juliet*] Entschuldige.

Juliet: Schon gut.

Claudia: Das war nur Howard, der seine Bootsschuhe nicht finden kann. Du weißt ja, wie es ist, wenn er was sucht. Er fängt an, alles aus den Schränken rauszuräumen. Wir sind wie die Zweigstelle, die Besuch vom Geschäftsführer kriegt. Ich komm mir vor wie bei einer Kassenprüfung.

Juliet: Wozu braucht er denn seine Bootsschuhe? Wollt ihr verreisen?

Claudia: Nur nach Cornwall übers Wochenende.

Juliet: Was, jetzt noch?

Claudia [*überrascht*]: Ja.

Juliet: Aber es ist schon zehn!

Claudia: Wirklich?

JULIET: Zehn *nach* zehn.

CLAUDIA: Nein, unmöglich! Zehn? Das ist ja absurd – die Kinder müssten längst im Bett sein!

JULIET: Ihr wollt sie doch nicht etwa mitnehmen?

CLAUDIA: Was denn sonst – wir können sie ja nicht auch in die Hundepension geben! Sie machen einen Wochenend-Segelkurs.

JULIET: Aber da kommt ihr doch frühestens um zwei Uhr nachts an! Wie wollt ihr sie da morgen für einen Segelkurs wach kriegen?

[*Schweigen*]

CLAUDIA: Ach, sie werden bestimmt ein bisschen im Auto schlafen.

[*Schweigen*]

JULIET: Wenn das so ist, sollten wir jetzt mal auflegen.

CLAUDIA: Aber ich hab das Gefühl, dass ich noch gar nichts von *dir* gehört habe!

JULIET: Na ja, ein andermal.

CLAUDIA: Aber *bald*, versprochen.

JULIET: Also bis dann.

CLAUDIA: Bis dann. Howard?

HOWARD: Hast du sie gefunden?

CLAUDIA: Howard, es ist zehn! Viel zu spät, um loszufahren. Die Kinder sollten längst im Bett sein!

HOWARD: Aber ich bin doch erst um neun von der Arbeit gekommen, Claude.

CLAUDIA: Ich dachte, du würdest so früh kommen, dass wir zeitig losfahren könnten!

HOWARD: Ich bin um neun gekommen. Ich bin so früh gekommen, wie es nur ging.

CLAUDIA: Na, das hättest du mir sagen können.

HOWARD: Ich dachte, du wüsstest es. Normalerweise weißt du doch, wie viel Uhr es ist.

CLAUDIA: Die Kinder sollten längst schlafen. Wahrscheinlich schlafen sie eh schon. Hast du mal nachgeguckt?

LOTTIE: Wir schlafen noch nicht.

CLAUDIA: Das ist ja absurd! Total absurd! Du hättest mal Juliet hören sollen, als ich ihr gerade gesagt habe, wir würden heute Abend noch losfahren. Sie hat offenbar gedacht, wir wären *völlig* durchgeknallt!

HOWARD: Deine Schwester hält alle Leute für durchgeknallt, mein Schatz. Mit der denkwürdigen Ausnahme ihrer eigenen Person.

CLAUDIA: Werd nicht gemein, Howard.

HOWARD: Natürlich findet Juliet, dass zehn Uhr spät ist. Die ist doch um zehn schon im Bett. Im Bett mit ihrem Schleier, wie eine Nonne.

CLAUDIA: Sie war nicht im Bett. Sie hat mit mir telefoniert.

LEWIS [*aus seinem Zimmer*]: Sie kann im Bett sein und gleichzeitig mit dir telefonieren. Sie könnte sogar schlafen und gleichzeitig mit dir telefonieren. Sie könnte sogar hypnotisiert sein und mit dir telefonieren.

CLAUDIA: Offenbar denkt sie, *ich* würde alles an die Wand fahren und vergessen, dass ich eine Familie habe, einschließlich einer sechsjährigen Tochter, die unter Wachstumsstörungen leidet, weil niemand es auf die Reihe kriegt, sie ins Bett zu bringen –

LOTTIE: Manchmal denke ich, ich wäre auch gern eine Nonne.

CLAUDIA: – und ich schaffe es nicht, ihr zu sagen, jetzt hör aber mal auf, das liegt nicht an mir, verstehst du? Ich schaffe es nicht, ihr zu sagen, dass gewisse Leute eben total selbstsüchtig sind und nur an sich denken. Es ist schon ein Witz [*lacht*], ein Witz, dass ich den ganzen Tag in meinem Atelier hätte arbeiten können, den ganzen Tag und auch den ganzen Abend, und trotzdem *genau* da wäre, wo ich jetzt bin!

HOWARD: Hättest du ja auch tun können, Claude. Das ist eine korrekte Darstellung der Lage, findest du nicht?

CLAUDIA: Wie meinst du?

HOWARD: Dass du den ganzen Tag hättest arbeiten können, ohne negative Auswirkungen auf die Familie.

[*Schweigen*]

CLAUDIA: Genau wie du.

HOWARD: Vermutlich ja. Ich weiß es nicht. Ich wiederhole nur, was du selber gesagt hast.

CLAUDIA: Das musst gerade du sagen – kommst nach Hause und stellst fest, dass auf wundersame Weise die Betten gemacht sind und das Haus aufgeräumt ist und das Essen eingekauft und die Kinder von der Schule abgeholt –

HOWARD: Ich denke doch bloß an dich, Claude. An dein Wohlergehen.

CLAUDIA: – du, der du eine Sklavin hast, eine echte Sklavin, eine unbezahlte Arbeitskraft, deren Zeit dir gehört!

HOWARD: Lucia ist keine Sklavin. Wir zahlen ihr etwas, oder? Wir können ihr auch gern mehr zahlen. Sie kann Martha abholen, sie kann die Einkäufe machen –

CLAUDIA: Ich rede nicht von Lucia. Ich rede von mir.

HOWARD: Du musst überhaupt nichts tun. Du kannst den ganzen Tag für dich haben.

CLAUDIA: Du kannst doch Lucia nicht dafür bezahlen, deine Frau zu sein.

HOWARD: Wenn du willst, den ganzen Tag.

CLAUDIA: Das ist kein ganzer Tag – das ist zweite Wahl, das sind die Restposten, die andere Leute von ihrer Zeit übrig haben. Kreativ sein, das kann man doch nicht zwischen neun und fünf, montags bis freitags, außer an gesetzlichen Feiertagen!

HOWARD: Kann man nicht?

CLAUDIA: Du hast keine Ahnung von Kreativität! Du hast keine Ahnung davon, was ein Künstler aufgibt, wenn er die Verantwortung für andere Menschen übernimmt!

LOTTIE: Fahren wir?

HOWARD: Nein!

[*Schweigen*]

HOWARD: Hör mal, Claude, dann lassen wir's einfach. Lassen wir den Wochenend-Trip. Dann bleiben wir eben zu Hause.

CLAUDIA: Aber das geht nicht. Du hast doch den Segelkurs gebucht.

HOWARD: Den kann ich ja stornieren.

CLAUDIA: Und die Kinder haben sich darauf gefreut. Es geht nicht.

HOWARD: Dann fahre ich mit ihnen. Du kannst hierbleiben. Das heißt, du hast morgen und übermorgen den ganzen Tag für dich.

CLAUDIA [*Pause*]: Jetzt komme ich mir vor, als sollte ich bestraft werden.

HOWARD: Aber du hast doch gerade gesagt –

CLAUDIA: Es ist, als würdest du sagen, na schön, wenn du mehr Zeit für dich willst, dann fahren wir eben allein nach Cornwell und lassen's uns da ohne dich gutgehen. Du kannst gern Zeit für dich haben, aber nur auf eigene Kosten. Auf den Spaß musst du dafür verzichten.

HOWARD [*verwirrt*]: Dann komm halt mit.

CLAUDIA: Also gut.

HOWARD: Obwohl wir vielleicht doch erst morgen früh fahren sollten. Es ist fast elf.

CLAUDIA: Aber dann verpasst ihr den halben Tag! Es hat doch keinen Sinn hinzufahren, wenn ihr einen ganzen halben Tag verpasst.

HOWARD: Ist ja nicht so wichtig.

CLAUDIA: Wir sollten lieber gleich losfahren. Um die Zeit gibt es keinen Verkehr.

HOWARD: Und was ist mit Marthas Wachstumsproblemen?

CLAUDIA: Sie kann im Auto schlafen. Ich leg ein paar Decken und Kissen auf den Rücksitz.

HOWARD: Ach, Claude, das ist doch verrückt. Wir kommen da niemals vor zwei an. Würdest du dich nicht lieber ausruhen und erst morgen früh fahren?

CLAUDIA: Ach, was soll's. Ich kann den Gedanken nicht ertragen, an einem Samstagmorgen mit Krethi und Plethi übers Land zu kriechen. Es wird bestimmt Spaß machen, durch die Nacht zu *sausen*, meinst du nicht?

HOWARD: Ach, Claude. Ach mein Schatz. Was hab ich dich lieb.

[*Sie küssen sich*]

LOTTIE: Fahren wir jetzt oder nicht?

HOWARD/CLAUDIA: Ja!

XXIX

Tonie geht zu einer Party, die Janine in ihrer Wohnung in Battersea gibt. Es ist ein warmer Abend, und alle sind draußen auf der Terrasse. Tonie sieht sich um, kann aber in dem diffusen Licht kein bekanntes Gesicht entdecken. Schließlich bemerkt sie Janine, eine dunkle Gestalt, deren helle Partien, die bloßen Arme und das glitzernde Kleid, sie zwischen den anderen hervorheben. Aber die Terrasse ist überfüllt und Janine weit weg. Tonie holt sich etwas zu trinken. Sie fragt sich, warum ihr hier jeder so formlos und anonym vorkommt. Die Körper wirken in der Dämmerung massiv, die Gesichter flach und nichtssagend wie Steine. Das Gedämpfte der Stimmung erschreckt sie fast. Janine, im Glanz ihrer Rolle als Gastgeberin, ist die einzige Ausnahme. Die anderen, schon halb vom Dunkel verschluckt, scheinen nicht zur selben Wirklichkeit wie Tonie zu gehören. Entweder sind diese anderen unwirklich, oder sie ist es selbst.

Dann sieht sie Lawrence Metcalf – zu spät, um ihm schnell den Rücken zuzukehren. Er rührt sich nicht von der Stelle, aber seine Augen nehmen einen gierigen Ausdruck an, der sie nötigt, auf ihn zuzugehen.

«Wie geht's?», sagt sie.

Lawrence Metcalf ist so groß, dass sie hochschauen muss, um mit ihm zu sprechen. In einem Ohr trägt er einen großen Goldring, wie ein Pirat.

«Ausgesprochen gut», sagt er, wobei er seinen Blick schon über ihrem Kopf herumwandern lässt. «Ich war gerade ein paar Tage in Stockholm, das war wunderbar.»

«Also haben Sie die Mittel bewilligt bekommen», sagt Tonie und schickt sich damit notgedrungen in diese Unterhaltung drein.

«Ja natürlich. Das stand eigentlich auch nie zur Debatte. Der Beirat hat den Antrag glatt durchgewinkt.»

«Das ist ja schön.» Sie versucht, sich zu erinnern, worum es in dem Antrag ging. Irgendetwas mit Wikingern.

«Stockholm ist einfach eine andere Welt. Schöne Stadt, schöne Menschen, alles so sauber und gut organisiert – waren Sie schon mal da?»

Tonie war noch nie in Stockholm.

«Die sind uns dort einfach um Lichtjahre voraus, in jeder denkbaren Hinsicht. Was die Bildungsmaßnahmen angeht, sind wir vergleichsweise Dritte Welt. Und die Lebensqualität ist einfach umwerfend.» Seine Augen huschen umher. «Die Frauen sind übrigens auch ziemlich umwerfend. Mindestens jede zweite, der man auf der Straße begegnet, hat was von einer Göttin.»

«Ach ja», sagt Tonie.

«Und wissen Sie, die machen einen so freien Eindruck, womit ich jetzt nicht das – äh – Klischee über die Schwedinnen bedienen will, das die dort alle offenbar ziemlich komisch finden, sondern ich meine die Einstellungen, die sie haben. Dort gibt es einfach nicht dieses weibliche Ressentiment, das einem hier überall entgegenschlägt. Findest du nicht auch, Dieter?»

Erst jetzt merkt Tonie, dass da noch ein zweiter Mann steht. Er ist viel kleiner als Lawrence. Im Dunkeln kann sie nur das blasse Oval seines Gesichts und die schimmernde Form seiner Brillengläser sehen.

«Ich bin mir nicht sicher, ob ich weiß, was du damit meinst», sagt er.

Lawrence wirft den Kopf zurück und fängt an zu lachen. Der andere lässt ein schwaches Lächeln erkennen und schaut ihn erwartungsvoll an.

«Sehen Sie?», sagt Lawrence zu Tonie. «Er weiß nicht mal, wovon ich rede. Ressentiments, Dieter – das ist das, was den Frauen in England all die Fältchen in den Mundwinkeln beschert.»

«Ich weiß, was Ressentiments sind», sagt der Mann. «Das sind die allgegenwärtigen Folgen sexueller Ungleichheit. Die Schwedinnen sind per Gesetz besser geschützt, aber ein Gesetz bringt es nicht allein; dem muss man nachhelfen.»

Lawrence wirkt ein bisschen beleidigt. Tonie mustert sein großes, fleischiges Gesicht, seine umherhuschenden Augen, sein üppiges Haar, das er etwas länger trägt, sodass es sich um seinen goldenen Ohrring kräuselt. Er gehört zu der Sorte Mann, die Tonie das Gefühl vermittelt, unsichtbar zu sein. Sein Interesse scheint allem zu gelten, nur nicht ihr. Sie kann ihn ganz eindeutig nicht leiden – aber warum macht es ihr dann zu schaffen, dass er kein Interesse an ihr hat? Warum fühlt sie sich abgetan von den ruhelos wandernden Augen eines Lawrence Metcalf?

Der kleine Mann wendet sich ihr zu. «Demnach hätten die Männer in England keine Falten.»

«Nur an den Herzen», sagt Tonie.

Er reagiert mit einem freundlichen Lachen, und seine Augen strahlen sie hinter den Brillengläsern an. «Was viel abstoßender ist.»

«Dieter», sagt Lawrence, «komm, ich muss dich unserer Gastgeberin vorstellen. Der fabelhaften Janine.»

Tonie steht wieder allein da. Dann redet sie lange mit einem jungen Dozenten, dessen Name ihr nicht einfallen will. Der Himmel ist schwarz und rauchig, ohne jeden Stern, und das Durcheinander auf der Terrasse bleibt formlos und verschwommen. Sie scheint nirgendwohin eine Verbindung herstellen zu können. Scheint nicht in der Lage, die Gesichter anderer Leute zu erkennen, deren Motive zu verstehen, in deren Wirklichkeit einzudringen. Sie sieht ihren Chef Christopher und beobachtet ihn eine Zeitlang, beobachtet, wie er redet und zuhört und lacht, beobachtet das Hüpfen des Adamsapfels in seinem schmalen Hals. Er zieht die Wirklichkeit von Janines Party nicht in Zweifel. Er ist ganz konkret, genau wie Lawrence Metcalf konkret ist. Ihr fällt auf, dass die meisten Gäste hier Männer sind. Zuletzt in ihrem Leben ist sie fast ausschließlich in Gesellschaft von Frauen und Kindern gewesen; sie erinnert sich an scheinbar ineinander übergehende Nachmittage und das Gefühl, dass etwas wächst, ungehindert wächst, an den Eindruck, sie würde sich im leeren Raum mehr und mehr ausbreiten, einen Eindruck, dem sich nichts entgegensetzen ließ. Damals hatte sie gar nichts gegen Männer. Sie hatte nur einfach vergessen, dass es Männer gab. Es war, als hätte sie sich wieder in ein Kind verwandelt, als wäre ihre Erinnerung an alles Männliche ausgelöscht und durch einen immerwährenden Nachmittag unter Frauen ersetzt worden. Wenn Thomas abends heimgekommen war, schien er geradewegs dem Sumpf der Schöpfung entstiegen, als eine neuere Erfindung oder vielleicht auch eine überholte. An sein Mann-Sein hatte sie sich nie erinnern können. Im Türrahmen stehend, schien er es in den Händen zu halten, ein Werkzeug, dessen Nutzen ihr nicht recht klar war.

Doch dann, mit der Zeit, begann sie allmählich, nach etwas anderem zu verlangen. Begann sich daran zu erinnern, wie bunt das Leben gewesen war, wie kontrastreich: Plötzlich überkam sie die Erkenntnis, dass die Existenz nicht ein einzelner Strang sein konnte, sondern ein zweifacher. Dass es zu allem ein notwendiges Gegenstück gab – das hatte sie vergessen in der Betäubung des immerwährenden Nachmittags. Sie hatte vergessen, dass sie sterben würde. Und plötzlich verlangte sie nach ihrem Gegenstück, dem Männlichen. Sie verlangte es nicht von Thomas oder einem anderen Mann, sondern von sich selbst. Sie wollte ihre eigene Zweiheit. Sie wollte nicht immer weiter wachsen, ein sich verzweigender Baum des Weiblichen sein: Sie wollte vielmehr ihren eigenen Konflikt zwischen weiblich und männlich, ihre eigene Synthese.

Doch nun, an diesem Abend, fragt sie sich, ob es ihr gelungen ist, das zu finden, was sie wollte. Und ob ihr die Welt der Männer vielleicht doch nicht genügen wird. Auch Männer wissen nichts vom Kontrast; auch ihre Existenz kennt bloß einen Strang, weil das Weibliche längst vergessen ist. Hat sie denn ihren weiten Weg auf sich genommen, nur um am Ende gegen die Starrheit und Selbstüberhebung dieser Männer zu prallen, ihre unfruchtbaren Phantasien? Was sie will, ist Leidenschaft, die Leidenschaft der Synthese. Aber die wird sie hier nicht finden.

Sie bemerkt, dass Christopher gegangen ist. Das ist professionelles Verhalten: Auch sie sollte gehen, nach Hause zurückkehren, solange es noch früh ist. Doch beim Gedanken daran wird ihr klar, dass sie nicht zu Hause sein will.

Da spürt sie eine Hand auf ihrem Arm und dreht sich um. Es ist der kleine Mann, der Freund von Lawrence. Jetzt erst, wo er nicht neben Lawrence steht, fällt ihr auf, dass er eigentlich gar nicht klein ist.

«Wir sind unterbrochen worden», sagt er. «Tut mir leid.»

«Die fabelhafte Janine», sagt Tonie.

«Die ausgesprochen nette Janine», sagt er.

Tonie lacht. Sie spürt einen leisen Druck seiner Finger auf ihrem Arm.

«Darf ich Sie irgendwohin ausführen?», sagt er.

Wie sich herausstellt, ist er kein Schwede, sondern Deutscher, obwohl er sein Leben lang in Stockholm verbracht hat. Er ist Arzt und derzeit im Rahmen eines Austauschprogramms für ein Vierteljahr an einem Londoner Krankenhaus tätig. Beim Abendessen setzt er die Brille ab und schiebt sie in die Jackentasche.

«Erzählen Sie mir von Ihrem Zuhause», sagt er.

Sie erzählt ihm von Thomas und Alexa, schildert die Ereignisse des vergangenen Jahres, erläutert die Konflikte und Probleme darin, berührt sogar den grünen Schössling des Gefühls, der sich durch all das emporgekämpft hat: ihre Sehnsucht, das Leben zu erfahren, wirklich in ihrem eigenen Körper zu leben. Sie kann selbst nicht glauben, dass sie ihm so viel erzählt hat und so schnell; und gerade als sie das denkt, sieht sie ihn die Augen schließen. Sie lacht nervös.

«Ich langweile Sie», sagt sie.

Er schüttelt langsam den Kopf. Lächelt. Macht die Augen nicht auf.

«Ich möchte Sie einfach reden hören», sagt er. «Mit geschlossenen Augen fällt mir das leichter.»

Und tatsächlich ist es das, was sie braucht, obwohl es sich ein bisschen seltsam anfühlt: ihre Stimme Zeugnis ablegen zu lassen, während ihr Körper unberührt, unbeteiligt bleibt. Er ist älter als sie, vielleicht fünfzig. Beim Reden betrachtet sie sein Gesicht. Es ist ein kleines, markantes, klargeschnittenes Gesicht mit schmalen Wangen, hoher Stirn und vollen Lippen, wie ein Gesicht aus der Antike. Keines der Gesichter, mit denen sie etwas verbindet. Und doch scheint sie es wiederzuerkennen.

Als sie geendet hat, macht er die Augen wieder auf. Sie sind von einem warmen Braun und haben etwas ungeheuer Rührendes.

«Ich will Aufmerksamkeit», sagt sie. «Ich weiß auch nicht, warum.»

«Das ist die Tragik der meisten Menschen», sagt er.

«Und was ist mit Ihnen? Ist es auch Ihre Tragik?»

«Ich hatte eine gute Mutter.»

Sie lächelt. «Muss es denn die Mutter sein?»

«Nein. Aber in meinem Fall war sie der Mensch, der für mich da war.»

«Und Ihr Vater?»

«Der war, was man so das Übliche nennt. Kühl und kritisch.»

Sie denkt an Thomas, der seine Aufmerksamkeit Alexa geschenkt hat. In gewisser Weise hat er damit Tonie befreit. Und prompt schenkt sie ihre Aufmerksamkeit einem anderen Mann.

«Es gibt nicht genügend Aufmerksamkeit, dass es für alle reicht», sagt sie lachend.

Sie merkt, dass sie nun doch nach Hause gehen, dass sie von ihrer Suche nach Aufmerksamkeit, nach Leidenschaft ablassen wird. Dieser Mann ist zu alt, zu unvertraut. Er ist zu sehr in sich geformt: Sie kann nicht erkennen, welche Absichten er hat.

«Das klingt ja wie das Schlusswort unseres Gesprächs», sagt er leise.

«Wir sprachen von Tragik, vergessen Sie das nicht», sagt sie.

Er greift über den Tisch und nimmt ihre Hand.

Draußen auf der Straße wartet Tonie neben ihm, während er nach einem Taxi Ausschau hält, das sie zum Bahnhof bringen soll. Im Dunkeln scheint der Verkehr voller abstrakter Muster und seltsam kreisender Lichter zu sein. Sie hat sich der Autorität dieses Mannes unterworfen: Von ihr wird nicht verlangt zu rechtfertigen, was sie denkt oder tut. Und doch weiß sie, dass die Autorität, die sie ihm einräumt, vorübergehend ist: etwas in ihr, eine Art Hohlraum vielmehr. Ein völlig Fremder kann daherkommen und in diesen Hohlraum seine Autorität einpassen. Er kann sie dazu bewegen, sich zu fügen, ihm zu gehorchen. In wenigen Minuten wird sie allein in einem Taxi sitzen, auf dem Weg zum Bahnhof. Ein Glück, dass es so etwas wie Taxis und Züge gibt, Orte, an denen sie zu bestimmten Zeiten sein muss. Denn sonst könnte er sie dazu bringen, alles Mögliche zu tun.

Aber es gibt jetzt keine Taxis. Entnervt dreht er sich um und legt ihr seine Hände auf die Schultern. Sie beginnt zu verstehen, dass dieser Mann Macht hat. Wenn er sie berührt, ist sie gelähmt von seiner Autorität. Ein Glück, dass es praktische Angelegenheiten gibt, die sie zum Aufbruch drängen.

«Hier werden wir keines erwischen», sagt er. «Aber ich wohne ganz in der Nähe. Wir können mein Auto holen, und ich fahre Sie.»

«Ach Unsinn», sagt Tonie. «Ich warte eben. Es wird sich schon was finden.»

«Bitte», sagt er. «Ich würde Sie wirklich ungern hier allein lassen.»

Sie entfernen sich von der Hauptstraße, treten ein in die Stille menschenleerer Wohnstraßen. Tonie empfindet eine gewisse Beklommenheit auf diesem Weg vom Allgemeinen in die Niedrigkeiten des Besonderen. Sie stellt sich eine spartanische Mietwohnung vor, gezeichnet von den trostlosen Abfallprodukten des Alleinlebens. Sie stellt sich vor, nicht mit Stärke konfrontiert zu werden, sondern mit Versagen. Irgendwie schämt sie sich bei dem Gedanken, zu einer Wohnung hochsteigen zu müssen. Aber seine Bleibe entpuppt sich als Haus, mit der Eingangstür auf Straßenhöhe, ganz proper.

«Kommen Sie herein», sagt er. «Ich muss nur die Autoschlüssel suchen.»

Drinnen ist es heimelig, schön. Es gibt Bücher und Gemälde. Er wandert herum, macht die Lampen an.

«Darf ich Ihnen etwas anbieten?», sagt er.

Sie betrachtet die Sachen, mit denen er sich umgibt, die Antiquitäten und Teppiche, die Bücher in den Regalen. Sie ist von einer sonderbaren Sehnsucht erfüllt, als hätte sie selbst kein Zuhause, keine Habseligkeiten, keinen Ort, wo sie hingehört.

«Das wirkt auf mich wie – etwas Dauerhaftes», sagt sie.

Er lacht. «Ich bin zu alt für etwas anderes als Dauerhaftigkeit», sagt er.

Er hat ihr erzählt, dass seine Frau und er sich einvernehmlich getrennt haben, dass seine Kinder erwachsen sind, dass sein Beruf immer mehr zu einer Berufung geworden ist, wie bei einem Geistlichen; und auf einmal hat es für sie den Anschein, als wäre das die wahre Errungenschaft, diese erfüllte Einsamkeit, diese Unabhängigkeit. Ist es also doch nicht so trostlos, allein zu sein? Ist es letzten Endes sogar wahrhaftiger, ehrenwerter? Sie stellt sich Thomas und sich im Alter vor. Stellt sich ihr gemeinsames Leben als ein Knäuel vor, aus dem sich keiner von beiden mehr befreien könnte. Wie furchtbar es doch wäre, so miteinander verknäult zu sterben, nicht einmal genau zu wissen, was eigentlich stirbt.

Er steht vor ihr. Die Tür zur Straße ist offen. Sie sieht ihm ins Gesicht, kann aber nur seine Augen erkennen. Sie sind so warm, so vereinnahmend. Sie lassen nichts von ihr aus.

«Mir ist, als würde ich Sie kennen», sagt sie. «Wie kann das sein?»

Es liegt daran, dass er bereits geformt ist: Es gibt keine Verwicklung, kein Verschwimmen der eigenen Identität. Sie denkt sich, dass er bestimmt auch kleinlich sein kann, langweilig, schwierig. Aber das hätte dann nichts mit ihr zu tun.

«Sagen Sie mir, was Sie jetzt möchten», sagt er und berührt ihr Gesicht.

Sie lacht. «Ich möchte gern wissen, was Sie für eine Beziehung zu Lawrence Metcalf haben.»

Seine Hände sind in ihrem Haar. Er küsst sie, küsst ihre Kehle, ihren Mund und spricht weiter beim Küssen.

«Lawrence Metcalf ist ein Freund meines Cousins», murmelt er und streift dabei ihre Lippen. «Ich hielt ihn für einen Langweiler, aber ich habe mich geirrt.»

«Ach ja?», sagt sie lachend, während er seine Finger unter ihre Jacke schiebt und sie von ihren Schultern gleiten lässt.

«Er ist ein – wie nennt man das noch? Ein netter Kerl. Ich werde ihn immer gernhaben. Immer», sagt er, kniend, und knöpft ihr die Bluse auf, küsst sie auf den Bauchnabel. Dann erhebt er sich, geht zur Tür und schließt sie. Er nimmt ihre Jacke vom Boden. Sie sieht zu, wie er sie ordentlich über eine Stuhllehne legt. Er streckt eine Hand aus. «Komm mit nach oben», sagt er.

Er fährt sie den ganzen Weg bis nach Hause. Es ist nach Mitternacht, und die Straßen sind leer. Sein Auto ist sauber und schnell, nobel. Sie fragt sich, was sie tun wird, spürt aber keine Besorgnis. Das liegt an seiner Autorität, der Autorität seines Alters und seiner Willenskraft, seines Wissens und seines schnellen Wagens. Es ist, als erstreckte sich seine Autorität nicht nur auf sie, sondern auch auf Thomas. So wie er ihre Abmachungen aufgehoben, mit seinem schnellen, tüchtigen Wagen den Zugfahrplan unterlaufen hat, scheint sich auch ihr Knäuel aus Banden und Loyalitäten aufzulösen und in der Dunkelheit des vorbeifliegenden Straßenrands zu verflüchtigen. Sie fühlt sich machtvoll und ruhig an seiner Seite. Frei. Doch als die vertraute Umgebung ihres Zuhauses vor ihr auftaucht, wird sie von einer Welle der Angst überrollt. Es ist die Angst davor, verlassen zu werden. Er wird sie hier alleinlassen, einem Leben aussetzen, ihrem Leben, dessen Intaktheit zerstört ist, dessen Abmachungen annulliert sind. Was auch immer er aufgehoben hat – er lässt nicht erkennen, dass er vorhat, es durch etwas anderes zu ersetzen. Er geht davon aus, dass sie wusste, was sie tat, dass sie tat, was sie tun wollte. Was sie tut, ist ihre Sache. Sie erkennt, dass sie eben doch nicht machtvoll ist. Die Macht ist bei ihm: Er hat sie, Tonie, ein paar Stunden lang eingekapselt, so wie sein Auto sie jetzt einkapselt; diese Macht hat sie von einem Ort zu einem anderen gebracht.

Er streckt die Hand aus und berührt sie. Seine andere Hand liegt auf dem Lenkrad. Abermals fühlt sie, wie geformt er ist, wie ausgereift. Aber jetzt bleibt sie außen vor. Sie ist ausgeschlossen und sehnt sich danach, wieder eingelassen zu werden.

«Das wird schwierig», sagt er.

Sie fragt sich, was er meint. Bezieht er sich auf eine generelle Schwierigkeit, die Schwierigkeit, eine verheiratete Frau nach einer intimen Begegnung wieder heimzubringen?

«Geht schon», sagt sie und starrt durch die dunkle Windschutzscheibe auf die altbekannten Straßen. Sie haben an ein paar Ampeln gehalten. Er beobachtet sie. Er beobachtet sie dabei, wie sie die Dinge anstarrt, die sie kaputt gemacht hat, wie ein Erwachsener ein Kind beobachtet, das ein zerbrochenes Spielzeug anstarrt. Er nimmt Anteil, gehört aber nicht zu ihrer Welt.

«Da bin ich mir nicht sicher», sagt er. «Wollen wir lieber zurück zu mir fahren?»

Sie schüttelt den Kopf. Doch er hat ihren Schmerz besänftigt. Sie fühlt sich besser. Sie fühlt sich wieder machtvoll. Nur dass sie diesmal ihrem Gefühl misstraut.

«Hier geht es rechts ab», sagt sie.

Ja, es ist verwirrend, zutiefst verstörend festzustellen, dass Liebe und Verlust und Verzweiflung und Hoffnung sich auf Zellen herunterbrechen lassen, auf Partikel; dass in jedem Fragment die Struktur des Ganzen vorhanden ist, wie bei den Proben, die Wissenschaftler unter ihre Mikroskope schieben; dass diese Augenblicksaufnahmen von Erschrecken und Hochgefühl die gesamte Struktur und Beschaffenheit ihres Lebens zeigen. Wie kann sie jemanden lieben, den sie erst ein paar Stunden zuvor kennengelernt hat? Wie kann sie sich von jemandem verlassen fühlen, von dem sie noch am Morgen nicht einmal wusste, dass es ihn gibt? Und doch passiert genau das. Was sie als Liebe, was sie als Erschrecken erlebt, vollzieht sich jenseits ihres Horizonts, auf zellularer Ebene. Und hat schon existiert, bevor sie überhaupt wusste, was Existenz ist.

Das war es, was ihr Körper signalisiert hat: Die Zellen selbst haben Heilung gesucht.

«Es ist gleich dahinten», sagt sie am oberen Ende der Montague Street.

«Ich habe das Gefühl, dass irgendwas nicht stimmt», sagt Dieter. Er biegt an den Straßenrand, ins Dunkel.

Auch später wird sie nie wissen, was genau er damit gemeint hat, obwohl es für sie so aussehen wird, als wäre ihm unerklärlicherweise in diesem Moment eine besondere Einsicht zuteilgeworden, eine neue Form des Wissens; nie wird sie erfahren, was er ihr sagen wollte. Sie wird nur darüber staunen, wie schnell und glatt die Verschmelzung von Impulsen vonstattenging, sodass sie ihr Handy aus der Tasche riss und sich erinnerte, dass sie es ausgeschaltet hatte, schon vor Stunden. Daran wird sie später oft denken. Daran, wie sie sich während jener Fahrt mit Dieter gefühlt hat, an die Erkenntnis, dass ihr Schicksal in die kleinsten Partikel ihres Seins eingeschrieben war, unlösbar; dass sie immer lieben und verzweifeln und kämpfen und etwas meistern würde, ohne genau zu wissen, warum. Auch an die Leidenschaft, die sie mit Dieter erlebt hat, wird sie denken, eine Leidenschaft der Zellen, der kleinsten Partikel. An ebendem, so glaubt sie, liegt es, dass sich keine logische Erklärung für das finden lässt, was er gesagt hat. Ja, sie ist gestorben im Moment ihrer Geburt, diese Chance, fortzufahren ohne Logik, ohne

Grund, ohne Erklärung. Einen köstlichen, katastrophalen Moment lang hat sie die Möglichkeit einer rein instinktiven Beziehung vor Augen gehabt.

Das Handy vibriert, piept, vibriert, piept, spuckt Nachrichten aus. Thomas hat in den letzten vier Stunden über zwanzig Mal angerufen. Er ist im Krankenhaus. Dieter wendet und fährt sie direkt hin.

XXX

Thomas liest eine Novelle von Tolstoi, «Die Kreutzersonate». Sie handelt von einem Mann, den seine Frau mit ihrem Klavierspiel dazu treibt, sie zu ermorden. Es wird nicht klar, ob ganz allein die Musik daran Schuld trägt. Außer dem, was sie ist, hat die Musik in dieser Geschichte eine symbolische Funktion: Sie symbolisiert sexuelles Begehren. Wenn die Dame mit einem feschen Herrn Geiger Beethovens *Kreutzersonate* spielt, ist es, als unterhielten sie vor den Augen des Ehemannes eine Affäre. Er wird rasend vor Eifersucht und ermordet seine Gattin auf fürchterlichste Weise, nachdem er den Geiger davongejagt hat. Musik sollte es besser nicht geben, sagt der Mann – er heißt Posdnyschew –, Musik sei viel zu aufreizend; sie fördere die Unmoral, indem sie die Kraft des individuellen Denkens aufhebe, so wie schickliche Hemmschwellen durch sexuelle Empfindungen aufgehoben würden.

Eigentlich war es der Titel, der Thomas auf diese Novelle neugierig gemacht hat, daher überrascht ihn ihre merkwürdige Aussage. Besonders irritiert ist er von einer Passage, in der Posdnyschew recht überzeugend behauptet, dass Liebe nicht existiere. Liebe sei nur ein Aspekt sexuellen Begehrens: Genau wie Musik stelle sie eine kulturell sanktionierte Verschleierung des Erregungszustandes dar. Aber sexuelles Begehren – Liebe – zerstöre den Menschen als moralisches Wesen. Wenn ein Mann seine Unschuld verliere, sagt Posdnyschew, sollte er sich mit der betreffenden Frau – in Posdnyschews Fall einer Prostituierten – sein Leben lang so verbunden fühlen, als wäre er mit ihr verheiratet. Thomas denkt an Emily Griffiths, die ihm damals, mit sechzehn, als er anfing, sich um ihre Aufmerksamkeit zu bemühen, so gelassen und beherrscht vorkam, aber ein Jahr später, als er die Beziehung beendete, zu seiner Bestürzung daran zu zerbrechen schien. Er hatte vor, auf die Universität zu gehen, und dachte ganz unbekümmert, das wäre die beste Lösung. Aber Emily wollte die Trennung nicht akzeptieren. Sie schrie und kreischte, wehrte sich wie die klavierspielende Gattin, als Posdnyschew ihr das Messer zwischen die Rippen stieß. Tatsächlich war es, als würde Thomas sie ermorden. Und so begann er sein Studium als Mörder, denn Emily sprach nie wieder ein Wort mit ihm. Vielleicht betrachtete sie sie beide als ein Leben lang miteinander verheiratet, sodass ihr Leben nach der Trennung eine Art Tod war. Als er in den Ferien nach Hause kam, erzählte ihm seine Mutter, Emily habe einen Nervenzusammenbruch erlitten. Sie schien froh zu sein, dass Thomas sich ihrer entledigt hatte.

«In deinem Alter wirst du ja nicht ein Mädchen am Hals haben wollen, das mit den Nerven am Ende ist», sagte sie.

Und doch waren Emilys Schmerz, ihr schrecklicher Kummer, eine weitaus prägendere Erfahrung für Thomas als das eine oder andere Mal, das sie miteinander geschlafen hatten. Sie redeten und lachten ja im Bett: Wer hätte geahnt, dass das die verhängnisvollen Momente waren? Damals hat Thomas erkennen müssen, dass eine unglückliche Frau ihn vernichten könnte. Doch wenn er heute darüber nachdenkt, fragt er sich, ob es nicht gerade das Unglücklich-Sein ist, wonach er gesucht hat; ob es nicht gerade das ist, was sein Interesse weckt und seine Gefühle auf den Plan ruft. Emily im Unglück erschien ihm weitaus wirklicher als Emily im Glück. Als er sie so sah, spürte er in sich die männliche Unerbittlichkeit, die er seit je von seinem Vater kennt, die Unerbittlichkeit, mit der sein Vater seine Mutter in die Raserei treiben konnte. Jahrelang hatte Thomas sich mit seiner Mutter verbündet, sie verteidigt, ihretwegen gelitten. Aber durch Emily hat er erkannt, dass auch er ein Mann ist.

Es ist halb neun Uhr morgens. Der Frühstückstisch ist gedeckt. Er schaut von seinem Buch auf: Alexa lässt sich nicht blicken.

Er steigt die Treppe hoch, ruft nach ihr. Keine Antwort. Als er die Tür zu ihrem Zimmer aufdrückt, sieht er, dass die Vorhänge immer noch geschlossen sind. Sie liegt im Bett.

«Was ist los?», fragt er. «Bist du krank?»

Sie schaut ihn an. Nickt.

«Na schön», sagt er. «Bleib liegen. Du musst heute nicht in die Schule. Und keine Angst, ich vergesse schon nicht, anzurufen und Bescheid zu sagen.»

Er geht im Zimmer herum, hebt dies und das vom Fußboden auf. Als er das nächste Mal zu ihr hinschaut, sieht er, dass sie eingeschlafen ist.

Um halb elf ruft Tonie an. «Weißt du noch, dass ich heute Abend auf Janines Party gehe? Ich hab heute Morgen vergessen, dich daran zu erinnern.»

«Ah», sagt er. Er ist enttäuscht. «Nein, das hatte ich nicht mehr im Kopf.»

«Macht es dir was aus?»

«Nein.»

«Du klingst aber anders», sagt sie.

Er schweigt. «Ach was, ich dachte nur gerade, ob ich vielleicht einen Babysitter organisieren und auch hinkommen kann.»

«Wirklich?», sagt Tonie. Sie scheint diesen Vorschlag irgendwie befremdend zu finden.

«Aber wenn ich's mir recht überlege», sagt er, «wäre das wohl keine so gute Idee. Alexa ist krank.»

Er hatte Alexa völlig vergessen, das wird ihm jetzt klar. Sie ist so still gewesen. Er hatte vergessen, dass sie ja gar nicht in der Schule ist.

«Was hat sie denn?», fragt Tonie mit dem harten Unterton in der Stimme, den sie anschlägt, wenn sie ihn aus dem Weg drängen und an bestimmte Informationen gelangen will.

«Ich weiß nicht. Sie schläft. Sie hat den ganzen Morgen geschlafen.»

«Ach so. Na gut. Wahrscheinlich ist sie bloß müde.»

«Wahrscheinlich.»

«Aber du hast recht, dann sollten wir's wohl besser nicht mit einem Babysitter riskieren.»

Er merkt, dass sie erleichtert ist.

Als er oben nach ihr sieht, schläft Alexa immer noch. Er setzt sich mit seinem Buch vor ihrer Tür auf den Treppenabsatz. Er fühlt sich einsam. Möchte, dass sie aufwacht. Er sagt sich, er möchte das, damit er sich um sie kümmern kann, aber in Wahrheit ist es andersherum. Er möchte, dass sie ihn über sein Telefongespräch mit Tonie hinwegtröstet. Natürlich würde er ihr nichts von dem Gespräch erzählen, ja Tonie nicht einmal erwähnen. Eigentlich geht es ihm nur um die Vergewisserung, dass sie ihn akzeptiert. Sie ist so unschuldig, so klein; sie vertraut ihm so rückhaltlos, mehr, als er sich selbst vertraut. Das ist der Grund dafür, dass er sich einsam fühlt. In ihrer Gegenwart erkennt er, wie wenig er von ihr erwarten kann. Zwischen ihnen beiden ist eben keine Gleichheit möglich. Er muss sich verbergen, damit sich ihre Gefühle für ihn enthüllen können. Denn er kann sie nie direkt von ihr einfordern. Aber zumindest weiß er, dass sie da sind.

Gegen Mittag geht er wieder nach ihr sehen. Sie schläft immer noch. Er lächelt, als handele es sich um eine ihrer Eigenarten. Denn er erinnert sich daran, dass Tonie, als er einmal von der Arbeit heimkam, ihm berichtete, Alexa habe den ganzen Tag lang geschlafen. Sie war krank gewesen und hatte sich gesund geschlafen, ein Wunder der Selbstheilung. Eigentlich, findet er, ist es ganz angenehm, sie bei sich zu haben und doch nicht bei sich, damit beschäftigt, sich zu regenerieren, sich selbst zu heilen. Er denkt darüber nach, ob Tonie solche Tage genossen hat, ob sie ein Teil ihres Geheimnisses gewesen sind, des Lebens, von dem er offenbar nicht genug erfahren hat und das jetzt das seine ist. Er geht nach unten und isst ein Sandwich. Um zwei Uhr geht er wieder nach oben. Diesmal überrascht es ihn, dass sie immer noch schläft. Er setzt sich neben sie aufs Bett. Legt ihr die Hand auf die Stirn. Sie schreit sofort auf, stößt einen fürchterlichen, wahnsinnigen Schrei aus. Einen Moment lang ist er eher verärgert als schockiert. Er glaubt, sie spiele Theater, bloß um ihn zu erschrecken. Glaubt, das habe er sich selbst zuzuschreiben. Den ganzen Tag lang hat er sie im Geiste für ihr liebes Wesen und ihr Verständnis gelobt, und dabei hat sie hier oben gelegen und überlegt, wie sie ihn am besten aus der Fassung bringen kann.

«Was hast du?», fragt er. «Sag mir, was du hast.»

Ihre Augen sind immer noch geschlossen. Sie antwortet nicht. Er wird den Gedanken nicht los, dass sie ihm etwas vormachen will. Im Zimmer scheint es ungewöhnlich heiß zu sein, doch allmählich geht ihm auf, dass die Hitze von Alexa ausgeht. Er berührt ihren Arm, ihren Brustkorb, ihren Hals. Sie glüht. Er holt ein Fieberthermometer.

«Versuch dich hinzusetzen», sagt er. «Damit ich Fieber messen kann.»

Er zieht sie an den Armen hoch, und sofort sackt ihr Kopf vornüber. Auf ihrem Kopfkissen ist Erbrochenes zu sehen. Er nimmt das Kissen weg und legt sie wieder hin. Dann holt er einen nassen Waschlappen und wischt die Spuren von Erbrochenem rund um ihren Mund ab. Er setzt sich neben sie aufs Bett. Fragt sich, was er tun soll. Nach einer Weile steht er auf und geht nach unten, aber dann weiß er nicht mehr, was er dort wollte. Er geht wieder hinauf. Sie liegt an genau derselben Stelle. Eine Strähne ihres langen Haares zieht sich wie ein Netz über ihr Gesicht. Wieder versucht er, sie an den Armen hochzuziehen, doch sie ist so schlaff, dass er sie nicht halten kann. Er legt sie hin und hebt sie dann von unten an. Ihr Kopf schlackert auf seinem Arm hin und her, und sie macht kurz die Augen auf. Das Weiße darin ist ganz gelb. Er bekommt Angst. Urplötzlich ist sie eine Fremde geworden.

Unten stolpert er herum, hält sie, während er nach seinen Schlüsseln sucht. Ihr Kopf schlägt gegen seine Schulter, und wieder schreit sie auf. Vorsichtig bugsiert er sie durch die Haustür. Draußen ist es grau und warm. Er hat es geschafft, sie hinauszubringen. Es schien ihm wichtig, sie hinauszubringen, aber jetzt, wo er das geschafft hat, ist er sich nicht sicher, ob es richtig war. Sollte sie nicht vielmehr drinnen sein, im Bett? Sie stöhnt und legt sich die Hände auf die Augen, wie eine Prophetin. Er schleppt sie zum Auto und legt sie unbeholfen auf den Rücksitz. Dann müht er sich lange Zeit damit, sie anzuschnallen. Das Auto ist nicht aufgeräumt und riecht nach Schmutz. Eigentlich sollte sie nicht hier sein müssen. Schließlich steigt er ein und lässt den Motor an. Er hat vorgehabt, sie zum Hausarzt zu bringen, aber als er dort ankommt, findet er keinen Parkplatz, also fährt er weiter. Das Auto scheint auf seltsame Art dahinzugleiten, die Leute auf den Bürgersteigen sehen befremdlich und unwirklich aus. Alexa stöhnt und wimmert auf dem Rücksitz. Er redet mit ihr beim Fahren, den Blick starr nach vorn gerichtet.

«Ist alles gut, mein Schatz», sagt er. «Ist alles gut, mein Häschen.»

Er fährt zum Krankenhaus. Als er die Fondtür des Autos öffnet, sieht er, dass sich Alexa wieder übergeben hat. Sie liegt ausgestreckt auf der Sitzbank. Er möchte losschreien, sie einfach aushändigen. Er stellt sich vor, wie wütend Tonie wäre, wenn sie sähe, was er getan hat. Sie hätte mit Sicherheit etwas anderes getan, hätte irgendwelche Kenntnisse abgerufen, über die er nicht verfügt. Er hebt Alexa hoch und trägt sie in die Notaufnahme. Ihr Kopf ruckelt auf und ab in seiner Armbeuge. Auf ihrem Gesicht, in ihrem Haar ist Erbrochenes. Er geht zu der Frau, die hinter ihrer Glasscheibe sitzt.

«Ich glaube, sie hat ein bisschen Fieber», sagt er.

Er rechnet damit, dass sie ihn zusammenstaucht und nach Hause schickt, doch stattdessen greift sie zum Telefon neben sich und wählt eine Nummer, wobei sie die Augen nicht von ihm lässt. Ihre Augen sind braun. Sie neigt den Kopf zu ihm vor, ohne einen Moment lang wegzusehen. Sie sagt etwas, dann hält sie die Hand über die Hörmuschel.

«Der Arzt kommt gleich», sagt sie.

Die Stunden verstreichen, es wird fünf Uhr, sechs Uhr, sieben. Alexa hat Meningitis. Man hat sie in ein Einzelzimmer gelegt. Thomas sitzt neben ihr, während die Ärzte kommen und gehen, während die Krankenschwestern sie an den Tropf hängen, die Kanüle mit einer weißen Binde fixieren. Um sechs Uhr geht er hinaus auf den Parkplatz und ruft Tonie an.

Man hat ihm gesagt, dass Alexa sterben könnte. Er hätte sie früher herbringen sollen. Gesagt hat das niemand, aber er weiß es. Man gibt ihm Informationen, Broschüren, wie für einen Abendkurs oder eine Urlaubsreise. Er liest sie, liest über die Lage, in der er sich befindet, deren besondere Merkmale und Gefahren. Wie dumm, dass man diese Broschüren erst zu lesen bekommt, wenn der Ernstfall schon eingetreten ist. In allen Broschüren heißt es übereinstimmend, dass die Früherkennung, obwohl schwierig, höchste Bedeutung hat. Sie offenbaren sein Versagen, sein Versagen bei dieser schwierigen Prüfung. Und dennoch kann er nicht genau erkennen, worin genau die Schwierigkeit bestand. Es wäre niemals möglich gewesen, Alexa schon am Vormittag herzubringen, während sie schlief. Um diese Prüfung zu bestehen, hätte er ein anderer Mensch sein müssen.

«Haben Sie jemanden, den Sie anrufen wollen?», fragt ihn die Krankenschwester.

Sie traut ihm nicht, das ist ganz klar. Sie fragt sich, wo Alexas Mutter ist.

«Ich komme im Moment nicht durch», sagt er.

Offenbar gibt es nichts, was man weiter tun könnte. Man kann nur warten. Thomas geht noch einmal auf den Parkplatz, um Tonie anzurufen. Auf ihm lastet ein Felsbrocken der Schuld. Seine Finger zittern, als er die Tasten drückt. Jeden

Moment erwartet er den Schrecken, der damit einhergehen wird, ihre Stimme zu hören. Doch mit den Stunden gewöhnt er sich allmählich an ihr Schweigen, ihre Abwesenheit. Seine Schuldgefühle verwandeln sich in Wut, verwandeln sich weiter in Frieden, den reinen Frieden der Verantwortung. Er erinnert sich daran, wie er in diesem Krankenhaus auf Alexas Geburt gewartet hat. Damals galt seine ganze Sorge Tonie, die alle Schmerzen aushalten musste. Jetzt sind die Schmerzen in gewisser Weise seine eigenen. Er wird gebrochen, nun also doch noch. Zwar glaubt er nicht, dass Alexa sterben wird, aber damit sie leben kann, muss er gebrochen werden, so wie Tonie damals gebrochen wurde. Letzten Endes muss er all das einbringen: was er war, was er nie wieder sein wird.

Gegen Mitternacht geht die Tür zu dem kleinen weißen Raum auf. Es ist Olga.

«Hallo, Olga», sagt Thomas. Er ist nur mäßig überrascht. Er hat vergessen, dass er nicht zu Hause in der Küche ist.

«Ich bin da», sagt Olga.

«Ja», sagt Thomas. «Danke, dass Sie gekommen sind.»

Sie setzt sich neben ihn, faltet die Hände auf dem Schoß.

«Das ist eine schreckliche Sache», sagt sie.

Thomas nickt. Der Arzt hat ihm gesagt, es bestehe die Möglichkeit, dass Alexa einen bleibenden Hörschaden davontragen wird. Und da ist eine Stille auf ihn herabgefallen, dicht und stumpf, wie Schnee. Er sitzt zitternd auf seinem Stuhl, in erstickende Stille gehüllt. Kein Ton weist ihm den Weg hinaus. Er ertappt sich dabei, dass er an die «Kreutzersonate» denkt. Dass er die Wörter auf der Seite vor sich sieht, kleine schwarze Armeen, die über das Weiß marschieren. Das Buch ist immer noch in seiner Jackentasche.

«Ich hatte ganz vergessen», sagt Thomas, «dass Sie hier arbeiten.»

«Ja», sagt Olga. «Heute Abend, aus keinem besonderen Grund, hat man mich auf diese Station geschickt. Es war ein Glück.»

Die Stille kommt wieder, schwer und stumpf.

«Heute Morgen», sagt Thomas, «habe ich ein Buch über einen Mann gelesen, der seine Frau umbringt, weil sie Klavier spielt.»

Seine Stimme ist krächzend und schwach. Er schafft es kaum, sie durch seine Gurgel zu zwängen. Alexas Augen stehen offen. Sie schaut ihn aus ihrem totenbleichen Gesicht an, als würde sie zuhören. Aber es ist offensichtlich, dass sie ihn nicht erkennt.

«Der Mann gibt der Musik die Schuld daran», fährt er fort. «Er sagt, dass Menschen unter dem Einfluss der Musik Dinge empfinden, die nicht ihre wahren Empfindungen sind. Sie denken, sie würden etwas begreifen, während sie es eigentlich überhaupt nicht begreifen. Es ist eine Art Illusion, wie die Liebe.»

Olga starrt ihn an. «Das ist ein schlechtes Buch», sagt sie schließlich.

«Ja», sagt er. Hätte er es nicht gelesen, dann hätte er wohl mehr auf Alexa geachtet. Dann wäre er sich wohl dessen bewusst gewesen, dass er einer Prüfung unterzogen wurde. Plötzlich kann er es nicht ertragen, das Buch noch länger in der Jackentasche zu haben. Er nimmt es heraus und wirft es in den Abfalleimer. Setzt sich wieder hin.

«Sie sollten fröhliche Bücher lesen», sagt Olga. «Warum sich das Leben noch schwerer machen?»

«Ich weiß nicht», sagt er.

Was ist Kunst? Sie ist, vielleicht, ein Destillat aus Schwierigkeiten, wie die Krankenhaus-Broschüre – eine Art nachträgliches Wissen, eine Beschreibung dessen, was man nicht wissen kann, bis man es bewusst erlebt, aber zu dem Zeitpunkt ist es zu spät für dieses Wissen. Wenn er Klavier spielt, lebt er nicht wirklich. Dann beschreibt er nur, was jenseits seiner Fähigkeit zur Wiedergutmachung liegt.

«Ich weiß nicht, warum», sagt er. «Darüber habe ich eigentlich nie richtig nachgedacht. Lesen Sie fröhliche Bücher?»

Es ist Mitternacht. Hinter den Fenstern herrscht völlige Dunkelheit. Er sieht sein Spiegelbild in der Scheibe. Es ist gebrochen, gesplittert, eine Komposition aus einer Million verschiedener Linien.

«Ich lese Zeitschriften», sagt Olga.

XXXI

Die Bradshaws fahren weg. Ma und Dads wollen den Hund nehmen.

Immer ist es die reinste Quälerei bei ihnen, die Reise in die Sommerferien, jedes Jahr aufs Neue. Alle Probleme der Bradshaws scheinen sich dann aufzutürmen und auf sie zuzurücken, ja sie beinahe zu umstellen wie eine feindliche Menge, durch die sie hindurchmüssen, bevor sie sich auf den Weg machen können. Es ist ein seltsames Gefühl, als würde man die Schutzbezüge der Möbel abziehen, wo es doch eigentlich andersherum sein müsste. Als wäre das Leben selbst – oder die Art, wie sie es führen – ein Paar Scheuklappen, eine Tarnung: Genauso fühlt es sich immer an in den Tagen, bevor sie nach Frankreich oder Spanien abreisen, die drei Kinder auf den Rücksitz gepfercht und das Gepäck im Kofferraum so gequetscht, dass es einem vorkommt, als wollte der beladene Wagen gleich explodieren – entweder vor Zorn oder vor Freude.

Ja, es ist eine Quälerei: nicht nur das Putzen und Packen, das Organisieren und Arrangieren, sondern auch das Auflösen einer gewissen Entfremdung, die im Laufe des Jahres zwischen ihnen gewachsen ist. Sobald die Vorbereitungen anlaufen, tritt eine Verkrampftheit ein, die ihre Beziehungen untereinander hemmt. Normalerweise ist davon zum Zeitpunkt ihrer Abreise nichts mehr zu spüren: Bis dahin haben sich Howard und Claudia über den Zustand des Hauses und das Befinden der Kinder in den Haaren gelegen, darüber, dass weniger Geld da ist und mehr Ausgaben davon bestritten werden müssen, als sie es dachten, die Tatsache, dass Howard zu viel und Claudia zu wenig gearbeitet hat – ganz zu schweigen von den Kränkungen, den wahren Verfehlungen, die nicht nur seit einer Woche oder einem Monat der Klärung harren, sondern seit Jahren, zum Teil schon seit der Zeit, bevor die Kinder geboren waren, ja sogar seit dem allerersten Abend, den Howard und Claudia miteinander verbracht haben, vor beinahe zwanzig Jahren. Obwohl sie nicht immer so weit nach hinten schauen. In gewisser Hinsicht sind es die Schaltjahre ihrer Ehe, die Zeiten, in denen sie – mit einem Zugriff auf die Vergangenheit bedacht, der so mysteriös wie genau ist – beim Packen darüber zanken können, dass Howard sich die ersten wichtigen Stunden im Freemason's Arms in Camberwell darüber ausließ, wie sehr er Angelina Croft liebte, die ihn erst kurz zuvor verlassen hatte. In manchen Jahren leugnet er das glatt. In anderen behauptet er, das sei eine Taktik gewesen, mit der er gehofft habe, Claudia seine Aufrichtigkeit zu bekunden. Einmal, es war ein besonders schlimmes Jahr, zeigte er plötzlich keinerlei Reue. Na und? Wen interessierte schon, was er gesagt hatte? Warum versuchte Claudia immer, ihre Klauen in alles und jedes hineinzuschlagen?

Manchmal sind diese Reisevorbereitungen allerdings mehr als ein generelles Großreinemachen: Dann geht es für jeden von ihnen um Tod und Wiedergeburt. Das Problem ist, dass man sich, wenn der Urlaub schließlich anbricht, zuweilen so vorkommt, als würde er jemand anderem gewährt.

An diesem Morgen scheint die Sonne auf den Laurier Drive, schiebt sich, als wär's ein Netz oder Gitter, durch die zahllosen Details seiner menschlichen Wohnstätten: die synkopenartigen Auslassungen in kunstvoll ausgeführtem Mauerwerk und die gusseisernen Balustraden in spanischem Stil, die spießbewehrten Reihen von elektronischen Sicherheitstoren, die Pergolen aus mit Chemikalien traktiertem Fichtenholz. Hier und da werfen bepflanzte Rabatten filigrane Schatten auf die Bürgersteige, und an den Straßenrändern werden die sommerlich beladenen Äste der Kastanienbäume von einer Brise hin und her bewegt, vollführen mit ihren wirbelnden Röcken aus Licht und Dunkel einen gestelzten Tanz.

«Was Howard aber auch für ein Theater mit diesem Dachträger veranstaltet», bemerkt Dads, der mit verschränkten Armen am Küchenfenster steht. «Er soll mal aufpassen, dass er nicht noch Kratzer in den Lack macht.»

Ma sitzt auf einem Stuhl am Tisch. Sie gähnt. Wann immer Howards Mutter zu Besuch kommt, gibt sie sich gern dramatischen Zurschaustellungen von Erschöpfung hin. Da sitzt sie nun, mit ihrem grauen Kraushaar und ihrem schlaffen Gesicht, und gähnt mit immer weiter aufgerissenem Mund, bis es scheint, als würde sie bald alle Luft abgelassen haben und vollends verhutzeln. Oft schläft sie auf ihrem Stuhl ein; dann dringt ein leise pfeifendes Schnarchen aus ihrer kleinen Altfrauen-Nase. Schon merkwürdig: Bei sich zu Hause ist sie wachsam, wachäugig, auf dem eigenen frostigen Terrain bewegt sie sich flink. Es ist, als könnte sie dieses wärmere, feuchtere Klima nicht vertragen, in dem Howards und Claudias Leidenschaften und Verträglichkeiten wachsen, diese von Gefühlen getränkte Atmosphäre. Aus ihrem Element genommen, wird sie schlaff, kraftlos, als wäre sie jäh entwurzelt.

Skittle kratzt mit seinen harten kleinen Krallen an der Tür. Ab und an stößt er ein durchdringend schrilles Jaulen aus.

«Er hat wohl vergessen, dass er das Auto noch rückwärts aus der Garage kriegen muss», bemerkt Dads. «Wäre vernünftiger gewesen, es erst rauszufahren und *dann* den Dachträger draufzumachen.»

«Ich sollte wohl lieber mit anpacken.» Ma kommt wieder zu sich und schaut orientierungslos umher. «Gibt es denn nicht irgendwas, wobei ich helfen kann?»

Claudia, die gerade das Kühlschrankinnere putzt, zieht kurz den Kopf heraus und schreit:

«Skittle! Aus!»

Skittle zögert. Seine hervorquellenden gelben Augen nehmen einen gequälten Ausdruck an. Die Katzenklappe ist kaputt: Er kommt nicht mehr hindurch. Sein verstörtes schmales Gesicht und seine asymmetrischen Ohren zittern, seine Hinterbeine krümmen sich. Sein kleiner wurstförmiger Leib wird von seltsamen Zuckungen heimgesucht, die zu ergründen die Bradshaws nie in der Lage waren.

«Ja, was ist *das* auch für ein schrecklicher Lärm?», sagt Ma. «Ich hoffe, *du* machst uns in der nächsten Zeit nicht bloß Scherereien.»

Der Hund wirft sich noch einmal gegen die Tür, schlägt beim Zurückprallen auf dem gefliesten Boden auf, strampelt hektisch mit allen vier Beinen und verspritzt dabei zuckende Strahlen goldenen Urin. Dies ist das erste Mal, dass sie Skittle dalassen. Ma und Dads werden ihn zu sich nach Little Wickham mitnehmen. Manchmal hat Claudia das Gefühl, dass der Ungeist der Delinquenz in Gestalt dieses Tieres bei ihnen Einzug gehalten hat. Dass er gleichsam durch die Hintertür hereingekommen ist, auf vier Beinen.

«Übrigens», gähnt Ma, «glaube ich, dass ich noch nicht mal weiß, wo ihr hinfahrt.»

«Ach, bloß nach Frankreich», sagt Claudia. Sie hört Howard von draußen nach ihr rufen. «Das Übliche. Entschuldige, aber könntest du vielleicht den Hund rauslassen?»

Ja, ein Ungeist hat Einzug gehalten – ein Ungeist der Entfremdung, der Unzufriedenheit –, sie weiß selbst nicht recht, was das passende Wort wäre. Sie weiß nur, dass sie sich immer große Mühe gegeben hat, ihn abzuwehren: mit der Geburt eines jeden Kindes, dem Ablauf eines jeden Jahres, ja sogar jeder Nacht, die sie mit Howard verbringt – immerzu, von Tag zu Tag, ist sie wachsam geblieben und hat an ihrem Glauben festgehalten, dessen Bedeutung darin liegt, das zu wollen, was man hat. Es ist dieser Glaube, der ihr Leben für sie wirklich macht: Ja mehr noch, er ist auf geheimnisvolle Weise das, was diesem Leben seinen Wert gibt.

«Oh!» Ma wirft den Kopf so theatralisch zurück, als hätte Claudia gesagt, sie wollten zum Südpazifik. «Frankreich! Ich hatte ja keine Ahnung! Wusstest *du*, dass sie nach Frankreich fahren?», erkundigt sie sich bei ihrem Mann.

«Ich entsinne mich nicht, dass sie ein besonderes Geheimnis daraus gemacht hätten», entgegnet Dads.

«Ich würde schrecklich gern mal nach Frankreich fahren!», sagt sie mit trostloser Stimme, sodass Claudia das Gefühl hat, sie hinderten mit dieser Reise ihre Schwiegermutter geradezu daran, dasselbe zu tun.

«Warum fahrt ihr denn nicht auch mal hin?», sagt sie aus dem Kühlschrank heraus. Sie ist seit sechs Uhr morgens auf den Beinen und hat noch nicht einmal mit den Zimmern oben angefangen. «Es ist ja nicht weit. Nicht gerade Timbuktu.»

Howards leise, enervierende «Claude!»-Rufe sind wie Sporen, die ihr beim Arbeiten in die Seiten stechen. Und überhaupt ist Howard doch derjenige, der Skittle mit nach

Hause gebracht hat. Skittle war seine Idee. Das ist eben das Ärgerliche: Sie hat es nicht vermocht, den Hund von sich aus zu wollen. Wenn sie sich nur konzentriert, sich Zeit genommen hätte – wenn sie sich nur an den Kerngedanken erinnert hätte, ihren zentralen Glaubenssatz, der da lautet, keinesfalls das *nicht* zu wollen, was man hat!

«Dein Schwiegervater würde eher nach Timbuktu reisen als einmal schnell über den Ärmelkanal», sagt Ma. Ihre Miene ist verdrießlich.

Dads, maliziös lächelnd, beobachtet Howard weiter durchs Fenster.

«Warum sollte ich bei denen dort mein Geld ausgeben?», sagt er dann. «*Die* kommen ja auch nicht *hierher*.»

«Ich finde nicht, dass man sagen kann, die *kommen* nicht hierher! Das ist eine totale Verallgemeinerung!»

«Ist doch egal, wie du das nennst.» Dads lächelt weiter. «Es ist nun mal Tatsache.»

Ja, es ist etwas Schreckliches, das nicht zu wollen, was man hat. Claudia würde jede Demütigung hinnehmen – und hat dies nach ihrem Gefühl auch schon getan –, um sich dem nicht stellen zu müssen. Stück für Stück holt sie den Inhalt des Kühlschranks ans Tageslicht. Dort drinnen muss ein geradezu sagenhafter Kampf stattgefunden haben. Die eingefallenen, sich auflösenden Formen von altem Gemüse, die wächsernen Überreste von Butter und Speck, die harten Käserinden, die an abgeschälte Hornhaut erinnern, erscheinen Claudia wie eine Verkörperung, ein Abbild der verstreichenden Zeit. Mit welcher Brutalität sind diese Sachen dazu gebracht worden, ihre Form und Substanz preiszugeben – wie konnten sie auf so gleichgültige, mechanische Weise mürbe, sauer, flüssig gemacht werden?

«Du behauptest, es wäre eine Tatsache –», sagt Ma blinzelnd. «Aber woher *weißt* du das eigentlich? Immer behauptest du, dieses oder jenes wäre eine Tatsache, aber manchmal glaube ich, du verwechselst gern mal eine Tatsache mit einer Meinung.»

«Das ist eine unlogische Bemerkung», entgegnet Dads. Hinter ihm kratzt Skittle immer noch an der Tür, hockt sich dann hin und macht sich klein, als würde er gejagt. «Eine Tatsache und eine Meinung schließen sich nicht gegenseitig aus. Zumindest nach Ansicht der meisten von uns nicht. Du magst das anders sehen, weil du nicht aufpasst. Du bekommst eben nichts mit.»

Als Claudia sich aufrichtet und ihren Schwiegervater ansieht, hüllt ihn das Erkerfenster in goldenes Licht. Seine weiße Haarwelle ist so glatt wie eine Schneewehe, und er trägt einen getüpfelten Schlips, den er in den Halsausschnitt seines Hemdes gesteckt hat. Manchmal kann Claudia nicht glauben, dass Howard der Sprössling dieses Mannes sein soll. Er kommt ihr so undurchsichtig vor, Howard dagegen ist so durchschaubar. Doch wenn die beiden zusammen sind, ist Howard derjenige, aus dem sie nicht mehr recht schlau wird. Dann scheint er weniger wirklich, eher wie etwas Selbstgemachtes. Und sie merkt, dass sie anfängt, an ihm zu zweifeln, als bewiese die Anwesenheit seines Vaters, dass Howard in gewisser Weise ein Kunstprodukt ist.

«Ich geh mal lieber nachsehen, was Howard will», sagt sie.

Sie macht die Tür auf, und Skittle schießt aus der Küche. Er saust über den Flur Richtung Eingangstür, knallt dabei wie verrückt gegen die Fußleisten und stolpert immer wieder über seine rasenden Beinchen. Claudia geht hinter ihm her. «Lottie!», ruft sie am Fuß der Treppe. «Lottie! Lewis! Martha!»

Nur Martha antwortet – ein leiser, piepsiger Ton aus den Tiefen des Hauses. Claudia verlässt es durch die Eingangstür und biegt um die Ecke, wo Howard gleich hinter dem offenen Garagentor steht und, einen Schraubenzieher zwischen die Zähne geklemmt, am Dachträger herumfummelt. Unter dem schütteren Haar ist sein Schädel dunkelrot angelaufen und schweißbefleckt. Skittle umkreist hektisch seine Füße.

«Dein Vater meint, dass du den Wagen so nicht aus der Garage kriegst», sagt Claudia.

«Soll er doch zusehen», nuschelt Howard schneidig um den Schraubenzieher herum.

«Aber du wirst ja wohl keinen besonderen Grund haben, warum du das Ding hier drin anmontieren willst», beharrt sie. «Du könntest es ja genauso gut draußen machen, wie sonst auch.»

Howard gibt keine Antwort. Sein Schädel wird noch röter. Er zurrt die Gurte des Dachträgers so energisch fest, dass das dicke Muskelfleisch seiner Arme zittert und das Auto von einer Seite zur anderen schaukelt.

«Oder?», sagt Claudia.

Jetzt endlich nimmt Howard den Schraubenzieher aus dem Mund. «Ich hab's nun mal so entschieden, Claude», sagt er in tadelndem Ton.

Sie verschränkt die Arme und wendet sich von ihm ab, betrachtet das Schattenspiel auf dem Laurier Drive. Ihr fällt auf, dass die in Nummer 22 zwei Einhörner aus weißem Gips auf ihre säulenverzierte Veranda gestellt haben.

«Ich sehe nicht ein, warum ich zu allem anderen auch noch diejenige sein soll, die mit deinen Eltern fertig werden muss», bemerkt sie.

«Du machst das doch toll», sagt Howard.

«Es ist furchtbar, wie sie sich andauernd an die Gurgel gehen. Und die Kinder hocken einfach in ihren Zimmern wie die Ölgötzen.»

«Ich werd mit ihnen reden», sagt Howard. «Schick sie zu mir.»

«Ich bin ja so was wie die *Sklavin* hier», sagt Claudia entrüstet. Jedes Jahr ist es dasselbe. «Ich putze auf allen vieren herum, aber deine Mutter denkt, ich wäre eine reiche Faulenzerin, bloß weil ich für zwei Wochen zum Camping in die Auvergne fahre, wo ich mich nur auf eins freue, nämlich dass ich mal den Hund los bin!» Sie würde wirklich am liebsten in Tränen ausbrechen. «Und wenn ich daran denke, ich könnte die Zeit über in meinem – in meinem ...»

Howard hat schon vom Dachständer abgelassen. Wann immer Claudias Atelier zur Sprache kommt, ist seine sofortige Aufmerksamkeit garantiert. Und doch begreift sie plötzlich, dass diese Aufmerksamkeit ein kümmerlicher Ersatz für die Befriedigung ist, die sie hätte daraus ziehen können, dort tatsächlich etwas zu malen. Einst war es ein verfallener Schuppen gewesen, voller Spinnen und rostzerfressenem alten Werkzeug. Als sie vor vierzehn Jahren in den Laurier Drive zogen – Lottie war noch ein Baby und sie schon wieder schwanger –, da sah Claudia das baufällige Gemäuer am hinteren Ende des Gartens und fand darin einen Teil ihrer selbst gespiegelt. Es schien zwischen Existenz und Auslöschung in einer prekären Balance, die in jenem Moment ihrer eigenen Gefühlslage entsprach, ein sich auflösendes Bild, kurz davor, seine Eigenheit zu verlieren. Als etwas Aufgegebenes war dieser Ort theoretisch geworden, wie der geheimnisvolle Teil von ihr, für den das Leben keine Verwendung zu finden schien, der stete innere Drang, dem sie den Namen Kreativität gab. Und die Arbeit ward getan, Heizung und Licht wurden installiert, die Wände neu verputzt, das Dach repariert. Das verblassende Bild rückte wieder in den Brennpunkt, wo ihm keine Auflösung mehr drohte. Aber dann erlitt Claudia eine Fehlgeburt. Letzten Endes hat das äußere Gefüge nicht die Macht, es zu bewahren, das Geheimnis der Schöpfung. Claudia beschwor das Baby zu bleiben, doch obwohl sie es beherbergte, schien sie ihm sein Kommen und Gehen nicht diktieren zu können. Es besaß eine Freiheit, die endgültig war.

Und auf ganz ähnliche Weise hat ihr Atelier am hinteren Ende des Gartens dagestanden, Jahr um Jahr, vollendet. Es hat keine Beziehung mehr zu ihrem ungelebten Drang. Obwohl sie es niemandem erzählt hat, ist ihr auch der abhandengekommen.

«Arme Claude», sagt er, packt sie oben an den Armen und betrachtet sie flehentlich mit seinen Knopfaugen. «Armes Ding. *Arme* Claude.» Er wartet ein paar Sekunden, um ihre Miene zu ergründen, und sagt dann: «Hör mal, könntest du mir bei etwas helfen? Das mit dem Gurt kriegt man nur zu zweit hin. Ich hab's vorhin schon mal probiert, aber irgendwie warst du verschwunden. Es dauert nur einen Moment, versprochen.»

Als sie mit Skittle, der ihr auf den Fersen folgt, beim Rückweg durchs Haus an der Küchentür vorbeikommt, hört sie die erregten Stimmen ihrer Schwiegereltern.

«Es ist einfach *nicht* wahr!», schreit Ma.

«Das sagst du.»

«Nicht wahr!»

«Das sagst du. Das sagst *du*.»

Claudia presst sich die Hände auf die Ohren. Seine Stimme ist so hart, so monoton. Damit fegt er ihre Stimme beiseite, wie ein harter Besen das gefallene Laub, das ihm im Weg liegt, beiseitefegt. Die Kinder sind oben in Lotties Zimmer versammelt, hocken mit nachdenklicher Miene neben ihren Koffern. Lewis hat Kopfhörer aufgesetzt. Nur Martha blickt hoch, als Claudia hereinkommt. Ihr ist nicht entgangen, dass sie gern oben bleiben, wenn Ma und Dads zu Besuch kommen. Es ist die Kälte, die sie nach oben treibt, die Kälte dieser Leute mit den schneeweißen Haaren und den eisig glitzernden Augen. Bei ihrem Anblick verspürt Claudia Mitleid mit ihrem Mann. Sie hat das Gefühl, durch eine Art Zeittunnel auf Howard und seine Brüder zu blicken, den ganzen Bogen zu sehen, auf dem sich das Leben dieser drei bewegt hat, ihren Kampf dafür, dorthin ziehen zu können, wo es warm ist.

«Alles gut?», fragt Martha.

Martha ist erst sechs, weiß aber besser als die anderen, was ihre Mutter will. Lewis, die Kopfhörer fest an den Ohren, reißt die Augen auf und macht wilde Winkzeichen. Schließlich nimmt er die Dinger ab.

«Guckt doch mal!», ruft er und deutet hinter sich auf den Fußboden. «Skittle kotzt!»

Alle schauen Skittle an, der mit zitternden Hinterbeinen ein steifes Häufchen Erbrochenes auf den Teppichboden würgt.

«Jetzt reicht's!», schreit Claudia unter Tränen. «Jetzt reicht's! Ich hab die Nase voll! Soll euer Vater das aufwischen! Der hat doch einen Hund gewollt! Ich wollte nie einen – nie! Und wer hat sich um alles gekümmert? Wer hat denn die ganze Arbeit gehabt? Wer hat ihn gefüttert, wer ist mit ihm Gassi gegangen, wer ist bei jedem Scheißwetter mit ihm raus, weil sonst niemand da war, keine Menschenseele, und er nicht aufgehört hat, an der Tür zu kratzen –»

«Mum!» Lottie schüttelt sich. «Guck doch! Der *frisst* das auf.»

So ist es. Mit einer perversen Wonne, die ihn vom Kopf bis zum Schwanz beben lässt, beugt sich Skittle über den dampfenden Haufen und lässt dabei die Kiefer wölfisch malmen. Alle sehen fasziniert zu, wie jede Spur des Erbrochenen wieder im Rachen des Hundes verschwindet.

Lottie kreischt. Lewis wälzt sich angeekelt auf dem Bett. Martha sagt:

«Na, wenigstens musst du das jetzt nicht wegputzen.»

Claudia steht auf wackligen Beinen an der Tür.

«Bringt euer Zeug runter, alle drei», sagt sie in schrillem Flüsterton. «Wir fahren gleich los.»

Das Auto ist immer noch in der Garage, als sie mit ihren Taschen vor die Tür treten. Howard hat den Kofferraum halb gefüllt. Zwischen den Gurten des Dachträgers quellen Gepäckhügel hervor.

«So kriegst du den Wagen nie raus», sagt Claudia in resolut-resigniertem Ton. «Wir werden noch die Fähre verpassen.»

Howard kommt nach draußen in die Sonne und stellt sich mit zusammengekniffenen Augen neben sie, um die Höhe von Auto und Garagentor abzuschätzen, durch die es hinausmuss.

«Ich glaube, das wird gehen», sagt er.

«Auf keinen Fall», sagt Claudia.

«Wenn alle vorher drinsitzen, dann schon.»

Claudia sieht ihre Schwiegereltern aus dem Haus kommen. Dads geht auf dem Gartenweg voraus, Ma folgt ihm wie eine Furie. Während er den Eindruck erweckt, als machte er Schritt um Schritt mit quälender Genauigkeit und Sorgfalt, scheint sie zu fliegen, so hoch weht ihr Rock, und den Arm hat sie ganz sonderbar erhoben, als wollte sie das Signal zum Vorrücken geben. Claudia braucht einen Moment, um zu begreifen, was sie hier miterlebt. Sie sieht, wie Ma aufholt, sieht Dads ahnungslos voranmarschieren, bis ihr erhobener Arm niedersaust und ihm einen Schlag auf den Kopf versetzt. Er geht ein wenig in die Knie, verzieht einen Moment lang das Gesicht vor Überraschung. Dann geht er weiter.

«Alles einsteigen!», ruft Claudia, bevor sie sich noch von ihrem Schock erholt hat, sodass die Kinder zu Howard hinlaufen, der schon wieder in der Garage ist. Sie machen die Fondtüren des Wagens auf und zwängen sich hinein.

«Fettklopse willkommen!», ruft Howard. «Auch Nilpferde sind herzlich eingeladen!»

Niemand von ihnen hat die Szene mitbekommen, niemand außer Claudia; weshalb sie findet, dass sie nicht hinter den Kindern hergehen und ins Auto steigen kann, obwohl Howard eigentlich auch ihr Gewicht bräuchte, um es rückwärts unter dem Torrahmen rauszufahren. Nein, sie muss bleiben, wo sie ist, ein Kind, gelähmt durch den Zusammenbruch von Autorität, durch den kindlichen Akt der Anerkennung von Autorität per se. Erst durch diese kindliche Anerkennung wird sie sich ihrer eigenen Autorität bewusst; sodass sie Howards Eltern nicht fallenlassen kann. Die beiden sind zu infantil, zu hilflos: Ist es das, was Howard empfindet? Könnte das ihren Eindruck erklären, dass er sich ihr und den Kindern nie wirklich ganz widmet? Dass er, obwohl er immer mehr will, nie wirklich ganz da ist, an den Wurzeln sozusagen, sondern eher wie der Kirschbaum ihrer Nachbarn, dessen Äste in den Garten der Bradshaws herüberreichen, einen ständigen Kontakt zwischen ihnen gewährleistet, ohne jemals die tröstliche Sicherheit des Dazugehörens zu bieten? Wenn die Kirschen auf ihren Rasen fallen, wissen die Bradshaws nie, wer eigentlich Anspruch auf sie hat – vielleicht ist es Howard letzten Endes nur recht, so uneindeutig zu sein, so frei; das Gefühl zu haben, dass er niemandem ganz angehört. Er lässt den Motor an, und sofort strömt eine schwarze Rauchwolke aus dem Auspuff.

«Claude!», ruft er. «Bist du da, Claude?»

«Ja!», schreit sie zurück.

Howards Eltern stehen ein wenig abseits. Das Geräusch des Motors hat sie aufhorchen lassen. Ihre Mienen sind vollkommen beherrscht. Claudia wird klar, dass die beiden daran gewöhnt sind, gewöhnt an das, was auch immer sie auf dem Gartenweg miterlebt hat. Es war nicht, wie sie geglaubt hat, eine Ausnahmesituation. Was sie gesehen hat, war etwas viel Schlimmeres: Intimität.

«Claude! Du musst mich rauswinken!»

Lewis fährt das Fenster herunter und hält die Hand hinaus. «Dad hat die Luft aus den Reifen gelassen!», schreit er, außer sich vor Aufregung.

Langsam bewegt sich das Auto rückwärts aus der Garage. Claudia sieht es haarscharf unter dem Rahmen des Garagentores hindurchrollen. Sie spürt regelrecht, dass dies ein unmögliches Manöver ist, wie sie so viele Dinge in ihrem Leben mit Howard gespürt zu haben glaubt. Eigentlich ist alles praktisch unmöglich. Ein seltsames, stummes Lachen überkommt sie, schüttelt sie.

«Vorsichtig!», ruft sie mit erstickter Stimme, als die platten Reifen auf die kleine Schwelle im Betonboden stoßen, den Übergang zur Einfahrt.

Das Auto ruckelt ein bisschen und rollt zurück. Howard

tritt aufs Gas. Am Rand ihres Blickfelds sieht Claudia etwas Weißes flitzen: Skittle. Er rast mit schlenzenden Bewegungen über den Gartenweg auf das Auto zu. Im Nu ist er hinter den Rädern angelangt. Unter ihren Augen schiebt er die Nase ins Auspuffrohr und atmet den schwarzen Rauch ein, zitternd vor Ekstase.

«Howard!», kreischt Claudia.

Sie sieht den Hund auf die Seite fallen und reglos liegen bleiben. Fast im selben Moment treibt der hochgejagte Motor die Räder über die Betonschwelle und schiebt das Auto mit einem Rumsen aus der Garage, lässt Skittles steifen Körper ins Dunkle unter seinem Boden rollen. Ein kurzes Innehalten, dann rumst es noch einmal, als eins der Vorderräder den Hund überfährt.

«Pass auf, der Hund!», ruft Ma. «Pass auf, Howard, da ist der Hund!»

Das Auto kommt wackelnd zum Stehen. Howard springt heraus. Er rennt nach vorn und kniet über Skittle, der auf dem Boden liegt, im Maulwinkel einen Faden Blut.

«Armes Kerlchen», sagt Howard kopfschüttelnd. «Armer Skittle.»

Nacheinander tauchen die Kinder aus dem Wageninneren auf. Lottie weint. Lewis ist wachsbleich und den Tränen nahe.

«Es hat zwei Boller gegeben», sagt Martha bedeutungsvoll zu ihrer Mutter. «Erst einen Boller. Und dann, ein kleines bisschen später, noch einen Boller.»

«Ist er tot?», fragt Lewis.

«Ich fürchte ja», sagt Howard mit weicher Stimme.

«*Zwei* Boller», wiederholt Martha für sich. «Erst einen Boller, dann noch einen.»

Howard ergreift Claudias Hand. Sie sieht, dass seine Augen rot und feucht sind. Ma und Dads treten auf die Familie zu, die im Kreis zusammensteht.

«Oje», sagt Dads und blickt auf den kleinen Kadaver hinab. «Wie traurig.»

«Das wird euch das Leben leichter machen, zumindest die nächsten paar Wochen lang», sagt Howard in bitterem Ton.

«Kann schon sein», sagt Dads.

«Ich hab mich darauf *gefreut*, dass er zu uns mitkommt!», sagt Ma. «Du klingst, als wäre er bloß etwas Lästiges! Aber ich hab mich auf ihn gefreut!»

Lottie fängt wieder an zu weinen.

«Also dann», sagt Dads kurz darauf. «Wenn nichts mehr zu tun ist, können wir uns genauso gut auf den Weg machen.»

Howard sieht seinen Eltern ins Gesicht. Das Tier liegt zwischen ihnen auf dem Boden. Der Kadaver stellt etwas Endgültiges dar, an sich und für Howard, als er ihnen in ihrer Kälte ins Gesicht sieht. Es ist, als würde er sich mit diesem Todesopfer von seiner Verpflichtung ihnen gegenüber befreien, vom Fluch ihrer Kärglichkeit.

«Wiedersehen», sagt er, umarmt erst seinen Vater, dann seine Mutter. «Also bis bald, denk ich mal. Wiedersehen.»

Howard und Claudia begraben Skittle im Garten hinter dem Haus. Beide sind sich einig, dass der Hund zu viel für sie gewesen ist. Beide sind sich einig, dass sie in diesem Fall den Bogen überspannt haben. Angesichts der Arbeit, die ein Hund macht, sagt Claudia, hätten sie genauso gut noch ein Baby haben können.

Dann verfrachten sie die Kinder ins Auto und fahren mit Windeseile davon, voller Hoffnung, die Fähre doch noch zu erwischen.

XXXII

Im Zug denkt Thomas über Geld nach. Er hatte immer genug davon, genug Geld. Dann hat er ein Jahr lang überhaupt nichts verdient. Jetzt strömt es wieder herein. Was ist Geld?

«Entschuldigung, ist dieser Platz frei?»

Er blickt hoch. Eine junge Frau steht vor ihm. Sie möchte sich hinsetzen, aber seine Aktentasche ist im Weg.

«Tut mir leid», sagt er und stellt die Tasche neben seine Füße.

«Kein Problem.» Ganz ernst sagt sie das, ganz versöhnlich. Sie setzt sich und holt einen Stapel Papier, einen Laptop hervor. Mit ihren lackierten Fingernägeln beginnt sie loszutippen.

Geld ist etwas Symbolisches – und genau genommen nichts Authentisches. Womöglich nimmt der Gegenwert einer Sache im Verhältnis zu der Macht des Geldes, ihn zu symbolisieren, sogar ab. Die junge Frau neben ihm trägt am Ringfinger einen Diamantring in einer massiven Goldfassung. Der Diamant hat einen hohen Gegenwert. Und dennoch ist er weniger wert als beinahe alles, was Thomas sich vorstellen kann. Würde die junge Frau ihren Finger verlieren, wäre das für sie viel schlimmer, als den Diamanten zu verlieren. Obwohl ihr Finger überhaupt keinen Gegenwert hat.

Trotzdem ist ein Leben, das großen Wert, aber kaum Gegenwert hat, nicht ohne Gefahr. Denn es ist angreifbar, weil das Symbolische darin fehlt. Der Ring dieser jungen Frau ist ein Symbol dafür, dass sie geliebt wird. Doch für die Dinge, die Thomas verloren hat, gibt es keinen Nachweis. Er kann nichts vorzeigen für die Zeiten, die keine Geldspur hinterlassen haben, sondern einfach verschwunden sind, wie die Zeiten einer Kultur, deren Geschichte nicht überliefert wurde. Er blickt aus dem Fenster auf die vorbeiziehende Landschaft. Er fragt sich, ob Tonie damals Ähnliches durch den Kopf gegangen ist, ob sie vor einem Jahr hier in diesem Zug über das Leben nachgedacht hat, das wie Rauch hinter ihr verschwand, über die Liebe und den Ablauf der Stunden, über die nicht in die Erinnerung eingegangenen Empfindungen. Um dann zurückzukehren und Thomas an dem Platz zu finden, den vorher sie eingenommen hatte, als würde sie ins Zuhause ihrer Kindheit zurückkehren und erkennen, dass dort jetzt andere Leute leben. So kehrt er am Ende jedes Tages zu Tonie zurück und erkennt ihre Vertrautheit mit dem, was nicht mehr seins ist. Es ist ihm keineswegs entgangen, dass Tonie rings um das Klavier besonders sorgfältig Ordnung hält, dass sie den geschlossenen Deckel abstaubt, die bereits ordentlich zurechtgerückten Stapel von Musikbüchern noch einmal zurechtrückt. Er spielt nicht mehr Klavier. Manchmal stellt sie Blumen in einer Vase darauf. Er sieht die Blumen und muss lachen. Es ist auf makabre Weise rührend, wie der Anblick eines gepflegten Grabes.

Die Wange an die Fensterscheibe gedrückt, schläft er im Abendzug ein. Es ist September und immer noch hell. Er geht vom Bahnhof nach Hause. Er denkt daran, was wohl geschehen wird, wenn er dort ankommt. Normalerweise ist Tonie abends eifrig um ihn bemüht. Sie versorgt ihn, verwickelt ihn in Gespräche. Morgens ist sie stiller, etwas steif. Es ist, als müsste sie sie jeden Tag ganz und gar neu erfinden, die Geschichte ihrer Liebe zu ihm. Morgens ist die Seite leer. Er sieht, wie sie Alexa mit geröteten Augen, die dennoch trocken sind, beobachtet. Ihr Verhalten ist hingebungsvoll und ein bisschen spitz. Tonie hat nie von ihm verlangt, Rechenschaft darüber abzulegen, was er an dem Tag, als Alexa krank wurde, getan hat, genauso wenig wie er nie gefragt hat, wo sie an dem Abend war. Es hat eine Art Gebietsaustausch gegeben, ratifiziert durch ein Schweigeabkommen. Sie ist nicht mehr zur Arbeit gegangen, nicht einmal für einen Tag. Dort, im Krankenhaus, hat sie das schlichte Gewand der Mutterschaft angelegt. Sie war allein, als man ihr sagte, dass Alexa auf dem rechten Ohr das Gehör verloren habe. Sie hatte Thomas nach Hause geschickt, damit er schlafen, das Nötige vorbereiten, wieder Mann sein konnte. Vielleicht hat sie vergessen, dass er überhaupt dort gewesen war.

Manchmal sehen sie sich abends mit Augen an, die, wie es Thomas scheinen will, Schuldgefühle spiegeln. Diese Blicke sind zufällig: Ihre umherwandernden Augen treffen sich, überrascht, und einen Moment lang tut sich etwas Neues auf, eine neue Distanz zwischen ihnen, als wären sie Fremde, deren Blicke sich zum ersten Mal begegnen. Die Schuld ist die Schuld der Erfahrung, die nur Fremde einander eingestehen. Und dennoch werden sie nie sagen, wessen sie sich schuldig gemacht haben.

Auf der Montague Street ist alles ruhig, ja still. Er geht den Bürgersteig entlang, die Aktentasche in der einen und die Schlüssel in der anderen Hand. Die Straße ist bedeckt von feuchtem Laub. Selbst die Luft ist still. Es gibt keine Bewegung, keinen Laut. Er selbst ist lautlos geworden – seine Füße schwerelos auf dem Weg, sein Atem stockend, die

Schlüssel wie taub in seiner Hand. Die Stille wächst immer weiter an, dicht und stumpf. Er bleibt stehen, wartet. Und endlich ist es zu vernehmen, das Trillern eines Vogels, der sie fröhlich durchbricht, der trillert und trillert und die stumme Luft mit einem Liederband umwindet.

MIX
Papier aus verantwortungsvollen Quellen
FSC® C019821

Das für dieses Buch verwendete FSC®-zertifizierte Papier
Lux Cream liefert Stora Enso, Finnland.